U0048676

今昔百鬼拾遺——天狗

Konjaku Hyakki Shuui KAPPA

京極夏彥

王華懋——譯

目次

導讀　曲辰

妖怪兮歸來，推理可以附體些：京極夏彥與「百鬼夜行」系列

（本文涉及小說情節，請自行斟酌閱讀）

當我們回顧某個成功人士的一生時，常會將故事起始於某個挑選出來的時刻，並刻意放大、強化那個時刻的象徵意義；有時為了創造一個好的開頭，甚至不惜虛構創造。

然而，在京極夏彥身上，倒是不用捏造。

京極夏彥原本在廣告公司擔任平面設計與美術總監，礙於健康狀況決定辭職，與朋友一起開設小型設計公司，卻因為大環境的關係，根本接不到案子。為了在公司看起來像是有事做，京極夏彥在工作閒暇時寫起了小說。完成作品後，基於「都花了上班的時間，跟用公司的器材印出來了，不要浪費」的心情，他在一九九四年的五月黃金週連假，打電話去本應沒有人的講談社Novels編輯部，居然剛好有個編輯接聽。對方發現是個從未出版過小說、也沒得過任何文學獎項的讀者，想要詢問該怎麼投稿。一般而言，像講談社這種設有推理小說新人獎的出版社，不太會接受外來者直接投稿，不過這位編輯仍請京極夏彥寄來，並告知閱讀原稿以及評估是否出版需要幾個月的時間，請他耐心等候。

豈料，第三天京極就接到編輯的電話，表示即將出版他的小說，希望能見面詳談。後來的事我們都

知道了，同年九月，《姑獲鳥之夏》如同希克蘇魯伯隕石浩蕩登場，不但在推理史或娛樂小說史上留下永久的印記，同時也改變了之後的小說生態。

這幾乎是最完美的作家勵志寓言了，一個原本掙扎於生活的青年，居然靠著創作而找到屬於自己的光。

不過，或許我們先來介紹一下京極夏彥，與他筆下最重要的「百鬼夜行」系列。

京極夏彥與「百鬼夜行」

京極夏彥出身於北海道小樽，要知道一直以來，北海道都被日本統治者視為化外之地。只打算從中獲取自然利益，沒有想過要好好經營，直到十九世紀末才被視為日本的一部分，積極進行開發。這也造成北海道的「和風」極為淡薄，特別是小樽，洋溢著西式風情。但就在這樣的距離感中，京極夏彥對「何謂日本」格外著迷，尤其是在民俗或宗教的部分，他甚至還曾考慮成為僧侶，希望可以終日過著讀書與思考的日子。不過，後來他發現經營寺廟需要的絕非閱讀或知識，於是打消念頭，決定做一個人也沒問題的美術設計工作。

根據京極夏彥自述，他從小就喜歡讀書，熱愛由文字建構出的世界，總會超出同齡人的閱讀傾向。他在小學時便靠著字典來猜測漢字的意思，讀完了「柳田國男全集」，並在這位日本民俗學之父的啟發下，對民俗學、宗教這類隱藏在現代文明的縫隙的存在感到興趣，「無論說有多喜歡都不為過」，繼而投入水木茂以「鬼太郎」為中心的漫畫世界中，展開對妖怪的思考。這也就是為什麼，《姑獲鳥之夏》的人物設定與故事題材原本是打算畫成漫畫，最後卻發現還是寫成小說比較好，「因為文字比較能保留那種幻想的可能」。

而由《姑獲鳥之夏》開啟的「百鬼夜行」系列，至今將近三十年，出版九部「本傳」與八部「外傳」，外傳暫且不計（註），本傳作品如下：

一、《姑獲鳥之夏》，一九九四年九月。（六百三十頁）
二、《魍魎之匣》，一九九五年一月。（一千零六十頁）
三、《狂骨之夢》，一九九五年五月。（九百八十二頁）
四、《鐵鼠之檻》，一九九六年一月。（一千三百五十九頁）
五、《絡新婦之理》，一九九六年十一月。（一千三百八十九頁）
六、《塗佛之宴——備宴》，一九九八年三月。（九百八十一頁）

註：外傳作品有：《百鬼夜行——陰》（一九九九年七月）、《百器徒然袋——雨》（一九九九年十一月）、《今昔續百鬼——雲》（二〇〇一年十一月）、《百器徒然袋——風》（二〇〇四年七月）、《百鬼夜行——陽》（二〇一二年三月）、《今昔百鬼拾遺——鬼》（二〇一九年四月）、《今昔百鬼拾遺——河童》（二〇一九年五月）、《今昔百鬼拾遺——天狗》（二〇一九年六月）。除了「今昔百鬼拾遺」的三本外，均為短篇集，這三本後來出版合集《今昔百鬼拾遺——月》（二〇二〇年八月）。

七、《塗佛之宴——撤宴》，一九九八年三月。（一千零七十頁）
八、《陰摩羅鬼之瑕》，二〇〇三年八月。（一千兩百二十一頁）
九、《邪魅之雫》，二〇〇六年九月。（一千三百三十頁）（註）

這系列的故事雖然常被命名為「推理小說」，也基本上是依循著「命案發生—偵探介入—真相大白」的敘事邏輯，但細究內容，卻顯得有些不同。

本系列可以稱為偵探的有兩個角色，一個是職業上的偵探——榎木津禮二郎。身為華族之後，卻自己出來開私家偵探社，不過不做任何普通私家偵探會做的跟蹤、調查之類的事。畢竟「調查是下賤的人所行之事，身為神的我是沒必要做的」，又具備觀看他人回憶的超能力，讓他常會有如天啟般說出真相，但由於語焉不詳，在小說中往往扮演著混淆讀者的功用。真正擔綱讀者眼中的偵探是中禪寺秋彥，開了舊書店「京極堂」並以此為名。不過，除了舊書店老闆外，他還繼承武藏晴明神社，擔任宮司／陰陽師，副業則是專門「驅逐附身妖怪」（憑物落とし）的祈禱師（拜み屋）。

特別之處就在於這個「偵探＝陰陽師」的人物結構中，對口頭禪是「世上沒有什麼不可思議的事」的京極堂而言，解決事件並非僅僅找到「真相」，而是如何將「不可思議」變成「可思議」的過程。相較於其他推理小說的核心關懷是「誰殺的」，「百鬼夜行」系列的問題在揭曉凶手後才真正展開。

正因如此，就算是讀者眼中的偵探，京極堂也從未做過如福爾摩斯那樣蒐集物理證據，或是像白羅那樣到處打聽推敲出言詞的漏洞之類的事情。他更重要的工作，毋寧是將案件及其衍生現象賦予一個總括的「形體」——多半是利用妖怪的象徵概念，再拆解這個形體，讓書中的當事人與書外的我們知道事件背後的結構，得以用「理解」去對抗「附身妖怪」，而只有驅逐了附身妖怪，京極堂的任務才能宣告完結。

之所以會如此設計，或許我們還得回到九〇年代日本推理小說的發展來看。

「百鬼夜行」與新本格

眾所周知，松本清張一九五七年的《點與線》引發日本的社會派風潮，此後三十年本格推理小說只能靠少數堅持不輟的作家延續命脈，這段時間甚至被笠井潔稱為「本格之冬」。直到綾辻行人《殺人十角館》於一九八七年出版，從此被標記為新本格元年。

綾辻行人在小說的開頭，清楚地劃分出新本格與社會派的世代遞嬗。他假大學推理社團成員之口說出「我不要日本盛行一時的『社會派』現實主義。女職員在高級套房遇害，刑警鍥而不捨地四處偵查，終於逮捕男友兼上司的凶手歸案——全是陳腔濫調。貪污失職的政界內幕、現代社會扭曲所產生的悲劇，全都落伍了」，並同時強調推理小說就是「遊戲」而已。

儘管這極有可能是年少時的狂言戲語，但綾辻行人提出的「遊戲」，很好地說明了新本格的傾向。

註：出版日期以日本新書版的初版為主，頁數則參考講談社文庫版本。

如果我們將遊戲定義為「在規則的限制下，進行一連串互動，需要有個結果並從中獲得愉悅感」，什麼會是「小說」的基本規則呢？我想應該是語言吧，用文字來表現故事以及意欲表達的東西，正是小說的無上命令。換句話說，一種基於遊戲而出現的推理小說，或許正是意識到語言占據的主宰位置，進而對其產生顛覆的意欲。

所以，一種無視現實世界運作規則，甚至無法在真實層面運作的詭計：「敘述性詭計」誕生了。當然，這種基於敘事才能成立的推理小說詭計早就存在，但在八〇年代後現代主義盛行之際，普遍對於這個世界是否有絕對的真實感到困惑，並對我們予以信賴的語言產生質疑時，這個寫作手法卻迅速地引起了新本格作家的興趣，繼而發揚光大。

不過，對京極夏彥來說，語言原本就是無法信賴的東西。他曾經將人的意識比喻為「類比」，語言就是「數位」。在類比的世界中，一如時鐘，指針是均勻地從1移向2，是一種連續性的展現；然而數位時鐘的盤面上，則是直接從1跳到2，無法意識到中間的變化，並構成「不連續性」。正因語言的不連續性，只能截斷並保留某時某刻的想法，當意識化為語言的同時，意識早就繼續往前邁進，這是一個永恆的逸脫的過程。在「百鬼夜行」系列中，他試圖以推理小說的形式來展現這種語言的不可信任，案件本身往往非常單純，但當每個當事人都透過自己的語言來企圖謀奪某種真實性的同時，這些言語的交混便會拖延解謎的關鍵。對偵探（＝京極堂）而言，解謎並不困難，麻煩的地方在於，如何藉由自己的語言框限眾人的認知，繼而推導至他希望的結果。對作者（＝京極夏彥）而言，寫推理小說也並不困難，但為了提醒讀者這種語言的不可信，他開始引渡大量的知識進入小說之中，透過偵探之口達到某種調和，繼而讓讀者發現，語言這種可以被任意操作的東西，恐怕才是最需要保持懷疑的對象。當他希望處理的東西越來越複雜麻煩時，他需要動用的知識（＝語言）也就越來越多，這便造成了他小說篇幅益趨膨大的原因。

京極夏彥當初因公司生意不好而寫起小說，但歸根究柢是當時泡沫經濟崩潰，全日本都處於景氣寒冬，日本的企業神話破滅，過去以為不可能動搖的世界產生裂痕，為新本格這種在質疑世界構成的文類打下受歡迎的基礎。於是，京極夏彥成功擴大新本格的受眾，也為自己開創了條獨一無二的寫作道路。

更別提，他還有妖怪呢。

新本格與妖怪

在推理小說的發展中，將鄉野傳說、民俗信仰與殺人命案結合的所在多有，早期西方有約翰．狄克森．卡、日本有橫溝正史，到了九〇年代初期，也有如《金田一少年事件簿》這類漫畫做出現代的嘗試。但這類小說多半都有很明顯的「否定怪異、高舉理性」的特色，讀者從一開始就很清楚知道那些怪物並不存在，就像是人工調味料一樣，只是點綴。

但在京極夏彥筆下，妖怪從一開始就占據重要的位置，如果回頭看「百鬼夜行」系列的書名，會發現都是「『妖怪』之『漢字』」這樣的組合，他曾在一次訪談中表示，「妖怪就是啟發整個故事的開端，漢字則總括了情節的發展，但我並不會去直書妖怪，而是透過後面的漢字來提醒妖怪的存在」。如果用台灣同樣在研究妖怪與創作推理小說的作家瀟湘神的說法，就是「京極夏彥的小說中，妖怪是不登場的，但正因不登場，無法被否定，也就可以殘留在讀者的心中」。

「百鬼夜行」系列的故事背景多設定在第二次世界大戰後的日本，儘管故事有時會回溯到戰爭時期或戰前，但如果限定事件本身，九部本傳的時間甚至是侷限在一九五二至一九五三的兩年。京極夏彥創造了一個時間凝滯在結界內的世界，在其中盡情地放任妖怪馳騁。這恐怕是因為，那是妖怪還能存在的最後時光了。京極夏彥認為，妖怪可分成兩種：一種是角色化的妖怪，一種是存在於言說中的妖怪。前者藉由圖像表現妖怪的形象，成功建立起大眾的認知，但問題就在於，視覺是一種絕對性的感官。當一個妖怪被圖像化／角色化，等同於定型，這種定型奪走妖怪的可能性，無論是江戶時期的鳥山石燕或昭和時期的水木茂都在做類似的事情。口傳型的妖怪則有各種變形的可能性，還可因應時代與地方做出變形。只是，二次世界大戰之後，日本必須成為現代國家，需要用科學摧毀那些妖怪的存在可能，讓牠們只能存在於畫冊或圖鑑之上，實在是太可憐了，在可能的範圍內，他想重新召喚妖怪，賦予牠們生命。

在華人世界的概念中，妖怪是一種超自然的、威脅到人日常生活的東西，只是「百鬼夜行」系列常把妖怪視為一種「解釋機器」，用來概括描述那些人們無法理解的存在，更用來概括那些人們的恐懼或哀傷。無論是自然定律或人的內在心靈，妖怪得以將「現象」具象化，而一旦具象了，人就能驅逐、迴避，甚至嘲笑牠們。儘管是被排拒出的、殘渣一樣的存在，反倒成為文化或日本本身的具象物。

這讓京極夏彥書寫的妖怪推理獨樹一幟，因為他想書寫的，並非單純的事件或人心的形狀，而是想透過「百鬼夜行」系列，重新書寫傳統、理解現代的根由，對這個世界做出專屬於他的解釋。

畢竟，「這世上沒有不可思議的事，只存在可能存在之物，只發生可能發生之事」。

作者簡介——

曲辰，一個試圖召喚出小說潛藏的世界樣貌的大眾文學研究者。相信文學自有其力量，但如果有人能陪著走一段，可能得以看到更清晰的宇宙。

◎天狗——

畫圖百鬼夜行／陰　安永五年

（前略）確為對山的信仰．神祕觀的現象之一，然天狗譚中應該亦包括了里人將居於山中的實在特殊人等誤認為天狗的經驗。在山中砍倒大樹的怪音（天狗倒木）、天狗笑、天狗礫等幻覺，迄今仍在各地被深信不疑。天狗擄走孩童、製造神隱之事，繼中世以前的大鷲、鬼，於近世廣為流傳。

——民俗學辭典　柳田國男監修／昭和二十六年

1

「妳一定認為我很傲慢。」

無妨，這是事實——千金小姐說。

就是個千金小姐。

不管怎麼看都是個千金小姐，吳美由紀暗想。

美由紀是漁夫的孫女。

父親以前也當過漁夫，但現在已放棄這行，開了家小小的水產公司。

但除了營業型態改為公司，以及父親不再親自出海捕魚以外，感覺沒有太大差異。因此，生活沒有與漁夫時代截然不同的具體感受。

所以，美由紀總覺得自己是前漁夫之女、漁夫的孫女，而非公司老闆的女兒。

儘管美由紀並不想當漁夫，但她覺得以性質來說，自己具備漁夫的屬性。

當然，她不會有什麼企業千金的資質。

所以，絕對稱不上大家閨秀。

然而，父母卻打腫臉充胖子，將美由紀送進住宿制的千金學校就讀。

可惜，美由紀終究沒能脫胎換骨。

那所學校捲入刑事案件，甚至死了人，在醜聞、污名纏身的狀況下關校了。

在美由紀脫胎換骨之前就鬪了。

那是一起頗為淒慘的案件，美由紀內心受到相當深的創傷，沮喪到谷底，但另一方面，她也覺得這下總算擺脫拘束的生活，神清氣爽。然而，世事總是不盡人意，在某位善心富人古道熱腸地奔走下，美由紀又轉學到另一所住宿制的女子學校。

明明當漁夫的孫女就好了。

於是，美由紀的身邊還是老樣子，圍繞著再女學生不過的女學生們，帶著稚氣的自尊心、不可能實現的夢想、美麗的每一日，彼此親近、競爭、互助、反目等等。她們應該都算是小千金，然而，相較於眼前這位千金小姐，感覺完全是雲泥之別。

在她面前，那些女學生看起來就像是畫虎不成反類犬。

這樣形容對同學們似乎有些失禮，但該怎麼說才好？沒錯，她們皆是千金小姐，但身為千金小姐的火候差太遠了。

這位是如假包換的千金小姐。

她是議員的獨生女，學過騎術、長刀（註）、茶道、花道，興趣是欣賞歌劇、製作甜點，精通三國語言，是國際派才媛。

宛如千金小姐的典範，是不折不扣的深閨千金。

名字是篠村美彌子。

聽說是二十歲，但看起來更年輕。不管做起任何事，似乎都自信十足、積極活潑。

約莫是這個緣故。

她的外表——或者說五官、髮型和身上的衣飾，一切都十足展現千金小姐的風範，沒有別的形容了。

無論是舉手投足、態度口吻，從頭到腳皆完美無缺的千金小姐，連美由紀都忍不住想喊她一聲「大小姐」。

不過，雖然是千金小姐，她卻似乎不同於一般的千金小姐。

證據就是，眼前這火燒眉毛的狀況。

美由紀和篠村美彌子——

有點遇難了。

「美由紀同學。」

「什麼事？」

「如果妳覺得我很傲慢，請直說無妨。我有自知之明，我就是個傲慢到讓人受不了的女人。畢竟這是無可否認的事實，而且應該也無從矯正。」

「我並沒有這麼想。」

「可是，我剛才說了類似命令妳的話，對吧？說出口我才察覺，實在很過分。」

註：一種日本刀，江戶時代作為武家女子的護身武術發展，昭和初期在軍國主義影響下，政府亦鼓勵女學生修習。

撇開身分、家世那些背景條件，美彌子也比美由紀年長，美彌子使喚她很正常。

美由紀這麼說，美彌子卻反駁「這樣不對」。

「雖然我比妳虛長幾歲，但頂多相差四、五歲，不是值得妳尊敬的歲數差距。妳也不是需要別人監護的小孩。」

確實，姑且不論內在，美由紀的身材高大。

「既然如此，我們應該是平等的。對妳，我應當尊重。妳也一樣，要是覺得我有不對的地方，就應該指正，視情況，甚至應該抨擊我。若是能夠改正，我會改正，只是……」

高高在上的口吻實在是改不了——美彌子說道。

「這似乎已病入膏肓，真抱歉。」

「不會。」

美由紀一點都不在意。

同學們的說話方式，她有時覺得可愛，有時聽著實在不耐煩。

大概是火候不到吧。她們拚命模仿千金小姐的言行舉止。如果不這麼做，她們只稱得上是半個千金小姐。因為裝得還算有模有樣，懷著「她們好努力啊」的心態來看，也令人莞爾，但如果過了頭，便有種妄尊自大的感覺。

就是這麼回事。

然而，美彌子不一樣。

該說她是好勝還是豪爽？甚至讓人感到痛快。美由紀覺得這就是她的天性，無論外在如何，她的本性應該更為豪放不羈。

否則——

不會演變成這種狀況。

「火還是生不起來。」美由紀說道。

「嗯。明明有這麼多可以燒的東西，真教人氣惱。啊，我不是在怪妳，是在自我警惕，應該要帶火柴才對。」

雖然不知道是怎麼回事，但美由紀在美彌子的指揮下，嘗試以乾燥的枯枝磨擦生火。

連一絲煙霧都沒有。

「我這個門外漢想得太容易了。」美彌子說：「生火沒這麼簡單。我真為自己的無知、天真感到羞恥。雖然我每天都努力過得不後悔，但應該改進的地方還是該改進，應該引以為恥的行為就該引以為恥。」

「喔……」

儘管美由紀覺得這不太像在山中迷路，掉進坑洞，又因扭傷了腳，即將在坑洞裡迎接天黑的節骨眼上，會抒發的感想，但也沒什麼好計較的。

要是美彌子哇哇哭喊，美由紀也完全沒轍。

這一點便是美彌子和同學們大相逕庭之處。換成女校的學生，早就哭喊著「救命」了吧。

不過以現狀來看，兩人一起大聲呼救，得救的機率應該會提升一些，但美由紀不擅長大喊大叫。

「雖然才剛入秋，但天黑以後，氣溫應該會下降……原本我認為像烽火那樣，起火生煙比較好，但我想得太容易了。天黑以後，根本看不到煙，而且地處低窪，弄個不好，可能會一氧化碳中毒。」

「可是，我不覺得妳無知或天真。」

美由紀回應，但美彌子反駁：

「那是妳想錯了。首先，我太小看山林。由於並非登山專家必須全副武裝才能挑戰的高峰，距離市中心也近，又有纜車，每年有上萬人前來參拜，所以我小看了這座山。我得向山道歉才行。」

「向山……道歉？」

這裡是高尾山。

「對，因為能夠當天來回，加上有許多登山客，所以我懷著郊遊的心態前來。我應該是把這座山當成了多摩丘陵的延伸，其實它與秩父山地相連，是不折不扣的高山峻嶺。在古時候也是修驗者（註一）的修行場地，不可能不險峻。而且，這片森林如此深邃……」

不知為何，美彌子笑著仰望上方。

上方也看不到天空。僅在蓊鬱的樹木之間，影影綽綽地窺見逐漸暗下來的秋季寒空。

「這片森林真的好美。自北條氏照（註二）執政以來，此處便禁止砍伐，甚至成為幕府直轄地受到保護，至今仍在行政機關的管轄之下。我和植物學家牧野富太郎博士見過面，博士說年輕的時候，在高尾山的森林裡發現許多新品種的植物。」

美彌子說著，瞇起了眼睛。

「這片森林就是如此與世隔絕。美由紀同學，不覺得很美嗎？」

聽說他身體微恙，不曉得是否安好──美彌子接著道。

「誰身體微恙？」

「牧野博士。他年事已高，我很擔心。」

呃……或許會擔心，但美由紀強烈地認為現下的處境無暇擔心別人。

況且，不管怎麼聽，都覺得美彌子學識豐富，閱歷也廣。

美由紀這麼說，卻被一笑置之。

「別笑我了，一個學識豐富的人怎會遇上這種事？還把妳這個前途無量的無關女孩牽扯進來，實在不可原諒。我真的太思慮不周。這一點我有充分的自覺。」

追根究柢。

整件事的源頭，要追溯到上個星期日。

那天，美由紀造訪位在神保町的玫瑰十字偵探社。

說到造訪偵探社，似乎有什麼嚴重的理由，但美由紀並不是去委託調查，純粹只是去打聲招呼而

註一：修驗道（役小角創始的宗教，融合山岳信仰及密教）的修行者，也叫山伏。

註二：北條氏照（一五四〇─一五九〇），戰國武將。武藏國瀧山城主，後為八王子城主。

已。

去年春天，美由紀認識了玫瑰十字偵探社的偵探榎木津禮二郎。

榎木津和他的朋友中禪寺秋彥，幫助美由紀以前就讀的學校擺脫迷霧，重見天日。

然後今年春天，美由紀涉入了震驚社會的昭和試刀手命案。當時她結識中禪寺的妹妹，擔任雜誌記者的敦子。

從此，美由紀和敦子成為好友。由於有這一層原委，美由紀去中禪寺那裡打過一次招呼。

只是，後來她沒再見過榎木津。

榎木津性情奇矯，可能根本不記得美由紀——認識榎木津的人都說他八成不記得——況且，美由紀也沒義務或欠下人情，非去拜訪榎木津不可，但她想至少要道個謝。

暑假期間，美由紀又被捲入一場棘手的風波。她成了神祕浮屍的第一發現者。

當時美由紀也受到敦子多方關照，不過在那場騷動中，美由紀和榎木津的助手益田龍一重逢了。由於聽聞許多事，她表示會擇期再去拜訪致意。

「擇期」這個說法相當籠統，並未指明是哪一天，也不到約定的程度。

但美由紀並不是不想去，只是懷著有機會就過去看看的心態。

十月十七日，美由紀前往上野。

她去參觀東京國立博物館的羅浮宮展。

並不是她對西洋美術有多深的造詣，也不是特別喜歡。在談論造詣或喜不喜歡之前，她根本沒有看過真正的名畫。就讀的前一所學校裡到處掛著知名畫家的仿作，但幾乎都附帶類似怪談的傳聞，因此她總是透過那種有色眼鏡看畫，從未純粹當成藝術作品欣賞。

不過，現在她又想看了。

不是認為可藉由鑑賞藝術，開啟新世界的一道窗。

一半是出於興趣，其餘是想拿來當成談資。

美由紀沒有任何話題能提供給身邊那些「類千金小姐」的同學。倒不如說，她懶得思考她們喜歡聊什麼。

所以，她通常只是在一旁附和，插得上話的地方就插個幾句，幾乎不曾主動提供話題。

不過，如果是羅浮宮展，她應該能主動說點什麼。

雖然同學可能完全沒反應，但就算不感興趣，也不至於會蹙眉或露出憐憫的神色吧。畢竟是名震天下的羅浮宮展，是法國藝術。聽說，光是保險金就高達一千萬圓。

然而，美由紀打消觀展的計畫。

因為……她從未見過如此恐怖的人潮。

這麼多人，原本究竟都躲在哪裡？

應該也不是躲在哪裡，但確實是傾巢而出。總之是萬頭鑽動、門庭若市，美由紀沒看過這麼大量的人。

而且，擠得水洩不通。

實在教人目瞪口呆。

美由紀從千葉的偏鄉來到東京已超過一年，對東京卻幾乎陌生。

既然生活在住宿制的女校，校園外的一切，都與她無關。不管是非洲或西伯利亞，只要不踏出校園，便沒有多大差別。

平常會碰到的人和人數也是固定的。

冒出如此大量的人，表示四處潛伏著更多的人吧。

美由紀簡直難以想像。

這些人……皆有各自的人生。

有多少人，就有多少密密麻麻的煩惱、喜悅、悲傷和快樂。這樣的想像，遠遠超出美由紀的容許範圍。一旦混入其中，豈不是形同根本沒有美由紀這個人了嗎？不管有沒有她，人潮都不會出現任何變化吧。

美由紀完全卻步了。

匆匆離開上野。

然後，背對博物館的瞬間，她莫名感到火大，不想打道回府。

美由紀並非覺得白跑一趟。

人生沒有什麼是白費的。任何經驗都能成為養分，無論開心或氣憤，都不會是徒勞。

她火大的是，自己純粹是被數量震懾，就灰頭土臉地逃之夭夭，根本缺乏覺悟。

人多成這樣，實在很累，好討厭，所以我不去了——若是這種理由，也算是根據自身的想法做出決定和行動。但美由紀並不是討厭，只是在感到討厭之前就氣餒了。

果敢地撥開人潮前進的膽量、排隊等待的耐性、支持行動的強烈動機，她全數欠缺。

當然，這無關勝負，美由紀並不覺得輸了不甘心，卻有種近似敗北的感覺。明明沒輸給任何對象。就是這一點讓她無法釋懷。

因此——

經過一番深思，美由紀決定前往神保町。

根本稱不上是順道前往。不是什麼像樣的理由。

聽說神保町是學生城，而且是舊書店街。

確實，頭戴方帽、貌似大學生的人格外醒目，也有許多書店。整條街彷彿瀰漫著墨水和紙張的氣味。

美由紀在鈴蘭大道徘徊一陣——簡而言之，只是不知道怎麼走，有點迷路罷了——即使只是氛圍使然，但總算感到從人潮中獨立出來的時候，她注意到一棟看不出是新穎還是古色古香的大型建築。

那就是榎木津大樓。

走進位於裁縫店旁的門口，是形同大廳的空間，正面有一道石梯。

陰陰涼涼。美由紀以為秋老虎餘威已散，進入舒適宜人的季節，這才發現其實戶外頗溫暖。

聽著自己踏上石階的聲音，她想起直到去年春季就讀的學校。

學校是石造的，非常冰冷。石地板、石牆和石天花板反彈了一切聲響。不過，這裡……

——這裡又是如何？

不，這裡不一樣，美由紀心想。雖然材質相同，但這棟大樓和學校不同。

理由……顯而易見。

這裡微妙地吵鬧，一點都不安靜。樓上傳來人聲。以前就讀的學校，甚至禁止發出笑聲或是哼歌，由於一片寂靜，發出的聲音會反彈到自己身上。

——這吵鬧聲是怎麼回事？

聽說偵探事務所在三樓。

爬上二樓後，聽得更清楚了。是女人的聲音。其間夾雜著難以分辨的細碎人聲，似乎是男聲。

美由紀來到標示著「玫瑰十字偵探社」的門前。

「這是怎麼回事？」門內傳出女聲。

雖然對方不是在怒吼，但口齒清晰，聽得極為清楚，而且嗓音嘹亮。

美由紀猶豫了一陣，要是在這裡折返，等於是繼上野之後二連敗。不，必須重申，無關勝敗。她最痛恨「我輸了」這種無意義的修辭法。一廂情願的行動，沒有勝敗可言。這應該是比喻從一開始就白費力氣的狀況。

明明沒與任何人較勁，卻擅自感到落敗，美由紀只是為這樣的自己感到懊惱。在如此短暫的期間內嘗到兩次懊惱的滋味，未免太慘了。

美由紀打開門。

鐘「匡噹」一響。

正面是劉海垂落、萎靡不振的偵探助手益田。只見他抬頭撩起劉海，驚呼一聲。

「啊，美由紀！」

「哪位？」

坐在益田對面的女子回過頭。

那名女子——

就是美彌子。

美由紀頷首行禮，詢問：「打擾到兩位了嗎？」益田油腔滑調地應道：「不不不，妳來得正好。」

「益田先生，您這句『來得正好』，我該如何解讀？」

聽到這話，益田的神情一僵。

「我以為我們還沒談完。還是，這位小姐會繼續和我交涉？或許不該以貌取人，但這位小姐看起來很年輕，又穿著制服，應該是女校的學生……她是偵探社的人員嗎？」

「如同您看到的，沒錯，我是女校的學生。」美由紀回答。「我姓吳，雖然認識偵探先生，但並不是偵探社的人。我和益田先生的關係，也沒有親近到他能直呼我的名字。今天只是過來打聲招呼，我可以等客人的事情辦好，或是待會再過來。」

「吳同學，我欣賞妳的態度。」那名女子說：「妳不用離開，請留下吧。」

原本坐在沙發正中央的女子將身體挪向左邊，讓出空間。

「請坐。我叫篠村美彌子，待業中。」

待業中……一般會特地說出來嗎？

美由紀依言在對方的旁邊坐下。

雖然搞不清楚現在是什麼狀況，但至少比起卑躬屈膝的益田，她覺得應該聽從落落大方的美彌子的指示。

「好了，讓吳同學久等有違我的本意，所以快點處理完我的事吧。」

益田怨恨地看了美由紀一眼，支支吾吾地說：

「我贊成快點處理，可是篠村小姐，不管您提出多少次，不可能的事就是不可能……」

「所以，我就是在請教，為什麼不可能？我問過好幾次，您一直不肯回答。我想委託的人是榎木津先生。」

益田一副快哭出來的表情：

「雖然我看起來懦弱膽小，也確實孱弱卑屈，不太可靠，但去年一月以前，我都是國家地方警署的刑警。」

「所以呢？」

「喔，就是我很擅長尋人，連走失的烏龜或豪豬都難不倒我，都找得回來。失物也沒問題，保證能夠物歸原主。無論是外遇調查、身家調查，全包在我身上。請交給我吧！」

「這個人怎麼就是不懂？」

「不懂……是嗎？」

「我要委託的人是榎木津禮二郎先生。從一開始就反反覆覆不知道重申多少遍了。」

「喔，可是在敝偵探社裡，這類案子都是由在下負責……」

「是這裡的規矩嗎？那麼，是哪位定下的規矩？」

「呃……唔，該說是自然而然，還是迫不得已，或是不知不覺……」

「沒有明文條款或社規吧？」

「是……沒有啦……」

益田的肩膀愈縮愈緊，整個人顯得更小了。

「就算天地翻轉過來，我們家的偵探也絕對不幹這種事。他輕蔑搜查、調查之類的行為。嗯，是徹底忽略過程，只重視結論的人。」

「我只要結果就夠了。」

益田看了美由紀一眼，眉尾下垂到近乎滑稽。

「沒辦法啦。那個人的行事作風異於一般……啊，真的非常難以說明，不過……不會是那個吧？不是要回敬一年前的案件吧……」

「什麼？為什麼我非得對貴社懷恨在心不可？」

「當然是因為……您的婚禮被搞得一團糟，婚事也告吹了。」益田回答。

這些人到底在搞什麼？

「我可是感激不盡。多虧各位在最後關頭阻止了婚事，我才能免於跟那種下三濫的差勁男人結為連理。他是個瞧不起女人、歧視同性戀者，只會仗著父親的權勢狐假虎威的無能廢物。後來我和那個人渣的被害者之一早苗小姐互有交流，她的小嬰兒真的好可愛。」

「啊，嬰兒也來過這裡！哎呀，那起案件，大半都是我調查出來的。不是自誇，我勇闖無賴之徒的龍潭虎穴……所以……不能交給我辦嗎？」

益田抬頭問。

「不行。」

美彌子當下回絕。

「負責調查的或許是您，但解決案件的是榎木津先生和果心居士大師吧？這次的委託，我要的不是調查，而是解決。」

益田把頭亂搔一通：

「沒辦法啦！」

「不好意思……」美由紀微微舉手。「直接問一下本人，不就知道行不行了嗎？」

儘管不清楚狀況，但雙方似乎在原地兜圈子，於是美由紀出聲提議。

「榎木津先生雖然讓人搞不懂，但他絕對不會錯吧？」

「美由——吳同學，妳的意思是，我說的話雖然聽得懂，卻都是錯的嗎？」

場。

「是啊。」美由紀應道。

夏季的那場騷動發生時，完全就是如此。益田總是說得頭頭是道，但廢話太多，實在派不上什麼用場。

雖然他不是壞人，態度又親切，美由紀覺得他應該很認真……

「所以，交給本人決定不就好了嗎？如果本人拒絕，這位小姐也會接受吧？」

「吳同學說的沒錯。如果榎木津先生拒絕，我就不會死纏爛打，可是……」

他不肯讓我見榎木津先生——美彌子說。

「我懷疑是假裝不在。」

「什……什麼假裝不在，又不是窮光蛋躲債主，他是真的不在啦。他去富士山還是河口湖那邊了。雖然我也不曉得他去幹麼。而且，我們根本不知道篠村小姐要來，要躲也無從躲起啊。和寅兄，你說對吧？和寅兄，我在叫你呀……」

益田朝廚房呼喊，卻杳無回音。

「那人也真是的，泡茶泡到哪去了……所以就是說……」

「益田先生從一開始就像在辯解。我什麼都沒問，您卻滔滔不絕地說個不停，而且我說一句，您就當場反駁十幾二十句。最重要的是，您的態度太可疑，讓人覺得有所隱瞞。」

「那是……」

因為我是膽小鬼啊！益田哭喪著臉說。

「畢、畢竟是篠村議員的千金突然找上門……」

「家父的社會地位，和我來拜訪毫無關係。我不知道家父是議員還是什麼，但在我看來，他只不過是個迷信又頑固的幼稚中年男子。」

「雖、雖然沒錯，我們家的榎木津偵探也常這樣說，可是不論來者何人，客人就是客人，總不能失禮吧？這樣一來，連不用說的話也會不小心說出口。畢竟我是個小人物嘛，擔心惹對方不高興，才會拚命炒熱氣氛……」

「如果立刻進入正題，根本不需要炒什麼氣氛。」

美彌子說完，霍地站了起來。她踩著響亮的腳步聲，移動到背對窗戶而設的大桌，探頭查看後方。又不是孩童，通常不會以為有人躲在那種地方，但對方是榎木津，難保沒有這種可能性。

桌上擺著寫有「偵探」兩個字的三角錐，簡直搞笑。

美彌子窺望深處的廚房，引來一聲「噫」的驚呼。大概是一直躲在裡面泡茶、忘了叫什麼名字的人發出的叫聲。

接著，美彌子打開每一扇門，彷彿在搜索房屋似地確認裡面的情況。

益田上身前彎，小聲地說「這未免太誇張了吧」。

「唔，我們家偵探視情況，有時候會假裝不在，也經常引人猜疑。可是，又不是債主討債，榎木津先生也不是罪犯，一般不會搜到房間裡去吧？這是一種默契——啊，她居然在看榎木津先生的臥室，那是魔窟啊！那個人從來不折衣服，還有一堆品味駭人的怪衣服。」

「好像真的不在。」美彌子說。「我為懷疑這件事道歉，但您的態度實在讓人不敢領教。」

「我自己也不敢領教啊。雖然沒做什麼壞事，我還是想道個歉，真對不起。」

「那麼，我告辭了。」美彌子說。

美由紀跟著說「那我也要走了」。

美由紀是來向榎木津打招呼的，既然他不在，留在這裡也沒用。至於益田，今年夏天才見過面。

益田伸手制止：

「啊，不用連美由……連吳同學都走吧。妳不是剛來嗎？」

「我找益田先生沒事啊。」

「茶就快泡好了。」

「那麼，我們一起走吧。」美彌子說。「去喝個茶如何……？」

美彌子露出高貴的微笑，以優雅的口吻提出邀約。

如此這般……

這一連串偶然、草率、無策與無為，無謂地重疊在一起的結果，就是美由紀和美彌子結識的原委。

上門拜訪的時候美由紀完全沒發現，但榎木津大樓前面的路上，泊著一輛看起來很高級的黑色轎車。車裡衣著正式的男子一看到美彌子，隨即走下駕駛座，打開後座的車門。

美由紀覺得好厲害。

「我要和這位小姐去銀座。」

美彌子說著，上了轎車，接著請美由紀上車。

美由紀……第一次坐轎車。

不，正確地說，並非第一次，但這和坐警車是截然不同的經驗。連身體感受到的震動都舒適宜人。雖然應該只是錯覺。

在念不出店名的茶館裡時髦的座位坐下後，美由紀總算從正面看到美彌子的臉，或者說整個人。臉蛋小巧，膚色白皙。修長的單眼皮眼睛和精緻的鼻子，加上如同字面形容的蓓蕾般的嘴唇，十分惹人憐愛。每一根髮絲都烏黑纖細筆直，整齊擺動的模樣美麗極了，美由紀忍不住看得入迷。到底要怎樣才能擁有這麼一頭規矩的髮絲呢？

身上的衣物……看起來非常昂貴。

美由紀沒有足以形容那種高級的詞彙，也不知道該如何指稱。

「妳剛才看到了吧？」

美彌子說。美由紀問「看到什麼」，美彌子回答「我的舉止」。

「我這個人，就是會做出那種專橫到讓人受不了的舉止。」

這時候不能直率地附和「是」吧。

「沒辦法，我已塑形成這樣了。成長環境應該有影響，但不全是環境因素。我有許多朋友和我境遇相似，但她們更加謙虛淑女。所以，我的個性與環境塑造出來的屬性無關。」

「意思是……」

美彌子不是千金小姐嗎？

美由紀迂迴地表達疑惑，美彌子豪邁地哈哈大笑。

即使這麼笑，也絲毫無損高雅的氣質，顯然她是名符其實的千金小姐吧。

「如果以我這種傲慢自大的態度當成千金小姐的定義，對其他千金小姐太不公平了。從我的出身看來，或許就是個千金小姐，但我並非**典型**的千金小姐。」

因為我就是我——美彌子說。

她說的應該沒錯。

美由紀也是美由紀自己。

美由紀毫無疑問是人類，但並非所有人類都是美由紀。

「唔，不過也算是千金小姐的一種吧？」

美由紀說，美彌子不禁睜大了眼睛：

「一種？對，是其中一種。但我這種旁人不甚欣賞的舉止，並非門第或家庭經濟等環境因素造成，更不是源於男女性別的差異。當然，不能說成長環境毫無影響，現階段也無從排除性別差異，因此我對於自己被分類為千金小姐沒有異議，但如果說我是千金小姐，所以是這種個性，我無法同意。」

「就是啊。我也常被身邊的人教訓要像個女孩、要像個學生、幾歲就該有幾歲的樣子……但我本來就是個女學生啊！我只要普普通通地做自己，就是個女生，也是個學生，對吧？雖然想過是不是應該扮演得更像女學生一點，可是做不到的事就是做不到嘛。所以怎麼說，乾脆豁出去嗎？反正世上也是有我這種女學生的。」

「妳不會被視為異類嗎？」美彌子問。

「異類？啊，嗯，是會受到孤立或攻擊，不過也沒辦法。我沒有敵意，但不擅長迎合他人。」

「很棒。」美彌子說。「吳同學，妳果然令人欣賞。我最痛恨的事，就是迎合他人！」

「喔……」

「那個偵探助手動不動就想迎合我，實在很討厭。他似乎就像自己承認的，是個膽小鬼，應該沒有惡意。可是有些人表面上迎合，內心卻瞧不起對方。」

「就是啊。」

美由紀也經常有這樣的感受。

「如果是堂堂正正挑戰，我就可以給對方迎頭痛擊。我討厭虛與委蛇的迎合態度。況且愈是那種人，迎合的愈不是我本人，而是我身為千金小姐的屬性，或是議員女兒的頭銜。」

這道理美由紀也不是不明白。

「在這方面，吳同學讓我非常有好感。我們可以藉此機會交個朋友嗎？」

美由紀並不覺得不願意，不如說恰恰相反，但一口答應似乎有點怪。

好像太厚臉皮了。

美由紀不像美彌子那麼有自信。更何況，她不懂千金小姐是看上自己的哪一點。

回想起來，第一次見到榎木津時，美由紀「哇」地驚叫，榎木津卻稱讚她不是呀呀尖叫，十分欣賞她。

簡直莫名其妙。

美彌子大概是榎木津的同類。

這類人會欣賞的事物，教人完全摸不著頭腦。

雖然這類人究竟是指哪類人，頗為曖昧模糊。

上流階級人士——母親經常這麼說。

現在已沒有身分制度，所以美由紀覺得上流階級應該是指有錢人。在她的理解中，就是衣食無缺、生活富裕的階層。

可是——

深入思考，美由紀也從來沒有生活困頓的記憶。

不過父母每天都為了生活，汗流浹背辛勤工作，美由紀的生活仰仗父母的辛苦和努力，這一點她非常清楚。再往前回溯，正是因為有祖父努力捕魚，才有美由紀的今天。

這是值得尊敬的事，沒必要自卑，美由紀率直地認為自己得天獨厚。不是認為，事實上她真的過得很好。她現在的生活沒有任何不足之處，無須為了維持這樣的生活，付出什麼重大的犧牲。更沒有家人四散，流落街頭等情事。

如此一想，美由紀的現況，和母親稱為「上流階級」的人之間，並無多大差異。母親本身亦是如此。

那麼，為何母親要使用「上流階段」一詞，把一部分的人切割出去，與自己做出區隔？然後，為何要擺出看不出是欽羨還是輕蔑的態度？

實在不懂。

不，美由紀不覺得自己屬於上流階級。

世上有千百種人。

應該有人真的三餐不濟。

可能是外在因素造成不合理的境遇，也可能並非如此。而當中或許也有只能說是咎由自取的傷腦筋情況。

人各不同，但美由紀認為，許多人的境遇不能輕易用「不幸」兩個字帶過。然而，母親不會將這類人稱為「下流階級」。

母親會同情身陷困境的人，有時會伸出援手，但有時也會生氣。她曾抓住不務正業，成天賭博，搞到生活過不下去的親戚，叨叨絮絮地說教。

不管怎樣，母親都不會瞧不起他們。母親會對懶惰的人生氣，厭惡惡行和犯罪，但絕不會瞧不起窮困和不幸的人，也不會吐出鄙視的言詞。美由紀覺得這是理所當然的態度。

那麼，母親本來就認為自家屬於為下流階級嗎？似乎也不是。小歸小，母親的配偶好歹是一家公司的老闆，女兒又就讀寄宿制女校，要是自稱下流階級，從相反的意義來說，未免太不要臉了。

看來，母親沒有下流階級的概念。

然而，她卻會把上流階級切割開來。

是出於嫉妒嗎？還是覺得上流階級的人不用工作，輕鬆度日？

當中或許有些人是如此，但母親以「上流階級」一詞囊括的人，也並非全都不事生產。

他們想必也有自己的勞苦。

生活衣食無虞，和生活逍遙自在，或許是兩回事。而且，有些人是因為逍遙度日，導致生活困頓，有些人衣食無虞，卻過得一點都不輕鬆吧。更重要的是，不屬於上流階級，卻也沒有下流階級這種概念的母親——或者說美由紀一家人，究竟屬於什麼階級？有所謂的中流階級嗎？

可能有吧。

就在美由紀接連思考著這些事的時候，從來沒看過的夢幻閃亮食物端上桌。這是叫水果什麼的甜點嗎？或許是所謂的阿拉莫德（註）吧。

——不。

這些人和喜歡在柑仔店的店頭啃醋魷魚配蜜柑水的美由紀，果然有著天壤之別。

「別客氣，請用。」

雖然對方這麼說，美由紀多少還是感到自卑。撇開從來沒吃過這一點，價錢十分令人在意，她扭捏地笑著，簡而言之就是不知道規矩，也就是不知道該怎麼吃，臉上掛著曖昧的笑，整個人就這麼僵掉

註：à la mode，加上冰淇淋的水果或甜點。

了。沒有她先開動的道理。

「不要緊，我和妳一樣。」

「咦？」

「我現在沒有工作，所以沒有收入。我依靠家父扶養，因此這算是家父請客。從這層意義來說，我們是一樣的。」

美由紀更不好意思開動了。

「請問……」

「這一年來思考過許多事，但我覺得現在盡情享受——不，利用這種境遇，是我的義務。雖然考慮過離開父母自力更生，但我不認為這麼做能對社會有所貢獻，頂多是自我滿足罷了。不管是對社會或是其他人，都沒有幫助。」

美彌子說，幸好多的是思考的時間，她會徹底思考，直到理出頭緒。

「我這樣不好嗎？」

「不，也不是不好，雖然我不是很清楚啦。我才高等部一年級而已，打算在接下來的一、兩年好好地思考自己的出路。」

「妳真了不起。不經思考就做出決定的人太多了。或許不管再怎麼思考，也得不出正確答案，但以此為由，說不必思考，未免太奇怪。」

「這倒……也是。」

「我本來去年要結婚。」

「啊……」

是剛才讓益田語無倫次的案件嗎？

「聽說婚禮被搞得亂七八糟……？」

「糟糕透頂，丟臉丟到我都不敢拋頭露面了。」

美彌子說著，又哈哈大笑。哪裡好笑嗎？

「吳同學，既然妳也認識那位榎木津先生，想必有過相當奇特的體驗？」

「該說奇特嗎……？」

美由紀斷斷續續地簡要說明去年春天發生的案件。她和榎木津的關聯確實古怪，但案件本身十分淒慘。

「咦，這不是駭人聽聞的大案件嗎？」美彌子嚴肅地說。

確實，有許多人喪命，在社會上喧騰一時，是一起大案件。

「是啊……」

美彌子宛如能劇姑娘面具般的臉上，形狀優美的眉毛垂成八字形，哀傷地扭曲了。

「妳經歷的事，遠比我遭受的情況殘酷。妳好堅強。我更想和妳交朋友了。」

「妳太抬舉我了。我只是個長得特別高大的漁夫孫女。」

「我也只是個傲慢的議員女兒罷了。附帶一提，家祖父是做代書的。」

「喔……」

美由紀注視著美彌子。

美彌子也看著美由紀，搞得像在大眼瞪小眼。

雙方同時噗哧一笑。美由紀接著哈哈大笑。這一笑讓她想開了，於是吃起水果甜品。

然後……美由紀總算問了美彌子造訪偵探社的理由。

美彌子有個名叫是枝美智榮的朋友。美彌子說是同窗，但不知道是小學還是高等學校的同窗。應該不重要吧。

美智榮是某公司的社長千金——美彌子似乎也不知道公司名稱——然後，美彌子說她長得很可愛，有點像狗。

這部分美由紀不太明白。

首先，無法想像出長相。

長得像狗的人會是什麼模樣？聽說其他朋友都叫她「美智榮」或「美智」，只有美彌子叫她「小是」或是「小汪」。

叫「小汪」未免太過分了吧。

是枝美智榮也稱呼美彌子「小」什麼的——美由紀沒聽清楚——簡而言之，兩人感情相當好吧。

是枝美智榮熱愛大自然，興趣是登山健行，並且邀請過美彌子幾次。

郊遊遠足還能奉陪，但是枝的登山愛好逐漸升級，難度高到美彌子跟不上了。

美彌子也忙著練習騎馬、插花之類的活動，時間難以配合。

況且，如果要正式登山，需要裝備，也需要訓練。是枝美智榮沒有強迫美彌子做到這種地步，美彌子也不打算奉陪這麼多。

是枝美智榮向父親公司的登山同好會成員討教，準備了齊全的裝備，從海拔較低的山開始累積經驗。經過一年左右，便登上頗有高度的山。

頗有高度的山是多高的山，美由紀毫無概念。她沒有任何這方面的知識。

美由紀問了一下，但美彌子也不清楚。

「是什麼山呢？我記得她提過金時山、茶臼岳……那些是神奈川縣和栃木縣的山吧？」

「我不知道。」

美由紀的地理不好。

「她說一開始是爬高尾山。」

「高尾山……我知道，依稀有印象。」

雖然只是聽過的程度而已。美彌子說她也去過高尾山。

由於是枝美智榮沉迷於登山，兩人碰面的機會變少，但並未疏遠。美彌子和是枝美智榮每個月仍至少會見一次面，一起吃飯或看電影。

「有時候……也會一起上山走走。不過，我最多只能到高尾山。」

「妳們會一起登山？」

「那……不算登山。因為高尾山有纜車。大概是山上建有寺院，香客中有不少長者吧。也有健行路線喔。所以，初學者和我這種門外漢都上得去。」

「喔……」

「小汪計畫攀登高山時，都會先去高尾山。算是練習，或是熱身，也有勿忘初心的意義。我也……是啊，陪她去過三次。雖然稱不上喜歡山，但我覺得置身在清爽的大自然中是件好事。」

「我在海邊長大，對山有一份嚮往。山上感覺很舒服。」

「是很舒服，但其實我比較喜歡河。我嚮往的是亞馬遜河，總有一天一定要去探訪……」

亞馬遜河，是哪裡的河？

美由紀愣愣地沒應聲，美彌子告訴她是南美洲的河。

「那是位在熱帶雨林中、全世界最大的河流。熱帶叢林很棒，對吧？啊，不過跟這件事沒關係。問題在於高尾山。」

美彌子說高尾山就在附近。

「是在……關東吧？」美由紀問。

「在東京，應該沒錯。那裡算是多摩還是八王子，或者是武藏野……妳知道嗎？」

「我是千葉人，不熟悉東京。」

「距離中央本線的淺川車站……大概一小時吧。從那裡走一小段路，然後搭纜車上山。」

「直達山頂嗎？」

「沒辦法，纜車的終點站在半山腰一帶。有幾條登山路線，參拜的香客走一下就能看到寺門，很輕鬆。那座寺院叫『高尾山藥王院』，據說是歷史悠久的名剎。」

「我聽說過。」

但並未特別放在心上。

「那座寺院相當宏偉。聽到是山上的寺院，容易聯想到孤伶伶的小廟，但那裡散布著宛如神社的建築物和殿堂。明明是寺院，卻有鳥居（註）呢。不過，我也不太清楚這些宗教上的事。身為會遭天譴的無信仰者，我從來沒進去參拜過，只走訪周邊的名勝。」

「那裡景色好嗎？」

「雖然稱不上絕景或奇景，但有一些瀑布，感覺很清淨、很漂亮。值得一看的，反而是豐富的植被。」

美由紀恍然大悟。

有個詞叫「不食人間煙火」。

母親口中的上流階級的人，經常被這麼形容。

假設發生了一場火災。

如果是庶民，會想：「天哪，不得了！快點滅火！快點通知大家！快點逃生！」但上流階級的人，

註：神社設立的象徵神域的牌坊。

給人的印象是會對著火災景象感嘆：「多美的火焰啊！」

當然，這純粹是一種印象而已。

或許也可說是偏見。

前陣子認識的，不知道算是學者還是研究家的那個人，應該和所謂的上流階級相差十萬八千里，但確實是不食人間煙火。

感覺那個人即使看到火災發生，會在乎的應該是風向、濕度、起火的物品材質之類，第一個想到的也會是燃燒狀況、燃燒時間和受災總額等等。

可是，看似不食人間煙火的人，並非脫離現實。

他們一樣看著現實。只是，儘管看著一樣的東西，看到的意象卻有些不同吧。

不，若要這麼說，即使看到相同的東西，也沒人會有相同的感受。每個人應該都不同。

這樣一想，「天哪」、「快點滅火」、「快點通知大家」、「快點逃生」，意涵也全都不同。

或許看似一樣，但不盡相同。

無關庶民或上流階級，簡而言之，就是人各不同。

不過，許多人無論如何都想認定你我他都是一樣的。

因為從眾能讓他們安心吧。

有時這會形成一種強制從眾的壓力。

他們說，普通都是這樣的，你也很普通吧？

如果不一樣，就會被說是特殊。不僅如此，他們會強迫你也要變得普通、說普通才是正常。若是拒絕，就會變得更加孤立，然後被烙下「不正常」的印記。可是——

或許也只是這樣而已。

明明世上沒有所謂的普通。

看似不食人間煙火的人，是擁有拒絕力量的人。不管那是財力、學力，什麼都好，擁有足以祛退社會同儕壓力的某些能力的人，看起來就像不食人間煙火，只是這樣罷了。

所謂的植被，應該是指那塊土地生長的植物種類，但美由紀對花草樹木一竅不通，不管是看到、聽到，或是別人指點，仍一頭霧水。

聽到「植被」兩個字，美由紀的感想非常傻氣：「那裡長了那麼多可以吃的草嗎？」她約莫是想成同音的「食生」了（註），真的很傻。

美由紀兀自笑了。

「妳有興趣嗎？」

「不……不是的，但也不是完全沒興趣。」

「第一次我只在纜車終點點的高尾山站附近晃了一下，第二次沒坐纜車，從山腳爬了一段路上去，第三次則是從高尾山站朝山頂前進。不過，最後沒能爬到山頂。」

註：植被的日文為「植生」（syokusei），「植」與「食」發音相同。

因為實在是累了——美彌子笑道。

「啊……並非身為千金小姐，所以爬到一半就感到挫折。我對體力很有自信。在馬術俱樂部，不管是快跑或遠騎，我都是第一名。」

美彌子沒有弱不禁風之感。

雖然個子嬌小，但手腳修長，動作也十分靈敏、活力十足。儘管纖細，感覺卻相當強韌。

「不是體力不支，而是我並非真心想要登山。實際上，許多老人家一路爬到山頂，而且有路可走，沒那麼險峻。聽說也有人元旦會去山頂看日出。我們因為見面的機會少了，有滿肚子的話要告訴對方，所以精力都放在談天說地上。」

美彌子說完，微微歪起了頭。

雖然對年紀比自己大的女性有這種想法不太對，但美由紀覺得看起來很可愛。

「聊天太愉快，加上走得慢……走到一半，太陽漸漸西斜，我們便折返了。」

「沒繼續往上爬？」

「對。登山這回事，不僅是上山而已，也包括平安下山。因此，如果當天來回，不能在山頂迎接日落，否則會變成摸黑下山。夜晚的山非常危險。天黑以後才下山，風險太大。山中會突然暗下來，有些季節氣溫會降得很低，也容易失足滑落或迷途。」

「對呀。」

美由紀之前就讀的學校位在山上，夜晚非常可怕。

「這些都是小汪告訴我的。小汪——是枝小姐的個性比別人更小心謹慎。她和我們不一樣，『魯莽』這個詞永遠不會用在她的身上。我請教過登山同好會的人，他們都說小汪任何時候都不會勉強行事，裝備總是萬無一失，絕不會輕率冒險。」

然而——

事情發生在兩個月前。

是枝美智榮第四次邀美彌子去高尾山，說是計畫在初秋攀登劔岳，想先爬高尾山暖身。

「我婉拒了。」

因為美彌子那天恰巧有古琴的合奏會。

美由紀覺得她好忙碌，而且連拒絕的理由都好優雅。

「她很久沒邀我了，所以我覺得挺遺憾。小汪說，這次她會一個人去……以前有一次遇到我要參加露天茶會，小汪也沒取消行程，獨自去爬高尾山。對我來說，那只是和朋友出遊，但小汪最主要的目的不是談天，而是登山……會獨自去也是合情合理。」

「請問，那裡……不是一個人去會有危險的地方吧？」

「一點都不危險。」美彌子回答。「當然，如果偏離路線，或是做出魯莽的行為，或許會有危險，但這不管在任何地方都是一樣的。只要不刻意涉險，高尾山應該非常安全。除非服裝極端輕便，否則許多景點沒有登山裝備也能暢行無阻。我總是穿得像登山客，但小汪都是全副武裝的專業登山行頭。如果她是一個人去，必定會準備得更萬全。」

然而，是枝美智榮沒回來。

她失蹤了。

「失蹤……是遇難了嗎？」

「不知道。」美彌子說。「她應該當天就會回來，卻不見人影，所以家人立刻報警。」

警方調查之後發現，是枝美智榮確實曾搭乘纜車抵達高尾山站。

據說目擊者不少，其中包括她過去多次在山上遇到而相熟的人。雙方甚至打了招呼，應該錯不了。

此外，是枝美智榮在纜車出口附近的茶店借用洗手間。店裡的人作證，雖然不知道她叫什麼名字，但以前看過她很多次。

那天是枝美智榮去了高尾山，毋庸置疑。

綜合種種證詞，她似乎從下纜車的地方——好像叫霞台——往琵琶瀑布前進。

但她沒去瀑布，只是路過。

接下來的行蹤就不清楚了。

經過通往瀑布之處，繞半山腰一圈，這樣的路線並不特別。若是走這條路線，約三十至四十分鐘就能回到原地。

由於沒什麼高低差，走起來十分輕鬆，途中還會經過南陵和北陵的兩片森林，可清楚看出美彌子所說的植被差異，是植物愛好者眼中的絕佳路線。

「沒有其他人走這條路線嗎？」

「好像有，但對方似乎不太清楚她的行蹤。在山上，即使是陌生人，若擦身而過，有時也會互相打招呼，所以比較容易留下印象，但經過通往瀑布的分歧點以後，就沒人目擊到小汪。」

「咦？難道……」

「那裡……有瀑布嘛。」美彌子說。「警方也想到這一點，就是意外或自殺的可能性。」

「唔，瀑布很危險吧？」

「是啊。可是，警方已排除。」

「排除？」

「小汪應該沒去瀑布。雖然無法斷定，但就算去了，那裡也不是會發生意外的地方。畢竟不是華嚴瀑布那種瀑布。」

「瀑潭不深嗎？」

「確切地說，那裡是修行場地，沒辦法靠近瀑布。而且，那天琵琶瀑布有人在修行。」

現在還有僧人會在瀑布沖打下修行嗎？對美由紀來說，那種場景只存在於民間傳說或故事中。

「山上有另一座瀑布，但是同一類型的瀑布，又比較遠……不過，問題不在於距離，而是如果她選擇繞半山腰一圈的路線，會經過路線上的最後一處『淨心門』。要是沒經過那裡，就是偏離路線，或是折返了。」

「那是寺院的門嗎？」

「好像是。有認識她的登山客一直留在那座門附近。對方比小汪早十分鐘出發，走到一半身體不太舒服，就留在淨心門那裡休息。」

那個認識是枝美智榮的人，似乎和她搭乘同一班纜車上山。

兩人的出發時間相差十分鐘，是因為是枝美智榮去茶店借用洗手間。

「如果從那家茶店往琵琶瀑布前進，但不去瀑布，走繞半山腰的路線，通常連三十分鐘都不用——大概二十分鐘吧，就能抵達淨心門。但那個人在淨心門休息了三十分鐘以上，再慢吞吞地繼續走，所以花了超過一小時，才走完一般只需三、四十分鐘的路線。可是，那個人說小汪未追過她。」

「喔……是折返了嗎？」

不是嗎？

「不是。但不管怎樣，都得繞半山腰一圈，對吧？那麼，就算繼續前進，最後也會回到原點吧？既然如此，不管是折返或前進都一樣嗎？……茶店的人怎麼說？」

「沒看到她回來。」

「會不會是漏看？」

「茶店的人不會盯著每一個登山客和香客，即使漏掉也沒辦法。可是，沒有半個人看到小汪搭纜車下山。當然，就算不搭纜車，還是能下山，不過應該會回到霞台才對。」

「意思是，她沒下山？那麼，是偏離路線……進入深山？」

「是啊。不然就是避人耳目，偷偷下山了。」

「偷偷下山？」

「這並非辦不到的事。」美彌子說。「假裝前往瀑布，躲在樹叢等地方換衣服，就不會有人發現。她應該揹了背包上山，當然可以帶更換的衣物上去。可是……」

這樣做有意義嗎？

「如果是這種情況，是枝小姐便是出於自身的意志躲藏起來——離家出走，對吧？」美由紀說。

「是啊。如果她是刻意偏離路線，進入深山，狀況又有些不同。」

是真的迷路了嗎？

或者——

「會是……自殺嗎？」

「我覺得不可能。」美彌子說。「不，我也不是了解是枝小姐的一切，要是問我有何確證，我拿不出來，但不管怎麼想……」

我都想不到任何她會尋短的理由——美彌子說。

「而且，她本來約我一起去高尾山。如果她打算自殺，會約別人一起去嗎？」

「應該……不會吧。」

「若是要我做見證，或陪她上路，就另當別論，但她約我的態度沒有那種迫切感。所以，真有什麼內情，應該……是發生在我婉拒之後。她打電話約我，不過是她失蹤兩天前的事。」

她聽起來很有精神——不知為何，美彌子有點生氣地說。

「聽起來十分期待入秋的登山計畫。她預定和心儀的男士一起登山。」

「心儀？」

瞬間，美由紀沒聽懂這個詞。

片刻之後，她才想到是指喜歡的人。

「會不會是……和那個人之間發生什麼事？像是……」

「應該沒有。因為她是單相思。別提交往了，她甚至沒告白，只是暗暗仰慕對方。」

「不過……還是有可能發生傷了她的心的事……吧？」

美由紀對戀愛完全外行。

「是的。我也這麼懷疑，明察暗訪了一下，但沒有那位男士另有心上人之類的情況。更重要的是，她和對方根本沒有聯絡。」

「那麼，會不會是有人告訴她某些謊言……」

「不太可能……如果失戀，她應該會第一個聯繫我。然後，她一定會說：好像又泡湯了！愛情女神拋棄了我！我要去吃甜點吃到飽，妳能陪我嗎……？」

原來是枝小姐是這樣的人。

「她就是這樣的人。」美彌子說。

說得俗氣一點，就是容易動情、容易被甩，卻很快就會振作起來，是活力十足的人嗎？

「這種人會尋短嗎？」

這是個困難的問題。

「人是複雜難懂的生物，或許她懷有某些我不可能明白的心事……但我還是無法想像。至少我的朋友是枝美智榮，是個表裡如一、天真浪漫的女孩。我實在不認為她會偷偷躲起來，或突然尋死。」

那麼……就是意外事故了。

「警方……有沒有搜山呢？」

「好像有。」

警方請求當地青年團和消防團協助，進行了相當縝密的搜山行動。

不過，在失蹤第五天，才進行全面搜山。

雖然感覺應變速度相當慢，但似乎不是警方怠慢。

是枝美智榮的家人在她失蹤的隔天報案。

接下來，警方花了整整兩天四處詢問、搜索登山路線。第四天開始，稍微擴大範圍搜索，然後隔天對整座山進行搜索——搜山，應該是這樣的。

警方是依序擴大搜索範圍，並未拖延懈怠。動員搜山的人數不少，進行了大範圍、相當大規模的搜山行動。

持續搜索將近半個月，最後卻沒找到任何線索。

「其實一個星期過去，警方就幾乎放棄了。不管是遇難或遭逢意外，恐怕都不可能還活著，這也是無可奈何的事。可是，居然連遺體、甚至一點蛛絲馬跡都沒找到。就算是自殺，也應該會留下遺體，所以故意失蹤的說法便浮上檯面。」

「是指偷偷下山嗎？」

「是啊。但考量到她的個性，我認為這和自殺一樣不可能。我……懷疑她是被綁架。」美彌子說。

「綁、綁架？呃，不是不可能，不過……」

美由紀單純地以為，只有孩童才會被綁架。

但也不一定就是這樣。

「家人有接到歹徒的聯絡嗎？」

「如果是綁架勒贖，家人應該會接到聯絡，但有時候目的不是勒贖，或許是為了性。那樣的話，就可能是綁架監禁，或是施加暴行。」

原來還有這種犯罪嗎？

想必有吧。

「事實上……」

說到這裡，美彌子壓低聲音：

「當地人都說是遇上神隱了。」

「神隱？」

「也不是神隱，應該說是天狗擄人嗎？」

「什麼擄人？」

「天狗擄人。當地人相信高尾山上住著天狗。」

「天狗？妳說的天狗，是指那個天狗嗎？故事裡出現的臉紅紅、鼻子長長、生著翅膀、腳踩單齒木屐、手拿團扇的天狗？咦，那是真實存在的生物嗎？」

「才沒那種生物呢。」美彌子似笑非笑地說。

美由紀也覺得沒有。

「但坊間流傳出這樣的流言蜚語，不就代表被人抓走是最有可能的情況嗎？就算沒有天狗，會拐騙人的壞傢伙也是真實存在的。」美彌子說。

意思是，是枝美智榮遇上犯罪行為嗎？

「妳看這個。」

美彌子從小皮包裡取出一張照片，放到桌上。

美由紀的水果甜品還剩下一半。雖然好吃，但她吃不慣。而且，一想到必須吃得斯文優雅，手就慢了下來。加上她專心聽美彌子說話，更是完全忘了吃。

那是一張奇妙的照片。

不是風景照，也不是人物照。一塊布上，擺著各式各樣的物品。

有像破布的東西、手帕，錢包裡的是存摺嗎？

還有，帽子、像包包的東西、鞋子。

是……登山裝備嗎？

美由紀提出自己的猜測，得到肯定的回答。

「這是上星期，在群馬縣過世的女子身上的物品。」

「上星期……？群馬？」

「對，是在十月七日發現的。實際上過世的時間更早。地點是在群馬縣的迦葉山。疑似是自殺，有遺書。應該是跳崖自殺。」

「這些物品怎麼了嗎？為什麼美彌子小姐會有這種照片？」

「這頂登山帽是我的。」

「咦？」

美由紀拿起照片，細細端詳。

不是什麼款式特殊的帽子。

「內側繡有我的名字，是家父送我的禮物。家父喜歡把每一樣東西都標上名字。他覺得我會開心嗎？我只覺得困擾。」

「呃，那個……」

美由紀不明白有什麼關聯。

「美彌子小姐和過世的女子……」

「我不認識她。」

「這是什麼情況？」

「照片上**全是是枝小姐身上的物品**。那頂帽子，是以前我們一起去高尾山的時候交換的。她說顏色和形狀都很可愛，非常喜歡……因為這樣，害我遭到警方懷疑。」

「這……」

「絕對出了什麼事。」千金小姐一語斷定。

2

「我的行為太傲慢了。」

美彌子既沒有心虛的樣子，表情也沒有變化，而且抬頭挺胸。

一般來說，這樣的態度難以解讀為是在致歉，就算惹來口是心非的批評，恐怕也是自找的。但美彌子並不是嘴上說說而已，這一點美由紀十分明白。

許多人在道歉的時候，會擺出卑躬屈膝的態度。

低頭、順服、謙虛，露出彷彿扛了一身不幸的表情。

通常大家都認為，這才是適合表達歉意的態度。

確實，當對方火冒三丈時，表現得低聲下氣，和平收場的機會較大，而且也沒必要故意火上加油，但仔細想想，比起承認過錯，這種態度更像是希望對方原諒犯錯的自己。

美彌子坦然承認自己的過錯。

她應該會設法彌補。

想必也反省了。

但她並不懊悔，也絲毫不冀求對方的原諒吧。

或許這就是她不同於凡夫俗子之處。

仔細想想，自身行為的善惡好壞，與他人如何認定、作何感想，是兩碼事。反省悔過，與乞求原諒，也是兩碼事。

我已誠心道歉，你差不多也該原諒我了——這是無理的要求。

原諒不是強求來的。

有時候就算沒做錯事，仍會平白無故遭人討厭，有時候無論再怎麼補償，也得不到原諒，更別提還有莫名招恨的情形。

不過，一碼歸一碼。

美彌子雖然表達了歉意，卻不請求原諒。

她會說「對不起」，但不會說「原諒我」。

「美由紀同學，妳確實表達過擔憂。妳記得我之前說過的話，也就是必須在傍晚前下山，否則風險太大。過了四點，我們就該折返的。」

「唔，我只是跟著一起來而已。」

「妳聽了我的說明，並答應和我一起來，所以是不折不扣的搭檔。不理會搭檔的建議，我實在是自大的人。是我說沒問題的，明明毫無根據。事實上，我根本沒做好危機管理。所以，我覺得自己太傲慢。」

「應該不會有事吧。」美由紀說。「我們還有一點糧食，而且現下不是會凍死人的季節，即使入夜也不要緊。只要熬過一晚，總會有辦法。」

兩人說話之際，天色漸漸暗下來。

美由紀和美彌子掉進坑洞裡了。

美由紀只是撞到腰，但美彌子扭傷了腳。

「說起來，一般根本不會想到這種地方居然會有坑洞，山區真是危險。」

「這個坑洞……是人為製造的。」美彌子說。

「什麼？」

美彌子傾身撫摸兩人滑落的泥土坡面。

「明顯有挖掘的痕跡。」

「是嗎？」

在美由紀看來，只是個普通的坑洞。

「是在做什麼工程嗎？可是，如果是在做工程，像是半途而廢。況且，為何要挖這種地方？這裡距離步道相當遠，應該也不是登山路線吧？更重要的是，這座山和森林，不是受到國家保護嗎？」

美由紀說「好危險啊」，美彌子說「當然危險了」。

「當然……？」

「這個坑洞……是陷阱。」

「陷阱？孩童惡作劇挖的那種陷阱？在洞口鋪上東西，害經過的人掉下去的陷阱？是這樣嗎？因為積了這麼多落葉……咦？」

「是舊陷阱，挖好之後已過了幾個月。還是該說遭到棄置？」

「喔……」

可是——

美由紀和美彌子不是踩破覆蓋物而摔落坑洞，幾乎是滑下來。

「感覺不像中了陷阱。雖然我們的確掉下來了。」

「對。一樣是陷阱，但不是把垂直的洞掩蓋起來，害人一腳踩空掉落的類型，大概是挖好之後，從旁邊推人下去的陷阱。」

「這……」

美由紀望向坑洞邊緣。

原本平緩的斜坡，從中段開始變得極為陡峭，最後形成直穴。至於另一側……幾乎是垂直的。看起來也像是把挖出來的泥土堆在那一側。

深度……從地表測量，應該超過三公尺。不，或許更深。若這是完全的直穴，而兩人是普通地摔下來，肯定已受重傷。

「可以說……只有這一側像蟻獅在沙地上挖的漏斗陷阱嗎？呃，根本就是陷阱嘛。」

「就是陷阱啊。我們中了圈套。」

美彌子毫不驚慌地說。

「在這種地方設陷阱，目的是什麼？雖然不曉得是誰挖的坑洞，不過是要捕捉野生動物嗎？」

「沒有動物會掉進這麼粗製濫造的陷阱。何況，動物就算掉進來，應該也有辦法脫身。貉和鼴鼠應該不會掉進來，如果是鼬鼠和栗鼠，應該能輕易脫身。不過換成山豬之類，我就不知道了。」

「喔……」

「就算是人類，也不會輕易掉進來。」美彌子說。「在山上活動的人，行走都很小心。因為山上原本就地勢不平。除非是像我這種輕視山林，又漫無目的地亂晃的粗心大意傢伙，否則不會掉進這種坑洞裡。」

「我也掉進來了。」

「妳不是掉進來，是為了救出滑落的我，受我牽連。糊塗的是我。」

話雖如此……

的確，如果步步為營，一定會注意到這個坑洞。

儘管美由紀發現有些古怪，或者說不自然的地面隆起和凹陷，但直到美彌子失足滑落，都沒聯想到會是什麼陷阱。

「是啊。唔……通常會停下腳步。不過，如果站在邊緣，被人一推，應該會掉下來……啊，妳剛才說目的是為了把人推下去，就是這個意思嗎？」

「對，引誘某人到這裡，然後推下去……我認為就是設置這個陷阱的目的。」

愈看愈像是這麼回事。

「咦？那麼，這個坑洞就是……」

為了將美智榮小姐……

「我懷疑可能是為了抓她而挖的坑洞，但不知道事實如何。」

「妳說是為了這個目的而挖坑洞？」

「難道不是嗎？」

「呃……可是，這麼大的一個坑洞，不是兩、三下就得挖出來。我們從高尾山站出發，四處亂晃尋找線索，頂多只找了三個小時吧？」

兩人上午在西側走動，然後暫時回到茶店，下午搜索東側。接著，在茶店附近吃了便當，下午一點左右再次出發，應該是在下午四點左右掉進這個坑洞裡。

「如果是枝小姐偏離路線，應該不會像我們這樣東逛西逛，而是筆直走過來，所以約莫會花三十到四十分鐘，就算途中去了某些地方，頂多花一個小時。要搶在這段時間之前挖出這種陷阱，實在不太可能吧？」

「的確不可能。」美彌子說。「依我觀察，這像是利用原本的地形挖成的陷阱……大概本來就是個缽狀低窪處，底部有坑洞的雛形。我覺得應該是再加工挖成深坑，形成陷阱，布置得讓人爬不出去。即使如此……也不是一個小時就能挖好的。」

看起來似乎爬得上去，實際上困難重重。

「一個人實在不可能挖得出來吧？」

「花時間慢慢挖可能有辦法。不過，如果是一個人挖的，估計花了好幾天的工夫。」

「就是說呢。」

既然如此——

「雖然不知道是誰挖的，但準備得滴水不漏，是嗎？那個人預測到是枝小姐會來，先設下陷阱嗎？好幾天以前就準備妥當？還是，那個人完成陷阱以後……引誘是枝小姐來爬高尾山？」

「不可能。」

美彌子立刻駁回美由紀愚蠢的推測。

「她會來高尾山，是為了攀登劍岳熱身。這一趟登山，是她打電話給我的幾天前才正式決定。即使有辦法得知這個計畫，匆促進行準備，應該也沒辦法完成陷阱。因為只有四、五天的時間而已。」

四、五天……

如果許多人一起挖，就來得及吧？

美由紀提出這個想法。

「大概來得及，只是太引人注意了。」美彌子說。「此處大大偏離登山路線，而且平常不會有人經過。但要來到這裡，非得從特定地點上山不可，對吧？」

確實如此。

「當然，畢竟是在山上，能從四面八方上來，但最輕鬆的應該是我們上山的路線。那麼多人扛著各種工具，連續幾天上山，想必相當惹眼吧？」

「需要……工具啊。」

不可能徒手挖掘。

「對，並不是人多就好，需要工具。」

「把工具放在這裡，只有人天天上山呢？」

「可能嗎？大隊人馬來來去去，難免會引起注意。如果那些人本來就住在深山，便另當別論，但那樣的話……」

就是天狗了——美彌子說。

「會有人住在深山嗎？」美由紀問。

「我想是沒有……」

「那直接在山上過夜呢？」

「雖然並非不可能，不過太勞師動眾了。畢竟在外野營得搭帳篷之類的，對吧？這裡還不算深山，一定會被人注意到。況且，在夜裡工作，也需要照明。」

美彌子說，由於地點的因素，若是引起注意，想必會引發議論。確實，傳說古代山中住著天狗，若是亮起異常的火光，或許會傳出奇妙的傳聞。

那是被稱為「天狗御燈」嗎？

「夜晚的山間一片漆黑，若是亮起燈火，可能大老遠就會被看見。如同妳說的，這一帶的森林自古就受到政府保護，現今也被指定為東京都的自然公園，任何人都不能隨意破壞景觀。要是被發現挖這種坑洞，絕對會挨罵。」

不管怎樣，工程都相當浩大。

「花了那麼大的工夫，卻無法保證效用。她攀登劍岳之前，會先來高尾山的習慣，旁人應該不會知曉。就算有人知曉，也無法確定她何時會來。即使設計她上山……但出發的兩天前，她才約我一起來。如果我沒婉拒，便會和她同行，所以還是很奇怪。綜合以上的考量，妳不覺得這實在稱不上萬全的計畫嗎？」

「那麼……這個坑洞會不會和美智榮小姐的失蹤無關？」美由紀問。「以惡作劇來說，實在太惡劣了，而且散發著犯罪的氣息，但會不會只是我們碰巧中了這個莫名其妙的陷阱，和美智榮小姐的事無關？」

「不。」

「不是嗎？」

「會不會是什麼人都好？」美彌子說。

「我不懂。」

意思是，有人悄悄布置陷阱，不管對象是誰都好，只要掉進坑洞裡，就覺得很開心嗎？

「不，如果是想觀賞別人掉進坑洞，必須一直守著陷阱才行。」

「啊，對耶。」

「況且，若是有人掉進坑洞裡……就出不去了。」

爬不出去。她們兩個也一樣。

「除非有人來搭救，否則是出不去的。弄個不好，掉進坑洞裡的人會死亡。沒有這麼過火的惡作劇吧？」

目前陷入弄個不好會死掉的狀況的受害者，就是美由紀和美彌子。

「我們糊里糊塗掉進這個陷阱，但通常登山客不會走到這種地方來，應該不容易有人落入陷阱。既然如此，推測是為了捕捉特定的人而設的比較合理。」

「可是，美彌子小姐不是說，不管是誰都好嗎？」

「雖然不管是誰都好，還是有篩選的條件。只要符合條件，什麼人都行，是這個意思。當符合條件的人上山時，設下陷阱的人就使出某些手段，將對方引誘到這裡……」

「然後把對方推下坑洞嗎？為了什麼目的？」

「這……」

美彌子不知道。

「我毫無頭緒。我不可能知道歹徒在山中綁架女人的理由，也不想理解。可是，除非這麼想，否則說不通。她……符合條件，所以……」

「被推下坑洞，遭到綁架了嗎？」

「雖然我沒有任何證據……」

美彌子四下張望，說道。

地面即將融入黑夜。

「除非這樣假設，否則這個坑洞實在太詭異。在有人失蹤的地點附近，出現這麼一個陷阱，我實在不認為是巧合。」

「或許就是巧合啊。」

雖然美由紀明白美彌子不願認為是巧合的心情……

只是，如果兩者毫無關聯，現在這種狀況未免太荒謬。

「也對。」

千金小姐到哪裡都是千金小姐。

美彌子從來不會驚慌失措，或方寸大亂嗎？

美由紀也不怎麼慌張狼狽，但她覺得自己純粹是太樂觀，並未想太多。

「而且，假設**是枝美智榮小姐**被推下坑洞……後來她怎麼了呢？」

「後來？」

「對啊，不可能把人推下坑洞就結束吧？推下坑洞、抓住人以後，總得下山吧？」

「咦，這倒是。」美彌子睜圓雙眼，「如果要帶她下山，根本沒必要打造出這種麻煩的陷阱。把她推下坑洞，她不見得就會乖乖聽話，何況拉她出來也得費一番工夫。與其如此，乾脆直接打昏，讓她失去意識，奪走她的自由……」

「那會更引人注意。」

美由紀也想過這種可能性。

如果是幼童也就罷了，是枝美智榮是成年女子。無論是已讓她失去意識或加以殺害，要扛著一具成年女子的身體行走，恐怕不容易。

即使有辦法，也會引來關切的目光。警方進行過縝密的調查，卻沒有問到任何這類目擊證詞，表示可能性不大。

「不管怎樣，是枝小姐都下山了吧？因為在山上找不到她。那麼，我認為推測她是憑著自身的意志下山，比較合理。既然如此，這種古怪的陷阱就毫無意義了吧？」

「確實沒有意義。不，或許有另一種意義。」

美彌子陷入沉思。

「我覺得這個坑洞與是枝小姐無關。倒不如說，我覺得我朋友的推理似乎最為妥當……」美由紀說道。

沒錯。

在銀座的高級茶館聽到是枝美智榮的失蹤案，美由紀頓時被勾起興趣。

如果只是一名女子失蹤，或許不稀奇，但有另一個人穿著失蹤女子身上的衣物，在不同的地點自殺……如此一來，狀況就十分離奇了。

儘管如此，美由紀只是個湊熱鬧的人。

她並非失蹤女子的家人或朋友，甚至沒見過當事人。而且，她也不是警察或偵探。

這件事和一介女學生沒有任何關聯。

她只是個好奇湊熱鬧的人。

除此之外，或許是對美彌子產生興趣。

兩人交換聯絡方式——美由紀僅僅是告訴美彌子就讀的校名——發誓一定要再見面。不，美由紀並不喜歡「發誓」這種教人背部發癢的說法。總之，美彌子說「最近再約個時間見面吧」。

美彌子用高級車載她到宿舍附近。

興沖沖地出門，不料被人潮嚇軟腿，想扳回一城，又撲了空——雖然是這樣的一天，結尾卻意外美好，沒留下壞心情。如果沒遇見美彌子，回程路上她一定會相當沮喪。

這時，美由紀反倒有些亢奮。

在千金小姐候補生的圍繞下度過每一天，本身卻不是千金小姐的美由紀，竟和如假包換的千金小姐中的千金小姐成為朋友——類似朋友的關係，她會有些亢奮，也無可厚非。

美由紀自身沒什麼變化。

換句話說，純粹是心情上的問題。

是一種幼稚的興奮。

距離天黑還有點時間，美由紀不想直接回宿舍，決定去一下屬於自己的小天地。

不，「屬於自己的小天地」這種莫名風雅的說法，美由紀不是很中意，但她的詞彙量太少，不曉得還能怎麼形容。

當然，那並非美由紀專用的場所。

是公共場所，只是沒有一個美由紀的同學會去而已。平常人滿多的。

雖然幾乎都是年幼的孩童。

在板牆和加蓋水溝的包夾下，形成死巷的小巷弄。位在其中的柑仔店。

店名叫「兒童屋」。

美由紀喜歡坐在嚴重妨礙通行的門口長板凳上，看著玩得渾身泥巴的孩子們，一邊吃不甚美味的廉價零嘴。

她從大馬路探頭望進巷子裡。

傳來歡鬧的喊叫聲。星期日的孩子們，活在明亮的當下。

走進巷弄。

濕氣很重，卻灰濛濛的。

一切都褪了色，卻又鮮明刺眼。

無比廉價，卻魅惑十足。

朝兒童屋望去，美由紀發現老位子上有人。當然，她並不是每天都來，所以多半被成群的孩童占據……

但今天坐在那裡的不是孩童。

還沒走過去，那個人便轉過頭來。

是中禪寺敦子。

「敦子小姐……」

美由紀有些吃驚。

她以為敦子不會一個人來兒童屋。

這是美由紀指定的密會場所。用上「密會」兩個字，總有一種淫靡危險的感覺，但一樣只是美由紀的詞彙量不夠多而已。

雖然不是祕密，但大人通常不會來這裡，因此沒人知道她們在此見面。

所以，稱為「密會」也不算錯。

敦子是科學雜誌的編輯兼記者。

現在是美由紀重要的忘年之交。

「妳在做什麼？」

「打發時間。」敦子回答。

「在兒童屋打發時間？」

「因為沒別的地方可去。傍晚我要到三軒茶屋進行採訪……」

美由紀一看，敦子面前擺著裝了蜜柑水的杯子。美由紀常喝那種不怎麼好喝的柑仔飲料——雖然似乎沒這種稱呼——但之前敦子感覺不怎麼喜歡，現在看到她喝，有點開心。

「星期日還要工作，好辛苦。」美由紀說，敦子解釋「因為要配合對方的時間」，輕輕吁了一口氣，分不出是不是嘆息。

美由紀買了醋魷魚，在敦子對面坐下。

這天稍早，她才在銀座做作的茶館吃了高級的水果甜品，兩者真正是天差地遠，不過老實說，坐在髒兮兮的柑仔店長凳子上愜意多了。醋魷魚根本稱不上美味，但熟悉的味道和市井的氣味，都沁人肺腑。

雖然不好吃，可是她喜歡。

意外的巧遇讓美由紀覺得有些窩心，毫無根據的亢奮稍稍鎮定下來。然後，她把從美彌子那裡聽到的神隱案件告訴敦子。

美由紀的說明並不巧妙，幸好敦子擅長聆聽，勉強抓得住梗概。

「神隱……或許應該說是天狗擄人。畢竟那裡是高尾山。」

聽完之後，敦子首先這麼說。

「美彌子小姐也這麼說……但世上並沒有天狗吧？怎會變成是天狗所為？」

「是地點的關係。」

敦子笑道。

「即使是相同的現象，發生在不同的地方，指稱的方式也會不同。關於妖怪的事，我哥經常這麼說。」

「在高尾山一帶，就是天狗擄人嗎……？」

「喏，跟之前的河童一樣。在大多喜一帶，同樣的事就不是河童所為，而會變成蛇妖作怪，不是嗎？雖然發生的現象相同，但解釋會不同。假設有人失蹤，卻找不出原因和手法，為了讓人接受，只能當作是某些事物造成的。有些人會變成代罪羔羊，像是巡迴藝人，或是馬戲團，不過在古時候，異事往往被當成怪物或神明所為。有天狗傳說的地方，就當成是天狗幹的。如果這件事發生在城市，或許從一開始就會被當成綁架案處理。」

「喔，也對。」

可是，好奇怪——美由紀說。

「不管是天狗還是什麼作祟，是枝美智榮小姐在高尾山上消失了。兩個月以後，在群馬縣的山上，只發現她的全套衣物——穿在不同人的身上。」

「是迦葉山嗎？」

「不曉得字怎麼寫，我對地理很無知。」

「那也是以天狗聞名的山。」敦子說。

「咦，又是天狗？那裡有天狗出沒嗎？」

「不，我想是沒有，但應該有座寺院祭祀著天狗面具。我不是我哥或多多良先生，所以不清楚。」

多多良是個研究家，在敦子擔任編輯的雜誌有個連載專欄。夏季的那場騷動中，美由紀偶然與他結識，是相當奇特的人。

「或許也有天狗傳說，但寺院裡祭祀的，應該是中興之祖的高僧傳下來的面具。還有，不知道是誰、什麼時候決定的，高尾山、迦葉山，加上京都的鞍馬山，被稱為三大天狗。」

「那麼，是枝小姐就在鞍馬山！」

敦子聞言，不知為何哈哈大笑：

「妳在說什麼啊，美由紀。」

「呃，就是天狗……」

美由紀覺得自己真的是語無倫次。

「唔……普通來想……」敦子說。

「就是這個！」

敦子問「這個是哪個」，美由紀回答「就是普通想法啊」。她想知道所謂的「普通想法」是什麼。

敦子所說的「普通」，不是指那種形成同儕壓力的多數意見，而是不拘多寡，盡可能排除個人偏頗得到的，沒有極端值的見解。

敦子是重視理性的人。

每個人都有各種想法，但想法無論強弱，總是會遮蔽道理。成見會引來偏頗和扭曲，有時還會衍生出曲解和捏造。如此一來，理所當然的事物，看起來也一點都不理所當然了。

透過有色眼鏡，不可能看見真實的色彩。

不管數量再多，都沒有關係。不是戴著藍色眼鏡的人更多，世界就是藍色的。真實並非多數決。

美由紀感覺到，敦子總是極力排除這樣的遮蔽物。

美由紀常會在不知不覺間戴上好幾副有色眼鏡看世界，因此經常搞不懂世界究竟是什麼顏色，但敦子似乎總是努力去看清原本的色彩。

「沒事。」美由紀說。

敦子停頓了一拍，接著說：

「上山的人沒有下山，這種情況有可能是遇難——即使沒找到人，還是能想到種種解釋，但有人穿著失蹤者的衣物，在別的地方自殺……」

「真的很不可思議。」美由紀說，敦子卻表示「沒什麼好奇怪的」。

「是嗎？」

「既然進行了長達半個月的大搜山，卻沒找到人，表示人應該已不在山上。換句話說，是枝小姐不管是什麼狀態——這是指不論生死——一定都下山了吧。」

「是嗎？」

「人不會像煙霧一樣憑空消失。」敦子說。「如果沒下山，就是仍躲藏在山裡——不論生死。」

唔，或許吧。

倒不如說，一定就是這樣吧。

「這純粹是推測，希望妳聽了別見怪，但要論可能性，若是枝小姐已在山中過世……既然沒發現她的屍體，表示她是以死亡的狀態下山了。」

應該是……這樣吧。

「屍體不會自行移動，一定是有人搬運。如果是遭到殺害，就是凶手或共犯運屍。即使是意外死亡或病死，也有人把她的屍體運下山……對吧？」

「沒錯。」美由紀回道。

「這是否能夠做到——唔，並非不可能，但相當引人注目。是啊，平日也會有揹著傷者下山的情況，可能偽裝人還活著，揹在背上……但這種情況不常見，如果有人看到，想必會留下印象。而且，如果是枝小姐被揹下山，認識她的人會認出來，比普通地走下山更容易引起注意，反倒會留下記憶吧。」

「換上不同的衣物呢？」

「替屍體換衣服嗎？我覺得殺人之後，不太可能再換上別的衣服。要是沒成功殺死，換衣服就更沒意義了。何況，還有呼吸就罷了，不管穿成什麼樣子，一旦人死了，旁人絕對會看出不對勁吧？」

「唔，畢竟屍體很可怕。」

「而且屍體應該很難揹。」敦子說。「扛在肩上或許比較容易，但也不可能像米袋那般扛著，只能裝進大袋子或大皮包，或塞進大箱子……因為十分沉重，放上推車搬運，約莫會是採取這種方式吧。」

「人……很重嘛，體積又大。」

「又大又重，沒人會帶著那麼笨重的東西上山。山上人多，一定會有誰看見，如果看見，便會留下記憶。畢竟讓人印象深刻。」

換句話說，運屍是非常引人注目的行為。

「即使記憶並未和失蹤案連繫在一起，警方來問案，應該也會有一、兩個人提到，若是時間點符合，警方會向更多人打聽這件事。如此一來，總會有人回想起來才對。」

「那麼，先藏起屍體，等入夜以後再偷偷運下山呢？聽說，是枝小姐的家人是隔天才報案的。」

「不能搭纜車，只能扛著屍體徒步下山……這可不容易。入夜的山上或許沒人，但山腳下是普通的市街，得計畫好下山以後要怎麼辦。不管怎樣，都需要運屍的裝備，出發上山的時候就預先帶去。」

「的確。」

「不管是袋子、箱子還是推車，什麼都好……但能折疊的袋子就算了，若是帶著箱子或推車上山，在這個階段就會引起注意……但無論如何，這都是有計畫的預謀，對吧？」

「是啊。」

「那是怎樣的計畫？」

「咦？」

「如果是殺人計畫……大費周章地把工具搬上山，在山上殺人，再大費周章地把屍體運下山，不是很奇怪嗎？目的只是殺人，根本沒必要把屍體運下山，不然乾脆等人下山再抓住加以殺害，豈不更省事？」

「呃，可能怕被人看到……」

「山上人也不少啊。」敦子說。

沒錯，搞不好比山腳多。

「搬運途中難免會被人看到，風險極高。雖然可能性不為零，但除非有什麼一定要這麼做的理由，否則不會如此行動。另一方面，如果是枝小姐因意外或生病而身亡……」

「這種情況更不可能。」

「的確不可能。辛辛苦苦將工具搬到山上，等待有人碰巧在山上過世。一發現有人過世，便抓住大好機會搶走屍體，再辛辛苦苦地偷運下山……太瘋狂了，連瘋子都不會做這種事。」

「就是啊。」

實在無法理解。

「不過，這並非辦不到的事。如果有什麼一定要這麼做的理由，確實辦得到，所以別搞錯了。這是只要想做，就做得到的事，對吧？」

「咦？唔，沒錯……」

「不過，問題在於，完全沒人目擊這種破天荒的行為，以及根本無法想像非這麼做不可的理由。」

所以——敦子說著，喝了一口蜜柑水，露出食之無味的表情。

「這種情形暫時不列入考慮。所謂的『這種情形』，指的是不論是枝小姐是否活著，總之無法行動，只能被人**運下山**的情形。」

對喔。

就算活著——比方被綁起來，或失去意識——也一樣引人注意嗎？

總之，沒人目擊是枝美智榮下山。不管是死是活，如果被運下山反倒會更引人注意，此一假設就難以成立——應該這麼想才對。

「沒錯。」敦子說。「所以，推測是枝小姐是自行下山，比較順理成章。如此一來，事情就非常簡單了，必須探究的只有一點。換句話說，謎團只有一個：明明不少人看見她上山，卻沒人看見她下山。」

「這確實是個謎團。」

「這個謎團有好幾種解答。第一種是，她沒下山。但警方已進行搜山，卻沒找到人，所以這個答案駁回。那麼，剩下的就只需要考慮她是如何下山的。如此一來，避人耳目偷偷下山，這種無趣的答案就變得極有可能。」

「偷偷下山？」

「對。避免被認識她、記得她的人看見，偷偷下山。這並不是做不到的事吧？」

「有辦法嗎？」

「那裡是山，多得是能躲藏的地方吧？妳說有認識是枝小姐的人在登山路線上休息，如果是枝小姐直接從對方前面走過去，當然會被發現，但如果刻意避開對方呢？」

「避開對方經過？」

「現場不像這條死巷是密閉空間，也不是單行道，可從旁邊或後方經過，多得是繞行的方法。畢竟那裡是山。雖然有寺門，但四周應該不是用圍牆圍起來。即使沒辦法避人耳目地通過，也可先躲在別處，等認識的人離開，而且要避開茶店的人的目光，並非不可能，店員又不會隨時監看有誰經過。此外，不坐纜車也能下山吧？」

「是啊。」

「我不知道茶店的店員和是枝小姐有多熟，假設是枝小姐習慣上下山都會去打聲招呼，那麼，如果是枝小姐默不吭聲地經過，店員反倒不會發現吧？是枝小姐上山前借用了洗手間，回程理應也會過來打聲招呼——一旦心中這樣認定，更不會去注意。」

「就是說呢。」

「縱使不去想些奇怪的小機關，我認為這種情況，是枝小姐出於自身的意志偷偷下山，是最合情合理的解釋，不過……」

問題是迦葉山——敦子說。

美由紀幾乎忘了那邊的事，不禁有點慌張。

「自殺女子身上的服裝，全是是枝小姐的衣物……這件事。」

「啊、對，是的。」

「再回到前面的話題，我認為是枝小姐要避人耳目下山，應該有不必偷偷摸摸的方法，妳覺得呢？」

「呃……」

一想起迦葉山，話題立刻又轉回高尾山，美由紀一頭霧水。

「比方說變裝，如何？」

「變裝嗎？呃，那樣的話，正常下山或許不會被發現……唔，美彌子小姐也這麼說，不過是枝小姐這麼做的動機是什麼？」

「暫且不考慮動機。」敦子說。「除非詢問本人，否則難以知道動機。不明白的事再怎麼思索也不會有結論，應該只針對已發生的事，考慮是否可能辦到。變裝……在這種情況下是有效的吧？」

「唔，非常有效。」

「假設是枝小姐變裝了——雖然不清楚理由。那麼，就是她準備了一套要更換的衣物帶上山，對吧？」

「嗯，美彌子小姐說她揹著背包，應該有辦法帶一整套衣物上山……」

「但妳的朋友篠村小姐認為不可能，對吧？」

「她不懂這樣做有何意義，就算是枝小姐出於某些理由計畫失蹤，但會刻意安排登山——然後在山上消失這種橋段嗎？如果變裝下山，就會採取這樣的行動，對吧？」

「是啊。」敦子說。「我覺得跟剛才說的，在山上等待有人過世，再偷偷把人運下山，同樣難以想像。確實是很古怪的行動，我同意。不過，依然有這個可能性。只是……如果是碰巧演變成這種狀況，又會是如何？」

不懂。

「呃，敦子小姐，妳說的『碰巧變裝』，更讓人難以想像。哪有人會不小心變裝呢？」

況且，變裝根本無從『不小心』。變裝是需要準備的。毫無準備的變裝，豈不是很矛盾嗎？

「所以……」

敦子露出孩子氣的表情，微笑道：

「我的意思是，她並非刻意變裝，只是做的事帶來和變裝一樣的效果。」

「呃，這是什麼意思？」

「比方……美由紀妳現在穿著制服，和我在這裡交換衣物，會變成怎樣？我是矮個子，尺寸應該不合，但如果體格相近，就能交換衣物吧？」

「是啊。」

「我已不是女學生的年紀，不過穿上制服……多少有魚目混珠的效果吧。靠近仔細觀察，應該看得出年紀，若離得較遠，或許看不出來，不是嗎？」

「不，即使近看，敦子小姐也完全就像個女學生啊。」

「這是在說我的外表很幼稚嗎？」敦子蹙起眉頭。

「是、是在說敦子小姐看起來很年輕。敦子小姐長得比我可愛太多了。我要是不穿制服，看起來根本不像學生。畢竟我長得這麼高大。」

「什麼年輕……妳才十五歲，我整整比妳大了十歲以上，這話就是在說我看起來像黃毛丫頭。我有自知之明，無所謂啦。重點是，我們交換衣服，跟我變裝成女學生，是同一回事吧？」

「應該不會有人懷疑。」

「我並不打算變裝，只是和妳交換衣物，最後的結果卻是我變裝成女學生，對吧？」

「噢！」

原來如此。

「假設有個認識我的人，看到我走進這條巷子，於是在大馬路上等我出去，我卻換成女學生的裝扮出現。那個人仔細觀察，應該會十分詫異，但一般料想不到會發生這種情形，或許會漏看。如此一來，我……」

「會變成去柑仔店之後就失蹤了？」

「可能會變成這樣。若是枝小姐在山上和某人交換衣物，是不是會發生相同的情形？」

或許……會。

「認識她的人，多半是目擊到她上山吧？就聽到的內容來判斷，那些人並非與她熟識，僅是與她有幾面之緣，如果她換上截然不同的服裝下山，即使並未偷偷摸摸避人耳目，沒被發現的可能性也很高。另一方面，穿上她的服裝的某人，由於不是她，所以變成了穿著相同衣物的某人……會不會變成這樣？」

「會呢……可是，一般會做這種事嗎？」

「不太會。」敦子說。「不過，比起做好變裝的準備上山，變裝之後再下山，或是碰巧變裝，可能性大多了。雖然要看是枝小姐是怎樣的人，但從妳的話聽來，感覺她並不怕生。」

「我不認識她本人，但似乎是失戀就會大吃大喝排解情傷，還會邀朋友一起大吃大喝的人，應該不是那麼內向……」

美彌子說，她就是那種人。雖然「那種人」是指哪種人，定義模糊不清，因此美由紀毫無確證，但雖不中亦不遠矣吧。

「這樣啊。」敦子的食指抵在唇上，望向半空。「唔……雖然不清楚實情，但感覺多少有可能。富有童心，或是正義感強烈，不管是什麼都好，有些人感覺會做出那樣的事吧？比如妳，美由紀。」

「我？」

美由紀毫無自覺。

「如果有人向妳提議這麼做，妳應該會答應吧？」

「會嗎……？」

或許會。

要看情況，美由紀回答。雖然本來凡事就都要看情況。

「譬如……是啊，假設妳去登山，發現年齡相仿、體格相近的人碰到困難。」

「碰到困難？」

「我覺得這種情況最容易觸動妳的心弦。看到別人有困難，妳幾乎都會伸出援手吧？」

「嗯……」

雖然這才是得看情況，但應該會設法幫忙吧。最起碼會關心一下。

「假設那個人正遭到追捕。」

「遭到追捕？」

「被壞人追捕。只是假設。唔，不管追捕那女子的是不是壞人都無所謂。世上有形形色色的人，也有會對女性糾纏不休的人吧。不管有什麼理由，被追逐的女子感到害怕或嫌惡，就會想逃離吧。這時……」

「啊，交換衣服嗎？」

「如果對方提出要求，妳會答應嗎？我想……妳一定會點頭。」

「會……答應呢。」

完全被摸透了。

「換句話說，我會變成對方的替身，對吧？」

「會是這樣，但應該不是這樣的。」

「咦？」

「對方並不是要妳當替身，自己逃離，而是想變裝逃走。」

「對喔，我也沒辦法當對方的替身。」

「對方處在驚恐中，應該也沒有故意犧牲他人的意思吧。換句話說，想要變裝的是遇到困難的對方。」

「這樣啊。」

「對。想變裝的是遇到困難的人，但以結果來看，妳等於也變裝了。」

「沒錯。」

這就是……碰巧變裝嗎？

「有沒有這種可能呢？」敦子說。

「唔，目前為止的假設中，這是最有可能的。」

「當然，這只是想像，或許實際上並非如此。只是，若是這麼假設……是枝小姐沒有被任何人發現就下山，還有她的衣物和帽子穿在其他女子身上，便解釋得通。」

「啊，迦葉山！」

「在迦葉山被發現的人，有沒有什麼相關資訊？」

「啊……」

美由紀沒有聽說。

不是美彌子不說，而是美由紀沒問。美彌子提過一度受到警方懷疑，想必至少知道對方的名字。

「這樣啊。」敦子的語氣有些遺憾。「唔，這純粹是猜測，也不能多說什麼，不過腦袋會忍不住產生不好的想像……」

「不好的想像？」

敦子的臉色一暗，解釋道：

「不好的想像要多少有多少，所以我哥曾說，可能性只不過是可能性，在僅有可能性的事物上尋找好壞之類的價值，十分愚蠢，但我就是會將不希望發生的、有可能性的情況當成壞事。」

「這是當然的啊。」

「我也這麼想……但舉個例子，一輛轎車突然衝進來，這樣的可能性不能說是零。即使真的有車子衝進來，我們或許能逃過一劫，不一定會死，甚至毫髮無傷。不過，兩人都被撞死的可能性也一樣大。同樣地，也可能因此發生天大的好事。」

全都有可能——敦子說。

是這樣沒錯。

「害怕不知道會不會衝過來的失控車輛、期待不知道究竟會不會發生的好事……到這裡都還好，但為此傷心或開心，真的很奇怪。由於事情根本尚未發生，我哥認為都是一樣的。面對已發生的事，感情難免會有起伏，然而可能性……僅僅是可能性。」

「意思是，勸人不要悲觀嗎？」

「應該是不要悲觀，也不要樂觀。不管是悲觀還是樂觀，都只會妨礙人去設想所能想到的一切可能性吧。因為無論悲觀或樂觀，往往都會讓人拋開最糟糕的可能性。」

唔……美由紀覺得不願意往壞的方向想，是人之常情。

「雖然總是有無限的可能性，不過已發生的事、將會發生的事，只是其中之一。很多時候，那會是自己不樂見的結果，而且也絕對無法斷定不會遇上最糟糕的情況，對吧？」敦子說。

最糟糕的情況。

雖然不知道是不是最糟糕，美由紀經歷過好幾次類似的情況。儘管問題在於，好壞的定義因人而異，但壞事就是會發生。

「我哥認為，如果是不好的事，應該立即採取改善措施，愈快愈好。這……縱使十分理所當然，但若是事前沒預想到不好的情況，就無從應變了。總之，他的意思是，在無數的可能性當中，最必須預先設想的，就是最糟糕的情況。」

「很有道理。」

「的確有道理，可惜人就是沒辦法按道理行事。坦白講，不好的預測和想像……我希望盡量避免。我不想要樂觀，也不想要悲觀，但不願意去思考的事，就是不願意去思考，更何況……」

只要去思考那種事，就會變成我哥那種臉——敦子說。

確實，敦子哥哥的臉……很可怕。

「可是，我認為這種情況……或許有必要先做一下不好的想像。」

「話雖沒錯，但現在我沒辦法做出不好的想像。假設真的有互換衣服的情況，就變成是枝小姐還活著，自行下山了吧？比起在山中遇害，這是更好的預測，不是嗎？」

不好的預測都被逐一否定了。

「倒不盡然。」敦子說。「目前為止，我們討論的是下山之前可能發生的情況，對吧？由於妳似乎認為這部分是個謎團，我只是試著論證這並非不可能。不管我的推測是對是錯，是枝小姐都有可能偷偷下山。但就算她能下山，後來……」

是枝美智榮下落不明。

「對耶。比起她是怎麼下山的，問題是後來怎麼了。」

這是更嚴重的問題嗎？

「討論這種情形的前提是，是枝小姐與別人交換衣物，等於是基於假設的假設，完全只是天馬行空的想像。這一點不能弄錯。如同我剛才說的，假設是枝小姐真的與別人交換衣物，不太可能是她主動要求。既然如此，就是有人向她提議……」

「應該是遇到困難的人。」美由紀說。

「對。雖然不清楚是不是遇到困難……但不太可能是在開玩笑。推測是出於某些迫切的理由，比較符合現實。這樣的話，向她提出要求的人，很可能是真的遇到困難。」

「所以，有可能是遭人追捕之類的情況？敦子小姐，妳剛才不是這麼說嗎？」

「對。這樣一來，就變成是枝小姐穿著那個被追捕的人的服裝下山，很危險吧？」

「咦，可是敦子小姐，妳剛才說，對方並不是想讓她當替身吧？的確，我也是個古道熱腸、沒大腦的爛好人，但如果有人拜託我當替身，我或許會拒絕。那麼……」

「不管對方有沒有要是枝小姐當替身的念頭，以結果來看，她就是穿著和被追捕的人一樣的服裝。這表示有遭到誤認的危險性吧？」

「啊……」

可能遭到誤認嗎？

「接下來才是不好的想像，如果追捕遇到困難的女子的人，是想加害她……說得更明白一點，是想殺了她，那麼，穿得和那名女子一樣的是枝小姐……」

「咦，等於是陰錯陽差成為替身嗎？」

「她們的身材應該很相似，否則不可能交換衣物。」

「是、是枝小姐被誤殺了嗎？」

「這只是想像。」敦子說。「一切都是想像，沒有任何證據，純粹是天馬行空地進行設想，甚至稱不上推理。畢竟線索太少了。這是拼湊為數不多的線索，硬擠出來的、無數可能性當中的一個。」

「話是沒錯……」

「會做出如此不好的想像，當然是因為是枝小姐下落不明，但更重要的是，有人穿著是枝小姐的衣物過世了。」

「那個人是……自殺吧？」

「即使是自殺也一樣。倒不如說，正因是自殺吧。」

若是他殺——

表示那名女子慘遭追捕她的某人毒手嗎？

但若是自殺，該如何解讀？會是……受不了執拗的追兵，選擇了死亡嗎？

「大概是逃累了，所以選擇自我了斷？這部分和是枝小姐沒有關係吧？」

「如果就像妳想的，是枝小姐遭到危害呢？」

「咦？」

「即使沒有遭到殺害，還是可能被誤認，也可能遇到危險——如果是枝小姐和那名女子互換服裝的話。雖然不知道發生什麼事，但本來無關的是枝小姐被牽扯進去……」

「啊……」

然後，因此遭遇意外。

「遭人追捕，想必會有如驚弓之鳥。不，萬一幫助自己的人出了什麼事……會顧不得逃亡嗎？」

美由紀是過來人。

別人因自己受傷，有時候比自己受傷更痛苦。

去年，美由紀失去了重要的朋友、應該會成為重要的朋友的人，還有她覺得是重要的朋友的人。

原因都不在美由紀身上，但美由紀就在近旁，與導致她們死亡的事情相關。僅僅如此，她便感受到極為沉重的責任，深自痛苦。

敦子露出寂寞的神情說：

「如果有人代替自己犧牲，或許當事人會更加自責。」

「這樣啊。」

或許真的滿難承受的。

「那名女子的遺體，是在是枝小姐失蹤兩個月以後被發現吧？雖然不清楚她是什麼時候過世的，但如果時隔許久，這段期間她不可能一直穿著同一套衣物吧？」

「啊……」

「沒錯，這樣就變成她是刻意換上是枝小姐的衣物自殺……」

「那麼，敦子小姐……」

「不行。」

敦子突然站了起來。

「敦子小姐？」

「不行、不行，這樣不行。沒有任何確證，只是在編故事。這不是預測、推理，什麼都不是，別說什麼可能性，根本是亂想一通。」

「是嗎？」

「我來調查一下。」敦子說。「憑著零碎的線索捕風捉影，也沒有意義，只會把自己搞得渾身不舒服。不是解決問題，而是推理問題到底是什麼，根本是白費工夫，而且先準備答案，再思考問題，簡直愚蠢透頂。」

敦子雙手撐在粗糙的木桌上。

「我會稍微調查一下。說是調查，能查到什麼也可想而知，但我會在自己理解的範圍內試著調查。若有更多資訊，或許會有像樣一點的推論。況且，不負責任地推想不認識的失蹤者八成已死……這樣不行。我不希望如此。」

敦子表示星期六下午會再來，便匆匆走出巷弄。後來美由紀得知，這天敦子是去採訪新宿發生的傳染性怪病。

確實……

美由紀並不認識是枝美智榮，也不曾實際見面。沒看過她的臉，更沒聽過她的聲音。她是只知其名、素昧平生的陌生人。

無關的人針對根本不熟悉的人大發議論，還討論對方的生死，實在太不莊重。

而且，這也是多管閒事吧。

身為是枝美智榮好友的美彌子，某種意義上算是當事人。不，既然警方會找她問案，她確實是關係人之一。

美由紀只是個看熱鬧的外人。

至於敦子……

敦子最重視理性思考，態度應該沒辦法像美由紀一樣悠哉吧。

最後，美由紀沒有把這天的經歷告訴任何人。

受到如假包換的千金小姐邀請，乘坐高級黑頭車前往銀座的高級茶館，吃了高級水果甜品，完全可拿來炫耀，但仔細想想，這些事和美由紀本身都毫無關係。

而且都是巧合。

高級的是黑頭車、茶館和水果甜品，掌控這些的是千金小姐。

美由紀本身既不高級，也不出色。

不會因此變得了不起。

她一點都沒變。

既然如此，根本沒什麼值得炫耀的。

頂多和撿到錢送到派出所一樣，只是有趣的話題罷了，並無大肆張揚的價值。

若是撿到令人咋舌的巨款，或是將錢占為己有，倒還值得說嘴。但這種情況，等於是在告白犯罪。

根本沒犯罪的美由紀，連可告白的罪行都沒有。既然如此，不管說什麼，都跟夢囈沒差別。

所以，美由紀什麼也沒說，就這樣過了幾天。

星期六。

一放學，美由紀沒吃午飯，便直奔兒童屋。她實在坐立難安。

可是，她去得太早。敦子還沒來，難得兒童屋的老婆婆——她還不知道老婆婆叫什麼名字——正在清掃店面。

小朋友似乎把東西弄散一地。

美由紀想幫忙，老婆婆連聲說「不用、不用、不用」。

「反正就算掃乾淨，很快又會弄髒，妳也知道吧。真是髒啊，衛生所會不會找上門？」

老婆婆說著，走進店裡，洗手之後，拿長柄勺盛了一杯蜜柑水，明明美由紀沒點，卻擺到木桌上。

「同學，妳好心要幫忙，所以請妳喝一杯。我的店髒歸髒，但食物很乾淨。衛生至上、衛生第一，可不能害孩子們吃壞肚子。只要存著這個念頭，就會勤快打掃了。」

話聲剛落，孩子們就又弄掉什麼東西，一邊跑過去。雖然是死巷，但穿過木板牆的隙縫，隔壁便是空地。

「就是這樣。」老婆婆再度拿起掃帚和畚箕。

小朋友隨手撒出來的，似乎是揉得粉碎的落葉。

聽著孩子們的歡呼聲逐漸遠離，美由紀的腦袋放空了片刻。

約莫一小時後，敦子才現身。

她提到什麼低體溫開胸手術，美由紀完全不懂，大概又在採訪深奧的議題吧。敦子沒坐下，站著說「我查了一下」。

「發現什麼了嗎？」

「唔，當然有個極限，查到的事不多……」

敦子頓了一下，環顧狹窄的巷弄。

孩子們的聲音在四周迴響。

敦子提議換個地方。

她似乎也還沒吃午飯。

兩人衝進正要收起門口短簾的蕎麥麵店。敦子點了蛋黃蕎麥麵，美由紀點了兩份海苔蕎麥涼麵。

「有件事我很在意。」

一點完餐，敦子便開口。

「是枝美智榮小姐是在八月十五日去高尾山。那天是終戰紀念日。她的家人向警方報案，請求協尋，是在隔天上午十點多。」

聽到日期，感覺事情一下迫近現實。這天美由紀還在放暑假，待在千葉的老家。那正是河童騷動仍餘波未平的時候。

「是枝小姐的家，其實離這裡不遠，所以接到報案的……是玉川警署。」

「咦……」

真正是出乎意料。

「所以，我請教了一下賀川先生。」

賀川是玉川署的刑警，為人隨和。春季這一帶發生昭和試刀手案件，他力排眾議，孤軍奮鬥。若要形容，這名刑警生了一張老臉，但眼睛很大，身材嬌小，軍旅時期被取了個綽號叫「小朋友」。

「那個小朋友刑警嗎？」美由紀說，惹來敦子苦笑規勸「這樣有點沒禮貌」。

「這不是命案或竊盜案，而是失蹤案，所以歡迎民眾提供線索……雖然我沒有任何可提供的線索，但因為之前打過交道，他告訴我案情。」

試刀手案件之謎，是敦子破解的。

雖然敦子否定，但在美由紀的認知裡就是如此。

「疑似她失蹤的現場，隸屬的轄區不同，自然得聯絡負責的警署，不過那個時候，轄區的八王子署接到其他協尋要求。」

「其他協尋要求？」

「有人報案女兒去爬高尾山，一直沒回家。當時，八王子署已展開搜索。」

「那麼，就是有兩個人失蹤嘍？」

敦子沒直接回答美由紀的問題，只說「在那個時間點是如此」。

「咦，在那個時間點？意思是，另一個失蹤者找到了嗎？」

「其實人並沒有失蹤。」

「怎麼回事？」

實在教人一頭霧水。

家人報案請求協尋的另一個女子，名叫天津敏子，二十二歲。

據說是八王子的大富豪天津家的獨生女。

天津敏子在十四日深夜或十五日清晨離家，只留下一張便條，寫著要去山上。

十五日下午，警方接到報案。

十六日，對天津敏子的搜索範圍擴大到高尾山。

換句話說，八王子署接到是枝美智榮家人的報案時，已在山上對失蹤的天津敏子展開正式搜索行動。

「呃，那麼，美智榮小姐是在警方四處找人的情況下，消失在山裡嗎？會有這種事嗎？」

「不是的。雖然不知道天津小姐是幾點上山，但是枝小姐是在同一天上山。」

「是這樣嗎？」

「就是這樣。可是，天津小姐的家人早了一天報案。正確地說，天津小姐的家人是在她失蹤當天報案協尋，而是枝小姐的家人是在隔天報案，差別只在這一點上。但天津小姐留下的字條僅僅提到她要上山，因此警方從住家周邊開始搜尋。八王子一帶有許多山，難以鎖定是哪一座，可是……」

天津敏子並無登山的嗜好。

離家的時候，她似乎是穿著平常的衣物。

沒有任何裝備卻要上山，去處自然有限。可一時興起前往踏青的山，極限就是高尾山了。因為離家的時間很早，警方幾乎沒問到什麼目擊證詞，但搜索範圍逐漸鎖定高尾山一帶。

「十六日上午，警方前往高尾山。當地的青年團也出動，組成人數相當多的搜索隊。由於有這層緣故，是枝小姐的家人儘管較晚報案，警方卻能迅速行動。而且，明確知道是枝小姐去了高尾山，所以當天就在纜車附近和那家茶店問話。是同一天。」

「那麼，八王子的員警是一併尋找兩人嗎？既然要搜山，不管是找一個人還是兩個人，應該都一樣吧？」

「應該是一樣……但實際上並非如此。因為十六日下午，警方就找到天津小姐了。」

但人已過世——敦子說。

「咦？」

「換句話說，剛開始搜索是枝小姐的行蹤，就找到天津小姐了。」

「是意外死亡嗎？唔，恐怕不是。」

穿著平常的衣物上山……這算是顯而易見的情況嗎？

「是自殺。她疑似在離登山路線相當遠的森林裡上吊。由於服裝和報案時的描述幾乎一樣，遺體立刻被送回來，也請家人確認過了。」

「確定身分了啊。」

難道——美由紀懷疑了一下。

有一瞬間，她懷疑是枝美智榮和那位天津小姐掉包了。這麼一來，過世的就變成美智榮。

然而，實際上並非如此。

「家屬領回遺體，並在隔週舉辦葬禮，所以應該不會弄錯。我在意的是後續情況。」

敦子說道。

這時，蕎麥麵上桌。

在住校的美由紀眼中，蕎麥涼麵是一頓大餐，在宿舍裡是吃不到的。

「唔，既然敦子小姐耿耿於懷，事情想必不單純。否則，只是恰巧發生在同一天的不同案件罷了。」

敦子愣愣注視著美由紀。

「怎麼了？小心麵會泡爛。」

「美由紀，妳好靈巧。怎樣才能像妳這般邊吃麵邊說話？」

「很普通啊。」

或許不太普通。

「唔，好吧。其實……關於那位天津小姐，她有不太好的傳聞。」

「不太好的傳聞？」

「天津家是大富豪、有錢人。原本是薩摩（註一）出身的士族，現在是開了好幾家公司的實業家。

喔，這不是重點……傳聞，天津家的父女關係糟透了。」

這是從之前提過的鳥口先生那裡聽來的——敦子說。

鳥口似乎是某家經常報導醜聞的雜誌編輯。之前敦子提過，在試刀手案件發生時，鳥口幫忙調查了一些背景資料。

「敏子小姐的祖父非常嚴格，宛如舊幕府時代陋習的化身，是個老古板。守舊也就算了，又完全背離時代潮流，極度重男輕女。」

「哎呀……」

真的有這種男人——美由紀說。

「雖然我不覺得女人比較了不起，或男人很糟糕，也不想抬高女人的身價，但女人也沒道理被踩在腳下。遇上這種人，實在很傷腦筋。」

「就是啊。」敦子嘆一口氣。「敏子小姐的祖父似乎年歲已高，陷在明治時代（註二）奇妙的倫理觀念裡走不出來，也不是不能理解，但她的父親竟有著相同的思維。不過，這只是傳聞，不好隨便亂說。然後，身為孫女，敏子小姐反抗得十分厲害。」

「難不成是因為這樣，被逼上絕路？」

註一：江戶時代的薩摩藩，領地為現今的鹿兒島縣及宮崎西南部，琉球王國為其屬國。

註二：日本年號，為一八六八～一九一二年。

「若要這麼說，確實如此。」

敦子以筷子攪動著碗中的麵。

「爭執的根源恐怕更深。她尋死的理由疑似是——當然，本人已不在世，無從確定，但粗略地說……」

「是什麼？」

「嗯……很可能是因為一場悲戀。」

「悲戀，是指悲傷的戀情嗎？她冥頑不靈的爺爺和爸爸阻擋了情路嗎？和情人被活活拆散，她覺得生無可戀？」

美由紀還是個孩子，無法想像世上有讓人如此絕望的戀愛。真有會將人逼上絕路的愛情嗎？或許有吧。應該有。

不，她覺得這要看人。

是枝美智榮就算失戀，也會藉著大啖甜食來解愁，美由紀應該屬於同類。可是，有人沒辦法這麼做。一個人心靈的強度，是旁人無從忖度的。

敦子沒回答，默默吃了一會蕎麥麵，才應一聲「唔，是這樣沒錯」。接著，她抬起頭問：

「妳有偏見嗎？」

「什麼？唔，可能有一、兩個偏見吧，但我沒自覺。我希望自己盡量維持公正的立場，只是我相當無知，或許會在不知不覺間產生偏見。」

「是啊，我也一樣。雖然自以為努力消除歧視和偏見，很多時候卻不自覺地用有色的眼光看人。因為……每個人都不同。」

「是啊。然後呢？」

「她的心上人是個女人。」敦子說。

「這樣啊。」

「妳不驚訝？」

「我才不會驚訝，也會有這種情況吧。畢竟戀愛和性別無關……不過，就算我這麼說，也毫無影響力。社會大眾應該不這麼想，天津家那種老舊的家風，更不可能理解吧。」

「嗯，家裡的壓力似乎相當大。天津敏子小姐的情人名叫葛城幸，她也在當天下落不明。但她是獨居，很晚被發現失蹤。兩個月後才找到她……」

「咦？」

「葛城幸小姐……就是在迦葉山過世的女子。」敦子說。

3

「這是一種驕慢。」

美彌子說道，但這次的發言似乎並非針對她自己。

「世上有太多人認為自身的價值觀是永恆、普遍，而且絕對的，深信不疑。但價值觀會隨著時代和社會狀況改變，也往往侷限於某個地區、某種文化，還是相對而論的，不是嗎？」

「喔……」

「更進一步說，所謂的價值觀，根本是非常個人的。絕大多數都是一廂情願的認定，不是嗎？」

「這……」

美由紀從未認真思考這件事。

好的東西就是好的，壞的東西就是壞的。

她對此沒有太多質疑。

這也是一廂情願的認定嗎？

美由紀這麼說，美彌子不知為何笑了：

「比方，傷害別人是不對的——不管在任何時代或地區，我認為這都算是普遍的真理。倒不如說，這樣才是對的。美由紀同學指的好壞，是不是這樣的觀念？」

「應該是吧……」

難道不是在討論這個嗎？

不是的，美彌子說。

「舉個例子……」美彌子微微側頭，「唔，我是指『武士很了不起，尤其主公大人更是了不起』之類的觀念。」

「可是，現在沒有武士啊。」

「明明沒有武士了，但那些以前是武士的人，卻仍自認了不起。」

「以前是武士……？沒有這樣的人了吧？因為明治維新已是一百年前的事。」

「明治和大正（註一）時代加起來，也不到六十年，所以是八十幾年前的事。」

「不不不……」

就算只有八十幾年，當時的武士，現在也近百歲了吧？美由紀不認為還有那麼多生龍活虎的老人。

「打造明治這個時代的，是武士。」美彌子說。

「呃，讓四民平等的也是武士，對吧？」

「那是社會結構，價值觀不一定符合結構。江戶時代（註二）也是，形式上公卿的身分階級比武士更高，事實上卻截然不同，不是嗎？」

註一：日本年號，為一九一二～一九二六年。

註二：德川幕府統治時期，為一六〇三～一八六七年。

「我不太清楚。」

「幕府表面上尊重朝廷，卻掌握了實權，所以公卿貴族的身分，幾乎是有名無實，聽說許多貴族都十分窮困。」

「是這樣嗎？」

對於公卿貴族，美由紀的印象是一群穿金戴銀、吟詩蹴球、風雅度日的人。就算美彌子說他們過得很窮，她也難以想像。

「我認為這樣的扭曲，正是明治維新的大義名分的部分由來。但我不熟悉近代史，沒什麼把握。」

「我是徹底無知。可是，華族不就是以前的公卿貴族嗎？直到不久前，他們都還是很了不起的一群人吧？因為明治維新，社會整個被顛覆，武士失勢垮台……不是嗎？」

「不是的。江戶時代的大名諸侯，也成了華族。」

「是嗎？」

「沒錯，武士根本沒有垮台。說穿了，顛覆社會的也是武士。即使社會結構改變，武士依然是武士。事實上，直到最近，華族士族之類的身分階級制度都還存在。嘴上說是平等，其實仍高人一等。」

「高人一等嗎？」

「其實根本沒什麼了不起吧。」

美彌子憤憤地說。

「沒有人生來卑賤，不可能有人天生就特別高貴。身分制度遭到廢除，國民應該都是平等的，卻有一批人**自以為**高人一等，只是這樣罷了。」

「**自以為**嗎？」

「當然是**自以為**啦。」美彌子鄙夷地說。

她應該曾遇到什麼非常看不慣的事。

「不管是父母或祖先地位不凡，跟自己都毫無關係。現今的社會有選擇職業的自由，也有選擇婚姻和信仰的自由，但這些都只是表面上說得好聽，我認為是個大問題。不管是家業還是家名，都沒有繼承的必要。然而，有些人卻緊抱住血統、門第之類毫無根據的事物不放，自我正當化，甚至世襲地位、名譽，那副模樣與其說是愚昧，簡直就是醜陋。」

美由紀同學——美彌子叫了她的名字。

「先前提過，我總會質疑自身的想法，努力改正應當改正的地方。即使如此，我還是有兩個無法原諒——或者說厭惡、無法退讓的事物。妳知道是什麼嗎？」

美由紀不可能知道。她搖了搖頭，但黑暗已籠罩坑洞，美彌子也不是面對著她，於是她又出聲說「不知道」。

「第一個……就是自以為是的人，我最痛恨自以為是的人。不曉得反省、不聽別人的意見，堅持自己的信念、信條的人。不管那個人的觀念有多正確、崇高，一樣不行。根本是人渣。」

「人渣……」

千金小姐會選擇這個詞彙，實在令人意外。

「世上沒有絕對正確的事。」美彌子說。「即使正確，也不見得是好的。如果揮舞這面正確的大旗，會傷害到別人，就應該考慮一下揮舞的方式。不，應該重新反省是否正確。因為成見、妄信、盲從，不管在任何意義上，都是欠缺公平，而且愚蠢的態度。」

還有一個——美彌子似乎豎起了食指。

「以輸贏來判斷是非的人。」

「喔……」

美由紀不太懂。

「不能講輸贏嗎？」

「不是不行，但輸贏並非萬能、絕對的價值判斷吧？不，絕對不能濫用。」

還是不懂。美由紀只覺得，或許美彌子是對的。

「妳不明白嗎？」美彌子說。「輸贏是極為狹隘的規則，唯有在嚴密執行的情況下有效，無法普遍適用於其他的情況。」

「喔……」

「跨出擂台就輸了，這是只適用於相撲的規則。跌倒就輸了、沾到泥土就輸了，也是一樣的吧？」

「唔，是啊。」

「這種規則，只有相撲比賽才適用，在其他情況下是無效的。只是絆跤跌倒的人，到底輸給誰？沒跌倒的人全都贏了嗎？沒有這種事。唯有每個人都依照這樣的規則來比賽，規則才適用。比賽中應該要嚴格判定，除此之外，規則是無效的。」

「是這樣沒錯……」

「唯有在該情況有效的規則中明示輸贏的場合，輸贏的概念才有效，此外皆為無效。世上有形形色色的規則，但用不著想，明示輸贏的規則非常有限。加入輸贏的規則，能夠適用的多半只有遊戲、比賽之類。」

「是嗎？」

美由紀覺得似乎未必如此……但仔細深思，或許確實就是如此。

「比方，法律也是一種規則。只要身為社會的一分子，就非遵守不可的規則。法律設下許多禁忌，對吧？觸犯禁忌，稱為犯罪。可是，不是說犯罪就輸了，否則……」

根本沒有贏家——美彌子說。

「法律並不是『違法者輸、守法者贏』這樣的規則。法律只是規定不能做的事，加入輸贏的觀念，豈不是毫無道理？違論將這種單純化的價值觀，帶進沒有任何規則、平凡無奇的日常生活，簡直是愚蠢至極，我認為幾乎是犯罪了。然而，人們卻經常用輸贏來判斷事情，究竟是為什麼？」

「不知道。唔，因為明白易懂嗎？」

「是啊，也就是人們停止了思考。收入或財產的多寡、組織裡的地位之類，都是無關緊要的事。沒道理部長就比課長了不起吧？只是工作的內容不同罷了。更沒有先升遷的人就贏的規則。妳說對嗎？」

「呃，話雖沒錯，可是像我就經常會陷入挫敗的情緒。明明沒有任何規則，卻覺得輸了。自己任意較勁，然後輸了。」

「那是妳自己的規則吧。」美彌子似乎感到有點好笑。「是妳心中的規則。這沒有關係，是僅適用於美由紀同學自身，而且應該是很嚴謹的規則。況且，這種情況下，做出判定的是妳吧？」

「啊，沒錯。」

「判定輸贏的是行司（註）。」美彌子說。「行司不是相撲力士，所以不是競技者，是執行規定的一方。妳是用只屬於自己的規則，評判自己吧？」

會是這樣嗎？

「這純粹是自我評價。採用一定的評價標準，超過就算贏，低於水準就算輸，只是這樣罷了吧？因為明白易懂，才如此指稱。而且，是只在妳自己的心中評斷。」

「喔，真的完全是我內心的問題。就像美彌子小姐說的，是我自己的一套規則。」

「自我評價的規則，愛怎麼制定都行。可是，這套規則不適用於自身以外的社會，也不能隨意搬出來使用。」

「唔，搬出來恐怕不會有人理我。應該說，那只是我心中所想。」

不會宣之於口。

「然而，就是有一群人喜歡掛在嘴上，說什麼我贏了、你那樣就輸了、你輸了我贏了，那到底是在做什麼？」

確實很常聽到這種話。

「那群人究竟在想什麼？」美彌子說。

天色很暗，看不真切，但千金小姐似乎噘起嘴巴。大概是在表達她的忿忿不平，只是臉上帶著稚氣，顯得十分可愛。

「什麼輸贏，是把自己當成世界的裁判嗎？根本錯得離譜。」

雖然明白美彌子想表達的意思，但……

「這……是啊，不過那是一種比喻吧？」

「比喻也不行。」

「比喻也不行嗎？」

「不行。簡而言之，那是剔除一堆東西，將事物單純化而已。就像美由紀同學說的，單純的事物易懂，而且一旦有人開口斷定，其他人便會覺得是這樣，這和什麼都不去思考是同一回事。用輸贏來比喻事物的人，一定是非常不擅長思考的人。依我來看……」

比人渣還不如——美彌子斷言。

「哎呀呀……」

「相撲也是如此，運動項目幾乎都有將輸贏納入其中的規定，對吧？」

「是啊，不然連賽跑都不能比了。」

註：相撲比賽的裁判。

「也對。不過，賽跑的目的是什麼呢？」

「咦？呃……」

兒童屋後面的空地，總是有小朋友跑來跑去，看起來很快樂。那是為什麼？美彌子提出似乎很根本的問題。

「呃，小朋友本來就會跑來跑去吧。」

「是啊。」

因為想跑才跑吧——美彌子說。

「跑起來很快樂，所以奔跑。明明只要盡情奔跑就好，但一大群人一起跑，會變得毫無秩序，於是設下用快慢來決定輸贏的單純規則，成為比賽……會不會是這樣？換句話說，目的不是為了贏，而是因為好玩，不對嗎？」

如果不好玩，就不會有人要賽跑了。

美由紀這麼說，美彌子深深點頭：

「其他運動比賽也一樣。輸贏只是為了構成比賽的形式，而出現的一種約定。運動競技不是為了贏，應該從運動本身找到意義，對吧？」

「話雖沒錯……但如果覺得輸掉沒關係，不是也不好玩了嗎？」

「看吧。」

「咦？」

「變成非贏不可了。」

唔……確實如此。

「當然，因為想贏，努力練習，這是好事。不這樣就不好玩了。但要是認為非贏不可、絕不能輸，未免太荒謬。無論是練習或比賽，倘若無法樂在其中，就是假的，不管是贏是輸都一樣好玩，才是運動的本質吧？即使輸了，運動應該也樂趣十足。」

「喔……可是，輸了不會不甘心嗎？畢竟贏了會很開心。」

美由紀說完才想到，童謠〈花一匁〉（註）裡有一樣的歌詞。

「或許吧，但不甘心，和覺得『這樣不行』，應該是不同的。人們會不甘心，是因為想到下一次。這是想更努力練習、更投入的心情吧。」

「喔……」

大概是吧。

「輸掉就完了，過去的努力付諸東流，這種想法很奇怪吧？學習事物的過程、愈來愈熟練的過程，才是最快樂的。這才能成為人生的糧食。輸贏只不過是一次比賽的結果，並非人生的結果。只輸掉一次，就將美好的過程全盤否定，實在太愚蠢。如果不甘心，再次投入、享受就行了。」

美由紀覺得十分有道理，但也覺得因為美彌子有身分地位，才說得出這樣的話。而且，她應該不曾

註：童謠內容主要是描述購買價格銀一匁的花朵時，買賣方殺價的情景，有「贏了開心花一匁」、「輸了不甘心花一匁」等歌詞。

有**嫉妒**的經驗。

平凡如美由紀，很難這樣去思考。自認懷才不遇的人，往往會追求優越感，在這種情況下，以輸贏為基準很單純，所以方便。

不過，對於勝負至上主義者的思考方式，美由紀也常感到吃不消。

「況且，輸掉就完了，只限於古代的武士真刀比試之類的例子吧？輸的人會死，死掉就完了。那麼，當然會無論如何都想贏，但我認為將那種野蠻下流的行為和運動相提並論，本身就是錯的。那種發霉的精神論，不管對個人的人生還是社會，都只會帶來壞處。什麼強大的人比較了不起，因為了不起，所以厲害，所以是贏家，這種思維真教人生氣。」

美彌子似乎陷入無可言喻的義憤，握拳敲了地面一下。

「會變成這樣，也都因為促使這個國家近代化的是武士。那場無聊的戰爭到底是怎麼回事？」

「呃……」

她們應該不是在談這個話題。

其實，美由紀和美彌子在山裡遇難了。

「武士跟現在應該沒有關係吧？」

「大有關係。比方，所謂的家父長制，最早是武家的規矩，不是嗎？」

這……美由紀聽過。

雖然想不起來是聽誰說的。

「家裡地位最高的是男性長者。雖然我們理所當然地接受，但根本沒有這種規矩。如果是要敬老尊賢，可以理解，也應該這麼做。不，不分年齡性別，身而為人，不就應該尊重他人嗎？」

「我同意。」

雖然不需要別人付出敬意，但美由紀不願平白無故遭受攻擊。許多人不分男女、不分對象，就是想騎到別人頭上。美由紀覺得很麻煩，對於那種人，就任由他們愛騎去騎。但不管美由紀採取什麼態度，那種人攻擊的矛頭總會第一個指向她。

真的非常煩人。

美由紀認為會想占上風的人，都是沒自信的人。他們的內心毫無容納別人的餘裕，只能拚命自保，才會張口咬人。

他們似乎以為不咬人就會被咬，而會咬人的才是老大。

在這種人的眼中，人際關係等於上下關係，或許也認為地位高的人就能無條件毆打地位低的人。

這麼看來，可說和美彌子論及的輸贏判斷是一樣的嗎？

「唔，我覺得應該要敬重長輩。」

美由紀如此說道。

雖然在坑洞裡大發議論毫無助益。

美彌子輕巧地說「是啊」。

「可是，美由紀同學，只是身為長者，而且是男性，就要別人無條件聽從他的意見，未免太奇怪。

就算年紀比較大、是男性，還是可能犯錯，當中不乏一些糟糕的人。畢竟不分年齡性別，蠢人就是蠢人啊。」

「呃……唔，確實如此。」

「他們口中的『家』，指的不是家人或家庭，而是有自己的血統的集團。媳婦是人質，媳婦的娘家是自己人，女婿也一樣。那不是丈夫，而是入贅女婿——養子。」

「我不懂『人質』或『自己人』的意思。」

「除了自己人以外，全是敵人。他們是以敵人或自己人、勝負輸贏來看待事物。換句話說，是以戰爭為前提的思維。那根本是武家——而且是古老的武家的形態。簡而言之，只是源於想以自己或自己的直系血親為頂點，擴大勢力的膚淺欲望，也是極為舊時代的下作思想的結果，對吧？在這種人的眼中，『家』純粹是膨脹的自我。不管是配偶、孩子或孫子，所有的家人，都不過是用來保護自我、擴大自我的工具罷了。」

「啊……」

類似的內容，美由紀在別處聽過。

大概是敦子的哥哥說的。

或是有人從敦子的哥哥那裡聽聞這樣的內容，又向美由紀轉述。如果是直接聽到，印象應該會更深刻。

「每個人都在談什麼儒學、道德，加上一堆煞有介事的歪理，但根本是牽強附會。那是男人為了維護膨脹的自我，死守藉此得到的利益，而掰出來的詭辯，徹底地不合時宜。」

「呃……」

應該也有不是這樣的男人吧？美由紀提心吊膽地提出意見。

「有呀。有很多。當然有。同樣地，也有許多女人對此毫無疑問。擁有這樣的思維，並不是一種問題，畢竟世上有形形色色的人，當然會有這樣的人。這是無可奈何的事。」

「可以嗎？」

「可以呀。但將這種情況視為天經地義，就是放棄思考，而強迫別人認同這種主張，就是罪惡，我是這個意思。」

「喔，也是……我能理解。」

雖然能理解，美由紀還是覺得沒有關係。

她漸漸搞不懂現在是在談論什麼了。

「這有關係嗎？」美由紀問，美彌子回答：

「大有關係。因為就是有這樣的想法，才會變成婚姻等於懷孕生子，不是嗎？」

美由紀覺得，突然對連一場像樣的戀愛都沒談過的她聊起懷孕生子的話題，未免太奇怪了。更重要的是，事情的脈絡連不起來。

「什麼意思？」

「換句話說，婚姻和性關係變成同義詞。戀愛也一樣，如果不符合這個構圖，就不能允許。不結婚、無法結婚的關係，不論有無性關係，都會被視為不義、不倫。明明這是不同的兩件事，對吧？」

「我不知道妳指的是哪件事。」

「我認為，一輩子的伴侶——人生的伴侶、戀愛、性關係、懷孕生子，彼此之間雖然密切相關，卻不能混為一談。就像我很喜歡美由紀同學，但並不是愛上妳，也不想和妳發生性關係。」

「嗄？」

美由紀不禁臉紅。

「沒什麼好臉紅的，我已聲明不是這樣了。」

「坑、坑洞裡這麼黑，妳居然看得出來。」

「我亂猜的。」

美彌子說完，「呵呵」笑了。

「我就讀女校的時候，也有過S的朋友，但沒發展成超出親密的關係……」

S主要是女學生之間使用的隱語。據說來自SISTER的首字母S，但在美由紀的認知裡，SISTER一詞指的是姊妹或修女，因此她無法理解為什麼會是這個詞的首字母。不過，S似乎是指超出好姊妹的關係。

用不著想，女校裡只有女學生，自然指的是女人之間的關係。

美由紀不清楚這個詞在社會上通用到什麼程度。轉進現在的學校以前，她都沒聽過這個詞。

美由紀就讀的學校，也傳聞某些學生有S關係，甚至有人大肆公言。

要掌握誰和誰之間究竟有多深的關係，相當困難，但據口無遮攔的長舌婦們說，似乎是十分露骨的關係。

「可惜的是……我似乎沒有和同性發生性關係的資質。」美彌子說。

「需要資質嗎？」

「這部分解釋起來有點複雜，但難道不是嗎？不過……是啊，說『資質』似乎會招致誤解，可是找不到更恰當的詞彙了。至少那並非嗜好。因為有些人別無選擇，似乎也有人是不分性別的。」

妳又臉紅了嗎？美彌子問。

「不、不知道，我又看不到自己的臉。」

「沒什麼好羞恥的，就是當成閨房祕事，才有愈來愈多人誤會。凡事都要有節度，也必須認清合宜的禮儀和場所，但不需要為那件事感到羞恥，也不用躲躲藏藏……又不是犯罪行為。」

「就是……說呢。」

「強迫發生性關係，或是行使暴力之類，用不著想，就是犯罪。以前和我訂婚的蠢男人……就是這種下流的傢伙。」

「咦？」

「榎木津先生把我的婚禮破壞殆盡，等於是解救了我。雖然是父親決定的政治婚姻，但光是沒能看透那種惡劣到家的男子本性，我也罪該萬死。他堅信自己是最正確、最了不起的人，實在教人唾棄。強姦和性騷擾……根本是對女性的侮辱和凌辱——不，不分性別，就是侮辱性本身的凶惡下作的犯罪。如果我是中世紀的掌權者，一定會把他打進大牢，讓他再也無法重見天日。」

美彌子又捶了一下地面，似乎怒不可遏。

「聽好，美由紀同學，將戀愛、結婚、生殖與性行為放在同一個水平線上談論，純粹是這樣才有利。至於是對誰有利，就是對一部分緊抱著武家社會殘渣不放的落伍男人有利。現行制度也是這些人打造出來的。」

但妳別誤會了——美彌子說。

「不是所有男人都是壞的，也不是所有女人都是好的。我抨擊的是放棄思考，毫不批判地接受男尊女卑思想橫行的過時制度在現代通用，並且毫不質疑的人。如果不加思考就接受這些事，不管是男是女，都是一樣的，不對嗎？」

美由紀不知道對不對。

不過，她也覺得不經思考就接受不太好。倒不如說，這樣不是很可怕嗎？而且「從以前就是這樣」，根本稱不上是理由。

美由紀這麼說，美彌子點點頭回應「是啊」。

「況且，根本不是什麼『從以前就這樣』。因為這個世界隨時都在變動。有些人只是認為這樣對他們有利，就想停止變化。現在這個國家的原型，就是那種人打造出來的。這樣的東西，根本不是傳統或文化。」

「或許吧……可是我被騙了滿久的。即使覺得怪怪的，如果別人說一直以來都是這樣的，也無從反駁，有時候就直接接受了。」

「就是啊。」美彌子說。「即使制度古怪，也非遵守不可。只是姑且不論制度，連沒有明文規定的事都要受到束縛，我真的無法忍受。確實，依照現行的法律，同性之間不能結婚，在生物學上，同性也無法生殖，但除此之外都沒有問題。既然如此，光明正大地在一起就好了，不是嗎？」

「恐怕沒辦法吧。」

會招來白眼。

會被視為異類。

只因美由紀是鄉下來的，家裡又不那麼富有，加上長得特別高大，就先招來輕蔑了。

若是特立獨行、意見不同，想必也會遭到排斥。

美由紀沒見過什麼世面，而且還是個孩子，不管受到何種對待，也嚴重不到哪裡去，所以這部分她看得滿開的，但應該有人會無法承受吧。

「完全沒必要放在心上。」美彌子語氣強硬地說。

「我是這麼希望啦。」

「我懂。因為我有個人妖的好朋友。」

「咦，那是……？」

是人還是妖？

「他的性別是男性，但內心是女性。雖然是女性，但富有男子氣概……啊，這樣說很怪，不過就是這樣一個人。他叫小金。」

美由紀無法想像。

「本名……應該是熊澤金次吧。約莫五十歲左右，長得有點像相撲選手松登，理了個花白的大平頭，臂力滿強的。」

「是、是個阿伯？」

「外表看起來是，但他的內在是女性。年紀和家父相差不遠，卻是我重要的好朋友。我們很聊得來，而且他性情開朗，不單風趣，又會跳舞。他在淀橋一帶有點沒品的酒吧上班。」

「妳……人面真廣。」

美由紀這麼說，美彌子卻解釋是榎木津介紹的。既然是榎木津介紹的，也就難怪了。

「小金……嗯，由於是那種樣子，似乎受到社會大眾嚴重的歧視，也遭到冷酷無情的人迫害，卻毫不氣餒。因為他沒有任何需要感到羞恥的地方，更沒有給任何人添麻煩。世人不理解小金，也不接納他，但他努力去理解這樣的世人，並努力去接納別人。」

「不是努力讓自己受到接納？」

「小金不這麼做。他不會迎合別人。他想去接受沒用的社會，肚量比世人大多了。雖然有些沒品，不過他在這一點上非常值得學習。」

「我可以請教一下嗎？」

那個人……

「啊，小金就是**那種人**，但並不是他自己喜歡這樣的。」

「意思是，天生的嗎？」

「我不清楚，可是他沒辦法選擇別的人生。剛才提過，這不是能憑喜好選擇的。」

美彌子先前說過，這並非一種嗜好嗎？

「當然，有人是憑喜好選擇的，但就算是那種人，也不需要感到羞恥。只要不給別人添麻煩，有什麼嗜好，是個人的自由。然而，跟小金一樣的人，有些會扼殺自我，努力配合社會的尺度，活得痛苦不堪。不過，我覺得要活得像小金那般堂堂正正，更是辛苦。既然毋庸置疑，就是有這樣的人存在，而這樣的人活得很艱辛，便是這個社會錯了。美由紀同學認為呢？」

「應該就是這樣吧。」

「本身沒有錯的一方，卻必須配合錯的另一方，否則就過不下去，實在沒道理。」

「那種人，應該認為別人就是錯的，根本不認為自己有錯吧。」

「就像妳說的那樣。」

這就是我討厭的成見——美彌子說。

「小金的店裡，除了小金以外，還有雖然是男性，卻只穿女性衣物的人，或者雖然是男性，卻只能喜歡男性的人。每個人本來就不同，社會上有形形色色的人是當然的。去區別他人，論斷這可以、那不行，我認為是不能允許的事。因為……」

人是平等的吧？美彌子說。

「一切都是腦袋生苔、崇拜毫無用處的扭曲武士道，只想維護家門、血統之類根本無關緊要的東西的傢伙的成見，不是嗎？」

「腦袋生苔嗎？」

「要說是發霉也行。那群人成天擺臭架子，卻諂媚強者，刁難、踐踏弱者。他們認為只要贏了，就是絕對的偉大，一旦輸掉就完了，所以……才會發動戰爭。」

瞧瞧造成多少禍害！美彌子罵道。

唔，看來，以為沒有關係的話題似乎是有脈絡的。

這一點美由紀理解了。

「他們到底把人當成什麼？我要重申，我不認為每個男人都是如此，也不認為男人統統都不好，但至少目前的社會制度，是為了迎合那群腦袋不好的傢伙創造的，不一定是——不，絕對不是正確的樣貌。我是想表達，無法忍受毫不批判地妄信、盲從這套制度，妳能理解吧？」

「我懂。」

就算是美由紀也想不到，居然會在山中坑洞聽到這番長篇大論。不過，美彌子說的都非常有道理。

恐怕有許多難處，美由紀暗想。

美彌子和小金，便是果敢挺身面對這些難處吧。

「像是家父，表面上說是理解，內心深處其實對我的想法十分反感。我和小金往來，他也動不動就指責。」

雖然這似乎又是另一個問題了，但真是如此嗎？儘管美由紀也覺得一個二十歲、正值花樣年華的姑娘進出可疑的酒吧，並不是那麼值得嘉許的行為。

「直到成年，我都滴酒不沾。」美彌子說。「當然也不會勸妳喝。守法是國民的義務。若是不盡義務，就沒資格抱怨。我認為要主張權利，應該先盡義務。惡法必須改變，但得依循正當的程序，而且在改變以前，應該繼續遵守。」

不，話雖如此，但美由紀覺得不是不喝酒就沒事的問題。即使小金不是那類人，美彌子的父親應該也會勸阻吧？

而且，那好像是一間沒品的酒吧。

「美由紀同學。」美彌子叫了她的名字。「妳理解我說那個人驕慢的理由了嗎？」

「咦？」

那到底是在說誰驕慢，美由紀搞糊塗了。

「呃……」

「就是在這座山自殺的女子的父親。」

美由紀想起來了。

「確實，同性之間的婚姻，現行法律是不允許的，但並未禁止喜歡同性，儘管無法結婚，也能選擇同性為人生伴侶吧？即使和同性發生性關係，別人也不能干涉，包括親屬和家人。人生是自己決定的，以家族名譽、繼承人資格之類的來壓迫人，甚至把人逼上絕路……」

「啊……」

沒錯。

本來是在談這個話題。

「聽到這種事，我實在氣憤。」美彌子說。「難道那些比女兒的性命更重要嗎？如果不想絕後，方法多得是。同性之間無法生子，但人生的伴侶和生殖的伴侶可以分開吧？就是統統捆綁在一起，一廂情願地以倫理道德逼迫人，才會發生悲劇。那位小姐恐怕認定自己是異常的，明明她完全正常。」

不可能是異常的。

若退讓百步，就算她真的異常，這個無法接納異常的社會，待起來實在不可能舒服到哪裡去。

「如果能多多體諒對方，反躬自省，拋棄成見，真誠地去面對問題，就算關鍵的意見不合……絕不會走到這一步。那位小姐的父親不是想教誨她，也不是想斥責她，只是想贏過女兒罷了。而那位小姐輸給父親……」

於是選擇了死亡吧——美彌子不甘心地說。

「有時驕慢會剝奪一個人的生命，我要引以為戒。」

「就是……說呢。」

這一點美由紀也同意。

「我們會掉進這個坑洞，唔，也全是我的傲慢造成的後果。」

美由紀絲毫不覺得美彌子傲慢，總之，目前她們確實身陷危機……

如果說是輕忽大意會招來死亡，會更有真實感。

太陽似乎下山了。

此地原本就陰暗，身在坑洞裡，當然更加黑暗，但還不到伸手不見五指的程度。

山中雖然黑暗，不過能逐漸習慣這種暗度，表示隱約保有光量。

亮度對於人的思考和感情，或許有莫大的影響。連自認樂天的美由紀，都不禁心生不安。

傳入耳中的美彌子聲音相當可靠。

一旦聲音停歇，就會湧出些許不安。

「我的朋友裡，也有薩摩武士的孫女。」美彌子接著說：「我和她的母親、祖母有所往來。她們曾表示：若是不捧高男人，男人就派不上用場。」

「喔……」

「提到薩摩，許多人都說是男尊女卑的淵藪，實際上有些不同。不是男人偉大，而是男人都靠女人捧高罷了。」

「只是被戴高帽嗎？」

「有點不一樣。婦女是真心誠意，甘願犧牲自己的人生，來捧高男人。女人做到這種地步，男人要是還不肯抖擻振作，真的就是廢物了，對吧？」

「唔……是呢。」

有人為自己犧牲奉獻，不會反倒覺得很難受嗎？又不是每個人都能滿足別人的期待。

「可是，正因如此，顯示這種習俗是建立在彼此深切的理解之上。即使不說出口，男人內心也深深感謝婦女，而即使沒有聽到感謝的話語，婦女仍相信男人感激在心……」

「如果不說出口，怎會知道？」

「這就是關鍵。」美彌子回答。「雙方的默契，是不能說出口的。」

「為什麼？」

「一旦說出感謝就完了，會覺得下次也要說出口，否則就是不感謝，不是嗎？」

「那麼，每一次都表示感謝就行了啊，又不會少塊肉。如果真的感謝，說幾次都不要緊吧？」

「這樣一來，會變成是想得到男人的感謝而奉獻，狀況就不同了。然而，這完全是想維護男人的自尊心、默默促使男人奮鬥才形成的關係。」

「喔……」

「若是打破默契，男人可能會說『我不想奮鬥，所以妳不用捧高我』，對吧？搞不好還會說『我不想感謝妳，所以妳也不要再為我奉獻了』。八成也會有得不到感謝，就什麼都不做的情形。那麼，日子就過不下去了。」

「會是這樣嗎？」

「這是過去的情形，現在已不同。我朋友的母親也說，這樣的關係老早就崩壞，不再適用。可是……」

「喔……」

「男人卻仍沉浸在誤會中。」

「誤會什麼？」

「有一群傻瓜以為有人吹捧，他們就是真的了不起。」

「傻瓜……？」

人渣、廢物、傻瓜……

千金小姐的詞彙意外地豐富。

從她的話聽來，她似乎有不少古怪的人脈，或許人面很廣。此刻幾乎看不見她的臉和身影，這種感覺便益發強烈。

「若是淪為形式，就只是陋習而已。淪為男人榨取女人的惡劣形式。」

「這我懂。」

「是啊。默契毀壞了，要是雙方真切的互相理解——即使沒有，但努力互相理解，總有辦法走下去，然而，人們卻忽略最關鍵的部分，徒留形式，所以才會沒救。」

「就是……」

「根本用不著深思，毫無根據、只因為是男人，就強迫婦女犧牲奉獻……根本是瘋了吧？」

「是啊。」

「畢竟這樣對男人才有利。如此一來，不僅能維護自尊心，還能高高在上地頤指氣使。藉由相信自己就是無條件偉大，男人才能勉強維持自我，簡直是膽小鬼的行徑吧？妳不認為誤會得太離譜了嗎？」

「是啊，可是……」

這是很常見的事。

「為了這一小撮的膽小鬼，付出了多少犧牲？遭到榨取、歧視的不光是女性，真要說的話，剛才提到的小金也是……」

美彌子說，他也是薩摩人。

「咦，這樣啊。」

「小金沒辦法融入故鄉的環境……雖然他這麼說，但我認為他一定遭遇過痛苦的經驗，有許多難過的回憶。上一場戰爭，小金也出征了，他非常痛恨軍隊生活。這也是當然的。軍隊裡沒有女人，發霉的武士道和無意義的精神論橫行無阻，既暴力又令人絕望，就像膽小鬼互相廝殺的場所。」

「我、我不清楚軍隊的情況……」

「軍人應該也是形形色色，而且男人是被強制徵兵，所以儘管各人的狀況不同，還是會受到環境的強制力影響。惡劣的環境會壓迫人。製造出這種環境、進行壓迫的……」

是老舊無用的價值觀——美彌子說。

「若是壞了丟掉就行，若是舊了修補就行。不顧默契，只截取不再適用的表面形式，改造成對自身有利的樣子，宣稱是傳統，讓它苟延殘喘，我實在無法容許這種行為。這樣想是錯的嗎？」

「呃，光是聽妳說，似乎並沒有錯……倒不如說，全讓人不禁點頭稱是，可是，應該存在著反對的意見，而且不同立場的人，會有不同的想法，像我這種沒見過世面、又沒讀過什麼書的小丫頭，當下難以判斷。」

要迎合很容易，也能出聲否定。

可以毫無根據地贊同，即使沒有理由，也能說出一套反對的意見。就算不加深思，依然能憑感覺說出一些什麼來。但美由紀覺得，如果不是自己咀嚼、整理、信服的發言，不太有意義。應該要好好思考再發言。而為了思考，必須學習，但現在的美由紀沒有學習的餘裕。因為她遇難了。

美彌子似乎和敦子一樣，探求道理，將目光放在事物上。

但敦子與美彌子有些不同。

敦子將一隻腳放在極為現實的地方，從那裡仰望真理，摸索通往真理的道路。相對地，美彌子是將一隻腳放在「應如是」的理想上，為了下界的矛盾和誤謬感到不耐煩。當然，這只是印象，沒有任何根據。

美由紀正思考著，美彌子突然高呼：「太棒了！」

「怎、怎麼了？想到什麼逃脫的方法了嗎？」

「不是的。我是在說，妳的回答真是太棒了。」

「咦？」

「在現階段，我並不認為自己的想法是錯的。正因認為是對的，我才會說出口。但其中或許有某些錯誤，也可能從頭到尾都錯得離譜。如果有人指出錯誤，我也能接受，便會立刻修正觀點。因此，聽到我的論點，即使當下被說服，也不該表現出照單全收的態度，更不能聽不懂就否定。若是沒有自己的理論，像美由紀同學的回答，才是正確的。」

是嗎？

美由紀只是思考著「如果是敦子會怎麼回答」，然後模仿罷了。雖然她不清楚實際上敦子會怎麼回答。

「非常好。」

美彌子極為愉悅地說，但現在當然不是能為那種事開心的狀況。

「不管怎樣，逼迫那位過世的小姐的，就是她的家人。明明不管世人的目光有多嚴苛，家人都應該保護她。然而，最後卻造成家人逼死她的結果，實在太不幸了。那位小姐叫什麼名字？」

「天津敏子小姐。」

「對，天津小姐投繯而死的地點，就在附近，對吧？」

「投繯而死……」

這說法十分古怪，美由紀差點笑出來，仔細想想，這不是該笑的事。

美由紀不怕怪物也不怕屍體，但聽人這樣提起，感覺還是有些奇妙。

「真是太慘了。」美彌子說。「根本沒必要尋死——嘴上這麼說是挺容易，然而她會走到這一步，其中的痛苦，不是旁人能夠體會的。只剩下這條路可走嗎？她的內心一定非常煎熬吧。如果是家庭環境逼她選擇自殺這個最糟糕的結果，責任就太重了。被留下的家人是什麼心情，我無法體會。即使如此，他們仍無法抛棄陋習嗎？」

「唔……聽說是這樣沒錯。」

若是相信敦子的調查結果，只能這樣去想了。

敦子從烏口那裡得知相當詳盡的案情。當然，她不是出於好奇懷著湊熱鬧的心態打聽，而是為了釐清此案和是枝美智榮的失蹤案之間的關聯。

聽說天津敏子的遺體被找到時，父親天津藤藏已抵達高尾山的藥王院附近。約莫是等不及警方通知，先行上山了吧。

得知警方鎖定高尾山進行搜索，他似乎再也無法靜待消息。

聽到這件事的時候，美由紀心想，做父親的肯定心急如焚，結果是她貿然斷定了。

事實有些不同。

據說，天津藤藏是擔心女兒和另一個女人殉情。

兩名年輕女子看破紅塵，雙雙殉情——做為一樁醜聞，算是恰如其分，也是三流雜誌絕佳的報導題材。

雖然確實演變成如此。

這件事登上了雜誌。儘管報導中是匿名處理，但應該不難猜出是什麼人。畢竟女子在高尾山上吊自殺一案也成了新聞，比對地點和日期，不必調查就能聯想到。

天津藤藏等於白忙一場。

而且，過世的只有天津敏子一個人。

天津藤藏擔心會像戲劇或其他與殉情有關的作品中的描述，兩人的遺體以繩索相繫的狀態被發現。果真如此，可能會登上報紙。

這年頭報導的速度飛快，他打算當場疏通警方，請他們斟酌公布案情。

居然可以這樣嗎？

美由紀以為像警方這種公家機關，或是報紙、廣播等新聞媒體，都會對大眾據實以告，但這才是一種成見。

然而，敦子說明並非如此。雖然不能捏造或竄改，但若是會對相關人士或家屬造成嚴重的傷害，或是擔心對社會造成不良影響，有時會隱去部分資訊不報。此外，碰到現在進行式的犯罪時，會影響偵辦的資訊，有時也不會公開。

這起案子是否符合條件，令人存疑。不過，如同美彌子感到憤慨的，目前同性戀愛確實無法受到社會認同。

在這樣的狀況下，警方很可能會接受家屬的要求。

不過敦子解釋，應該會變成感情好的姊妹淘相偕自殺，不會說是殉情，也不會列出讓人聯想到殉情的狀況證據。當然，這些事不經調查，無法斷定，在某個意義上來看是合理的。

聽敦子的語氣，天津藤藏是擔心萬一轄區警署的高層對同性戀愛抱持強烈的反感，會在公布案情時描述得煽情聳動，刻意貶低。

會有這種情況嗎？

將死者視為犯罪者，實在悲哀。

美由紀表達自己看法，敦子回答「或許會有這種情況」。

那天——

吃完蕎麥麵，敦子和美由紀沒回去兒童屋。由於天氣並不冷，她們移動到附近的空地，坐在廢木材上繼續交談。

「不行啊……」敦子這麼說：「我們怎會坐在這種地方？」

「呃，畢竟不是應該在有孩童跑來跑去的柑仔店聊的話題。」

「雖然我也覺得本來就不應該在柑仔店或蕎麥麵店聊自殺和失蹤的話題，可是……」

當時敦子的神情看起來十分難受，美由紀印象深刻。

「剛才提過，我盡力避免歧視別人，實際上也不認為自己有歧視的意識。」

敦子接著說：

「事實上，撇開宗教戒律或文化傾向，那樣的人——雖然不應該用『那樣的人』概括而論，沒有理由將他們區隔開來，更別說輕蔑他們。」

「就是說呢。」

「就是啊。」

敦子說著，仰望天空。

那日雖然是陰天，天空卻有種透明感，顯得十分高遠。

「不管怎麼找，都找不到這樣的道理。比起感情，我更傾向重視理論，既然如此，內心應該不會有任何芥蒂才對。可是一旦深入思考，不禁懷疑：我真的接受那樣的人嗎？我真的沒有暗暗區別他們嗎？我的心中真的毫無陰霾嗎？……我覺得很不安。」

「唔，這……」

本來就是這樣的吧？美由紀說。

「重要的是努力去做到的心態吧？」

「是這樣沒錯，但要說的話，是……更根源的不安嗎？人往往傾向於喜歡和自身相近的事物，遠離相異的事物，對吧？動物大部分亦是如此，這也是無可奈何的情況。許多人覺得貓狗可愛，約莫是容易聯想到人的外形和動作。昆蟲或爬蟲類要接近人類，需要經過高度的抽象化。明明同樣是生物，沒有貴賤之分，外表卻會造成隔閡。」

「唔，我不太喜歡蟲子。」

「妳並沒有錯。」敦子說。「那算是單純的好惡。姑且不論動物，人類之間，只因外表不同，就互相排斥、歧視，原本就不應該。人種歧視的問題也一樣，雖然還有包括文化背景在內的各種理由，但在根本之處是相同的。」

「或許吧。」

面對外國人的時候，美由紀不會瞧不起對方，卻會覺得對方瞧不起自己。這也是外表帶來的一種偏見，歧視心態的逆向顯露。

「用外表來區別他人，這是不能允許的事。但外表上的差異，以某個意義來說十分簡單明瞭，因此將來或許能漸漸消弭。可是，心的問題……」

太迷離難解了——敦子說。

「看起來沒有任何不同，其實內心的想法天差地遠。當然，人本來就各不相同，應該有多元的生存方式，必須肯定多元性。我由衷這麼想，卻又覺得自己似乎在保持距離。」

敦子垂下頭。

「家世歧視、職業歧視、地區歧視……我認為都應該要消弭，也能斷定內心完全沒有這類歧視。對於性傾向有差異的人，自然也一樣。」

「可是，妳卻做不到，是嗎？」

「我沒有歧視的感情。」敦子說。「這是真的。我很清楚，只是有些部分不同，沒有更多差異，也從不覺得無法忍受有人與自己不同，或是認為不可以、不對、討厭，完全不會有這些想法。然而……是啊……」

我在害怕什麼嗎？敦子說。

「害怕？」

「或許是因為我會想，搞不好是我比較差，我才是錯的。」

「什麼意思？」

「異常與正常的區分，終歸是無法教人信服的，但世人都輕易地使用這樣的區分。以這樣的尺度去看事情，很容易變成異性戀者是正常的，此外都是異常。絕對沒有這種事，就像我剛才說的，有時這純粹是數字的問題。所以，我會盡可能排除這類偏見和成見，然後深入思考……」

我曾想過，會不會異常的其實是我？敦子說。

「呃，是這樣嗎？」

「嗯。區分正常和異常本身就很奇怪，所以這樣去想也很奇怪，但打個比方，因為多數決，主張正常的言論無效的時候，我會忽然想到：反過來又會是怎樣？當然，反過來也是無效的，可是我仍會陷入虛妄的執念，大概是……」

敦子暫時打住，仰望天空。

天空一片白茫茫。

「因為我預期身為人，他們或她們是更為純淨的存在嗎？換個想法，那些人等於是掙脫了性別這種生物學上無法逃離的枷鎖。」

「噢，這樣啊。」

是自由的嗎？

「可是，那些人過得一點都不自由。」敦子說。「另一方面，儘管如此……還是應該說，正因如此？在那些人眼中，無法脫卸的肉體，成為再沉重不過的枷鎖。因為心靈無比自由，卻陷入無比不自由的處境，何況還有『社會』這堵高牆。我不喜歡『弱者』這種稱呼，但對那些人來說，現今的社會確實難以生存。」

「唔，是這樣沒錯，可是……」

「雖然要花時間，我認為遲早能跨越社會的高牆。從這層意義來看，許多人正在面對這堵高牆……而且，目前的狀況是，只因身為女人，就會受到某些迫害或剝削，這些偏見也必須設法改變才行。性方面的問題也一樣。然而……」

我果然是在害怕嗎？敦子說。

「害怕什麼？」

「或許是害怕嚴肅地面對吧。其實也不是害怕……是預感到如果嚴肅面對，內在會有所改變嗎？」

我不太會解釋——敦子說。

「不管怎樣，小心翼翼地對待那些人是錯的，應該更普通地對待。因為他們就是普通人。說普通也頗怪，但我想不到更好的說法了。」

美由紀明白，「普通」這個詞彙雖然方便，卻也十分棘手。

如果將多數派定為「普通」，很有可能變成歧視、排除少數派的詞彙。為了釐清事物而估算出標準值時，這種方法或許有效，但將不符合規格的事物視為異常、惡劣，未免太奇怪了。

可是，如果拿掉所有標準，將一切都視為「普通」，連反社會、反道德都變成「普通」，這樣也會滯礙難行。美由紀覺得「普通」一詞不是這麼用的。

最糟糕的是，以自身為基準，宣稱這就是「普通」，但抱持此種心態的人感覺意外地多。

敦子所說的「普通」，想來應該是偏離人的吧。

考慮到種種條件，彼此磨合，設想最自然、最符合道理、最不勉強的狀態，稱其為「普通」。若是這種意思……

「每個人都很普通呢。」美由紀說。

「唔，是啊。」敦子應道。「不管怎樣，他們或她們既不奇怪，也不低等。沒必要感到羞恥，也沒必要躲躲藏藏。然而，我們卻忌諱在人前談論這個話題，對吧？事實上，我們就跑到空地來了。」

所以才說不行嗎？

「所以我才不行。」

敦子遺憾地接著道。

「話雖如此，大多數的情況，本人都會選擇隱瞞。非隱瞞不可吧。因為世人會對那些人貼上『異常』、『可恥』的標籤，遭到排斥的可能性很大。」

「是啊……」

不管是對是錯，人們都不喜歡受到責備。如果是對的，沒有過錯，就更是如此。可是，不管再怎麼正確、沒有過錯，如果看不到對方，連要反抗都十分困難。有時愈是出聲，愈會成為箭靶。

「比方，在公共場所談論這種事，非常有可能對當事人造成不利。考慮到現今的社會狀況，大眾缺乏應有的理解，這肯定是相當敏感的話題，可是……」

「敦子小姐太認真了。」

美由紀這麼想。

「沒什麼不行的啊。我也會思考一樣的事，但不夠深入，所以不太放在心上。雖然我不想傷害別人，但有時即使沒有那種意圖，仍會傷到別人，也只能道歉了。」

美由紀的情況是，經常反省自身的魯莽之舉。如果發現做錯了，先道歉再說——這是美由紀的處世之道。

「有時就算道歉，也無可挽回，所以應該更謹慎一點，但我就是思慮不周，動不動就犯一堆錯。」

「唔，或許吧。」

「不管是男人和男人戀愛，還是女人和女人戀愛，我都不在意。大概是我只能看到事物的表面，才會這麼想，也可能是因為我不知世事。更重要的是，我不太瞭解『戀愛』。我的腦袋裡，還覺得自己是個孩子。我純粹是認為，在天真無邪地玩耍的孩童們旁邊聊有關愛恨情仇、上吊、自殺的話題，好像不太對……只是這樣罷了。」

敦子露出驚訝的童稚表情。

「怎麼了？」

「妳說的對，只是這樣罷了。」敦子轉向美由紀，佩服地說：「妳才是普通的。」

雖然不清楚是什麼意思，但除非和某些東西比較，否則一般情況下，任何人都是普通的吧。

「一定是我的腦袋過於僵化了。而且，在此一案件裡，這個部分……或許和核心問題無關。」

我先擱下細節，直接說明吧——敦子彷彿要重新來過似地說。

「無法查出天津敏子小姐是幾點左右、如何去到自殺地點的，只知道她離家的時間，早於家人發現的前一天清晨。現場沒找到遺書，但留在家裡的字條就像是遺書，警方才判斷是自殺吧。可是……」

「可是？」

「不知道有沒有同行的人。她自殺的動機，應該是看不到和情人的未來，陷入絕望……這樣的話……」

「會是……殉情嗎？」

「她的父親藤藏先生認為，這個動機很合理。事實上，敏子小姐失蹤的那天，她的情人葛城小姐也下落不明。私奔就罷了，若要自殺，只有其中一方踏上黃泉路十分不自然。」

美由紀還是不懂失戀尋死的人的心情。雖然不懂，但她覺得一定痛苦到不行。相愛的對象陷入如此痛苦的心境，被逼到想尋死，不可能坐視不管吧。

如果懷著同樣的心情……

「會想一起踏上黃泉路嗎？」

「不知道。」敦子說。「無法輕易斷定。或許曾勸阻，也可能儘管勸阻了，對方卻還是死去，所以選擇追隨她。」

沒錯，葛城幸也過世了。

「葛城小姐穿著下落不明的是枝小姐的衣物，對吧？」

「嗯，是這樣沒錯。」

這件事雖然嚴重，卻也十分古怪。

「之前的推理——也不算推理，如果歪打正著，是枝小姐和葛城小姐交換衣服的可能性……是不是很高？」

會是這樣吧。

「那麼，是枝小姐和葛城小姐交換衣服的地點，不就是在高尾山上？這表示葛城小姐也在高尾山吧？而且是在是枝小姐上山，到天津小姐的遺體被發現的這段時間交換衣物，不對嗎？」敦子說。

「沒錯……」

美由紀並未整理時序，但天津敏子的遺體，是在開始搜索是枝美智榮的前一刻發現的，所以……應該如同敦子的推測。

而且，是枝美智榮的家人報案時，天津敏子恐怕已過世。

「雖然不清楚天津小姐正確的死亡推定時刻，但是枝小姐登山之際，她已過世，或者於是枝小姐在山上的期間過世……應該是在這樣的時間點。假設兩人交換衣物是事實，我認為那段時間葛城小姐也在高尾山。這麼一來，葛城小姐極有可能待過天津小姐的自殺現場，或是看到她的遺體。」

「咦，那……」

會是什麼情況？

「原本相約殉情，事到臨頭卻步，有一個人打消念頭嗎？」

「那是落語（註）的情節。」敦子說。「雖然不無可能，但如果是那樣，應該會留下某些痕跡，而且若真有其事，無孔不入的八卦雜誌記者一定會嗅出不對勁。因為就算警方不透露，也難杜悠悠之口。那些人不會漏掉這種事。」

「漏掉那類痕跡嗎？」

「光是打聽到兩個女人一起登山，記者就能信手掰出一整篇報導。在那些人眼中，像是其實上吊的繩索有兩條、手上有繫過繩索的痕跡，掌握到這點消息就足夠了。明明根本什麼都沒有，雜誌卻總能寫得活靈活現。」

是這樣嗎？

那可是一條人命。

「我猜想，葛城小姐是去阻止天津小姐自殺。」敦子說。

「勸她回心轉意嗎？」

「如果心上人對世界感到絕望，想要尋短，妳不會阻止嗎？」

「當然會全力阻止。」美由紀說。「即使不是喜歡的人，一樣會阻止。就算是陌生人，我也會阻止。」

美由紀……不希望有人死在眼前。

朋友，還有應該能成為朋友的人，相繼死在美由紀面前。一個墜樓，一個脖子被扭斷，然後另一個眼睛被利器貫穿。不久前，又死了一個人。

實在是夠了。

「我也是這麼想。」敦子說。「如果知道對方打算尋短，絕對會去說服對方打消念頭。即使不知道，一定也會擔心對方。然而，還是晚了一步……應該是這樣吧。否則無法解釋葛城小姐怎會在那種時間，待在那麼近的地方。」

「去見證對方確實自殺了……不太可能吧。」

「是啊，更不可能是偶然。不管怎樣，葛城小姐約莫和是枝小姐在差不多的時間上山，從結果來看……是沒趕上吧。」

「那麼，她是去找人，或是去阻止，卻發現遺體？」

「這樣的話……應該會先報警吧？」

「啊……」

「即使對方已無呼吸，也會先通報並進行急救吧。還是，她覺得為時已晚，乾脆放棄回家？」

「她……沒有回家。」

雖然會驚慌失措，但她應該沒直接下山。

「葛城小姐下山了。」

「咦，是嗎？」

「妳忘記了嗎？」敦子苦笑。「相隔好些日子，她在迦葉山過世了啊。所以，她一定下山了。然

註：日本傳統說話藝術，類似單口相聲，內容有笑話、感人故事和怪談等類別。

後，是枝小姐也……」

「對喔。呃，可是，這樣不是很奇怪嗎？那是怎樣的行動？」

「我猜不僅沒趕上，也沒有去到對方的身邊。」敦子說。

「沒有去到對方的身邊……意思是，沒能去到天津小姐的自殺現場嗎？為什麼？找不到人嗎？」

「問題就在這裡。」

「我覺得全部都是問題。」

「唔，也是啦。如果葛城小姐和是枝小姐交換衣物……」

表示她在躲什麼人，對吧？——敦子說。

「如果我誤打誤撞猜中，就是她非變裝下山不可吧？是枝小姐沒有必須這麼做的理由……但葛城小姐……」

「唔，感覺有什麼隱情。」

「這麼說或許有些不莊重，但情人就死在附近，她不免會蒙上嫌疑吧。因此，我也詳細打聽過葛城小姐的事。畢竟真正不莊重的人，想必早已熱心調查了一番。」

「是那個叫鳥口的人嗎？」美由紀問，但敦子說「鳥口不是那種人」。

「為了鳥口先生的名譽，我得替他澄清，他和那些人只是同行而已，其實他本身是很正經的人。除了是路痴，老是誤用成語典故以外，為人十分正派，富有正義感，頂多……就是有點愛耍嘴皮子。」

提到愛耍嘴皮子，美由紀只想到玫瑰十字偵探社的益田。

「不過，蛇有蛇道，他有許多那類同行。」

「專門報導醜聞嗎？」

「對。從天津小姐自殺到葛城小姐的遺體被發現，中間相隔了兩個月之久。由於正值夏天，葛城小姐的遺體損傷嚴重，無法查出正確的死亡時間。剛發現時，初步只能看出死後超過一個月、未滿三個月，範圍相當大。」

「變成骨骸了嗎？」美由紀問，敦子隨即回答「短短兩、三個月，應該不會完全變成白骨」。

「當然，也要看屍體所在地點的溫度和濕度等條件。若那具遺體真是葛城小姐，可確定兩個月前她還活著。是變成所謂的腐屍……」

我竟能滿不在乎地談論這種事——敦子露出奇怪的表情，忽然說道。

「總之，腐爛得很嚴重。原本以為不容易查出身分，但死者攜帶的皮包裡裝有存摺和員工證，於是確定了身分——約莫是這樣的原委，但葛城小姐的父母在戰爭中逝世，只有住在千葉縣和山梨縣的親戚。警方請他們來認屍，雙方卻似乎疏遠已久，而且……」

「遺體都腐爛了嗎？」

「是啊，應該難以看出原貌。因此，警方請她的職場上司——她在信用金庫上班，警方便請直屬上司確認，才發現她從兩個月前就無故缺勤，聯絡不上……」

「然後就確定身分了嗎？」

「唔，死者帶著篠村小姐的帽子，但篠村小姐活得好好的。」

「那麼，是枝小姐呢？」

「篠村小姐當然作證帽子是她送給是枝小姐的，並指出服裝也屬於是枝小姐，可是從結論來說，那具遺體**並非**是枝小姐。」

「**不是**嗎？」

「不是。體型似乎相近，不過是枝小姐就讀女校的時候，右腕曾骨折。那具遺體沒有生前骨折的痕跡。而且，是枝小姐是短髮，但死者頭髮滿長的。」

「髮型總有辦法……啊，對喔，不可能留長。」

「差異大到幾乎不可能是在那段期間留長的。當地警方根據向篠村小姐問到的內容，聯絡是枝小姐的家人，請他們去認屍……」

「這樣啊。」

「對，只是家人認為並非是枝小姐。所以，就算穿著是枝小姐的衣物、戴著篠村小姐送的帽子，在迦葉山找到的遺體……也不是是枝美智榮。」

「哎呀……」

應該說「太好了」嗎？

畢竟死了兩個人，這樣的感想似乎不太對，但這表示是枝美智榮可能還活著。

「如果不是名字繡在帽子上的篠村美彌子，也不是衣物原本主人的是枝美智榮，就是存摺和員工證上的持有者葛城幸了吧。況且，親戚和上司都說應該就是她。體型差不多，髮型也相似。」

「可是，遺體腐爛了吧？」

「的確腐爛了。」敦子說。「所以，只是靠刪去法認定是葛城小姐。在這個意義上……我覺得有點可疑。唯一能確定的是，過世的並非是枝小姐。好，這麼一來……」

敦子轉向美由紀。

「問題在於……為何葛城幸小姐要去高尾山，又為何必須和是枝小姐交換衣物偷偷下山？從遺體的狀況來看，葛城小姐下山後，沒換下那身衣物，而是移動到群馬縣，在迦葉山跳崖自殺——這麼推測比較自然。因為她穿的就是交換的衣物。」

會是這樣嗎？

可是——

「一般會穿著別人的衣服自殺嗎？」

「或許她沒辦法回家。」

「啊，對喔。這表示她真的被人追捕嗎？」

「雖然不知道是遭到追捕還是監視，但葛城小姐可能捲入某些犯罪。然後，這與天津小姐的自殺應該不無關係。或許葛城小姐根本不是自殺。」

「敦子小姐是想說，她不是意外死亡，而是被人殺害吧？」

「調查之後，我更覺得自己像個看熱鬧的了。不過，就是如此。對於天津小姐自殺一事，我有點懷疑。由於留下類似遺書的字條，家人又立刻領走遺體，所以上吊自殺的就是天津敏子小姐，這一點應該毋庸置疑，但她真的是自殺嗎？」

「驗屍查不出來嗎？」

「有些情況查得出來，但查不出來的情況也很多。而且，可能根本沒進行行政解剖。還有，葛城小姐在失蹤前，把存款全部領出來。她的存摺裡幾乎沒有餘額。」

「她是帶著現金逃亡嗎？」

「然而，死亡的葛城小姐身上沒有現金。連一塊錢都沒有，錢包是空的。」

「不是遇到強盜……也不是花光了嗎？」

「還有一點，我怎麼想都想不透。」

「還有嗎？」

「不，其他部分也沒能釐清，因為一切都只是推測。不過，這一點我是真的不懂。」

「是什麼？」

「天津小姐和葛城小姐的關係，到底**是誰洩漏**出去的？她們是一對愛侶，除了家人以外，應該沒人知道。街坊鄰居都不知情，職場上司也不知道……直到被低俗的八卦雜誌揭露。」

敦子不禁蹙起眉毛。

4

「太自大了……」

這次是什麼？美由紀問，得到的答案卻是完全出乎意料的「天狗」，美由紀差點沒虛脫。

「天狗……是那個天狗嗎？」

「我不知道還有其他的天狗。」美彌子回道。「自鳴得意的人，我們會形容是『成了天狗』，對吧？那是形容自噓自滿的模樣嗎？此外，也會形容為『鼻子高高』，這一樣是指天狗吧？喏，天狗的鼻子不是像這樣長長的嗎？」

就算美彌子說「像這樣」，四周已暗到什麼都看不見。

「天狗是在炫耀什麼呢？」

「不知道。」美彌子說。「我沒見過天狗。可是……對了，聽說是受到無理的壓迫，陷入不幸的處境……像是在權力鬥爭中落敗，被迫掛冠而去，或是蒙上不白之冤，被流放離島之類的情況。對自身的遭遇滿懷憤恨，偏離律法或倫常，墜入魔道的人，就會變成天狗。」

雖然現下墜入坑洞的是美由紀和美彌子。

「呃，可是，那不太像是變成天狗的狀態啊。遇到那些情況，會變得自大嗎？反倒會感到懊悔沮喪吧。」

「一般會這麼想，對吧？當初聽到的時候，我也這麼想，不過後來我改變了想法。」

「我不懂。」

如果是感到不滿，還能理解。

然而，看不出任何會讓人妄尊自大的要素。

「確實，那些真的是很慘的遭遇。如果是荒謬的理由造成的不幸，內心會憤憤不平。可是，通常會像美由紀同學一樣，先感到失意沮喪。若是認為受到不當的待遇，應該會提出抗議……不過，還是會先自憐自艾、哀聲嘆氣吧？」

「不，絕對會非常頹喪。然後……仔細一想，如果有什麼不能接受的地方，多少會生氣……應該也會埋怨幾句吧。但這是說了就能解決的問題嗎？」

「說了也不能怎樣吧。流放、囚禁、剝奪地位之類的遭遇，不管說什麼都沒有用。」

「那麼，生氣也只是白費力氣。」美由紀說。「如果說出來就能解決，不管是抗議或越級申訴，一定會想盡辦法發聲。但如果根本無能為力，換成是我，就會思考如何在那樣的條件下快樂度日，還比較實際。」

「這才是對的吧。」美彌子說。「當然，錯誤應該改正。若是冤獄，無論如何都要洗刷冤情，這才是正確的態度。可是，如果不是這樣的情況呢？」

「不是這樣的情況……」

「譬如比賽落敗，或是考試落榜。」

「那是自己的責任吧？只能怪自己了。」

「但就是沒辦法這麼想。」

「那會怎麼想?」

「唔,像是比賽的審判或考試的批改有弊端……」

「不不不,」美由紀搖搖手,「要是連這些都懷疑,就沒有任何事物能相信的了。雖然我才活了沒多少年,卻深深體認到這個世界不怎麼公平,所以或許也有這種情況……這是不好的,也是不對的……可是,即便真有弊端,也無可奈何啊。」

「縱使無可奈何,對自身不遇的憤懣還是會滿溢而出,變得再也無法思考其他事吧。我本來一定會贏、本來一定會考上,居然會輸、居然落榜,太沒道理了,背後一定有人陰謀搗鬼……」

這麼一來……又能如何?

「這種說法,只是在推卸責任,歸咎到自己以外的人身上。」美彌子說。

「唔,會這麼想的人,應該很有自信,或許也真的有實力,然而世上存在著運氣這種因素。」

美由紀說完,自覺這實在不是十五歲的女孩該說的話。

是稱為達觀嗎?美由紀尚未擁有那種心境。

「不,並不是要人放棄,但如果真的牽涉到舞弊或陰謀,或許應該揭發才對。可是,遭到流放或打入大牢的人有辦法做到嗎?有證據也就罷了,若只是胡亂猜測,根本無計可施。萬一是誤會,等於是恨錯對象。若純粹是一種感覺,不管是生氣還是怨恨,也不知道要氣什麼、要恨誰才好了,不是嗎?」

「沒錯。」美彌子說。「不確定是誰貶低自己,這樣的情況非常棘手。自認懷才不遇的感覺愈強烈，怨恨的對象愈容易擴大。到了最後，一定會變成怨恨全世界。為了相信自己並非懷才不遇、運氣不好、特別倒楣……」

「那不是很無謂嗎？」美由紀說。「倒不如說，不僅無謂，更讓人覺得有點可憐。」

「沒錯。受害者意識無限膨脹，最終只能怨恨賜給自己這種命運的上天，會怨恨全世界、詛咒全世界。」

「全世界……」

「這不就是天狗嗎？」美彌子說。

「呃……」

「是與全世界為敵。」

「全世界……可是，全世界有多少人？連二對一都算是以寡擊眾了。況且，不會有人支持吧？」

「和人數無關。」美彌子說。「會敵視所有人——不，不僅僅是人，會仇視蟲魚鳥獸、山川草木、森羅萬象，天與地，所有的一切。一定是的。」

「這……不可能。」

「是啊，畢竟人類很渺小。一個人能做到的事，可想而知。不過，若是在內心和腦袋裡又另當別論，光用想的，什麼事都做得到。」

「也是啦。」

雖然要怎麼想是各人的自由。

「不光是想，而是相信。」美彌子說。「相信自己是受害者、自己才是正確的。然後，相信自己很強大，絕不會輸。最後就會變成……自己非常了不起。」

「非常了不起嗎？」

「當然不是。可是，不相信自己非常了不起，沒辦法維持這種扭曲的思考吧。畢竟是與全世界為敵，孤軍奮戰，而且想贏得勝利。若要與世界較勁，首先需要具備與世界相當的質量吧？所以這樣的人，自我會不斷膨脹……不是嗎？」

「道理是懂，可是無法想像。」

和世界一樣大的自己，到底是什麼模樣？

只論身高，美由紀並不輸人。

「是啊，」美彌子接下去說：「處在這種狀態的人，完全不會自省，對吧？應該也不會考慮到別人。他們不會理睬別人的想法，也就是絕不承認自己有錯……」

「感覺好討厭。」美由紀說。

「對。實際上，就是有這樣的人。簡而言之，不管身處何種境遇，都是不知道謙虛的狀態。這不就是墮入魔道的人嗎？」

魔道是哪種道，美由紀不清楚，想必不是什麼好東西。

「據說，墮入魔道的人，就是天狗。」

「喔……」

是在說天狗的事——美由紀這才想起。

「所以，變成天狗的人會不可一世，非常自大。真正有力量的人、值得稱頌的人，絕不會盛氣凌人。因為擁有相應的功績、德性的人，不用擺出那種沒品的臭架子，自然就會受到尊敬。不，變成天狗的人，根本不在乎旁人的評價。」

美由紀希望健健康康過日子，所以盡可能避開會遭受輕蔑、凌虐的環境，但並不特別想受人稱讚或吹捧。

即使是美由紀，有時也會忍不住辯解，只是辯解的意義，頂多是將凹陷的地方補平，而不是想灌水或粉飾。

真正傑出的人，不管有沒有人在看，都是傑出的，應該沒必要刻意向周圍誇示自己的傑出。這樣的人本來就高人一等，即使稍微凹陷了一些，也不需要辯解吧。

美彌子所說的「天狗」，是因為各種旁人不清楚的理由，凹陷得太厲害，光是補平還不足夠，覺得凹陷多少，就必須加倍填高吧。

那樣的話，只是辯解確實不夠。

必須加油添醋、貼金貼銀才行。

「是啊。」美彌子說。「人之所以擺架子逞威風，並不是想讓自己看起來更強大，而是其實根本不是這樣的人吧。擺架子的人，是弱小的人。就是不肯承認自己窩囊可憐，才會擺架子。他們為了抬高自己，甚至貶低身邊的人。」

真是爛透了——美彌子說。

她沉默了一下，再度開口：

「哎呀，我得訂正才行。」

「訂、訂正什麼？」

「剛才提到，有兩種人我無論如何都不能原諒，對吧？一種是成見太深的人。」

「妳說那種人是人渣。」

「唔，沒錯，但我說得太難聽了。另一種人，就是用輸贏為標準看待事物的人。」

「妳說過類似的話，認為他們是廢物、傻瓜。」

「呵呵，」美彌子笑了。「看來，得再增加一種廢物，就是擺架子的人。我也無法原諒擺架子的人。」

「之前妳也提過，痛恨迎合他人的人。」美由紀說，美彌子不知為何開心地回應「啊，對耶」。

「那就是四種人，真傷腦筋。居然有四種人，不能原諒的人是不是太多？其實我想鎖定一種……這樣比較有條理，而且容易說明，對吧？可是……成見太深的人、用輸贏為標準看待事物的人、擺架子的人、迎合他人的人……啊，任何一種都無法原諒。」

美由紀覺得其實沒有什麼好困擾的。

倒不如說——

「迎合對方，就是卑躬屈膝吧？我認為這和擺架子差不多。」

「會嗎？」

「一樣是沒自信，不是嗎？」美由紀說。「所以，想透過這些行為，讓自己看起來更好，只是方法不同，差別在選擇高高在上，或是卑躬屈膝。」

「是啊……」

「然後，這種人多半都會用輸贏為標準看待事物吧？」

「我想是的。他們應該是用上下關係來看待人與人之間的關係。」

「換句話說，他們認定這是理所當然的，對吧？」

「啊，沒錯。」美彌子發出開心的聲音。「美由紀同學，妳真是太棒了。只要不承認自己輸了，就不會感到懷才不遇，不承認自己懷才不遇，便不會感到遺憾。最後，不是諂媚他人，就是欺壓他人，會變成這樣的人呢。我不能原諒的人只有一種！」

就是「天狗」——美彌子說。

「我討厭的是天狗。一定是的。」

「請等一下。」美由紀出聲打斷。「美彌子小姐要表達的意思我明白了，也理解妳的心情，但天狗那麼糟糕嗎？比如蒙面的鞍馬天狗，不是正義的劍士嗎？」

「那是小說裡的角色，不然就是電影。」美彌子說。「而且那只是自稱罷了。確實，鞍馬天狗對抗強權。他雖然是倒幕派，但對新政府也抱持批判的態度。」

「妳好清楚。」美由紀說。美彌子解釋她看過電影。美由紀也看過電影，但似乎是不同的作品。

「武打片可放空腦袋觀賞，所以我覺得很痛快。看過電影之後，我又讀了小說，然而內容完全不一樣。」

美由紀沒讀過小說。

「那該稱為……原作嗎？原作的情節更嚴謹，雖然讀起來並不痛快，但我覺得挺不錯。小說的設定是，主角不加入體制，也不固執於反體制，都是經過深思熟慮才行動。」

「那根本不是天狗啊。」

「那是假名，只是一種自稱而已。」

「如此傑出的主角，為什麼要自稱為那麼糟糕的東西？」

「我想，應該是表示對邪惡不公的事絕不留情吧？」

「那不是好的意思嗎？像鬼或河童就不一樣了。形容一個人是鬼或河童，等於在說人壞話。」

「是啊，可是……都是一樣的東西吧。」美彌子說。

的確，美由紀也覺得是一樣的。

「仔細想想，鬼確實都被拿來當成不好的比喻，比如鬼教官、鬼媳婦。所謂像鬼一樣的人，指的是沒血沒淚、冷酷無情、強大無比，能做到人做不到的事。至於河童，我就不清楚了。」

「河童很下流喔。」美由紀說。「雖然有許多特性，但平均起來，就是下流。」

「哦，那就是如此吧。可是，鬼有時也沒那麼糟糕，像是純粹用來形容一個人嚴格、強大、非比尋常，不是嗎？河童也是……是啊，會拿來形容一個人熟諳水性。」

姑且不論鬼，美由紀覺得河童的正面意義頂多只有這樣。

「除了很會游泳的人以外，被形容為河童應該沒人會開心。」美由紀說。

「天狗也一樣吧？」

「會嗎？鬼是可怕的人，河童是下流的人，但我覺得天狗不太一樣。」

「天狗是傲慢的人。」美彌子說。「先不談鞍馬天狗，我認為『天狗』指的就是傲慢到讓人受不了的人。傲慢到極致，就會變成詛咒世界的大魔王。那已不是人。」

「唔……或許吧，可是，天狗也受人信仰吧？如果是那麼壞的東西，怎會有人崇拜？」

「咦，對耶。」

「所以，天狗應該是頗**像樣**的東西吧？」美由紀說。「我不知道該算是神還是佛，可是有畫著類似天狗圖案的護身符吧？長著翅膀、拿著劍之類的，就像不動明王。那看起來很神聖，似乎滿靈驗。喏，那邊的寺院不也祭祀著天狗嗎？」

應該是吧。

先前美由紀遠遠地看到類似天狗的塑像。

「寺院裡祭祀著天狗。」美彌子說。「雖然不曉得是不是本尊，但那些圖畫或塑像，應該是神佛借用天狗的形姿顯現吧？那樣的話，只有外形是天狗而已。宗教方面我完全無知……應該說毫無興趣，所以並不清楚，不過，這不就是所謂的『權現』（註）嗎？」

「是嗎？」

可是，如果天狗那麼壞，神佛不會刻意挑天狗的形姿顯現吧？以壞東西的形姿顯現，人們願意膜拜嗎？

美由紀提出這個疑問，美彌子隨口回應「因為看起來趾高氣昂，草民忍不住膜拜吧」。

「可是……即使不是那種偉大的天狗，普通的天狗穿的衣服不也很華麗嗎？就是……對，穿著像我們白天在附近看到的僧人衣物。衣服上綴有毛球，頭戴四四方方的小帽子，還踩著木屐。鬼和河童都沒怎麼穿衣服。」

美由紀所知的這類東西的樣貌，大部分只存在於繪本等圖畫上，應該是虛構的，所以會如此呈現。鬼多半只圍一條兜襠布，河童則是赤身裸體。倒不如說，直到不久前，在美由紀的認知裡，她都以為河童是一種動物。

至於天狗……

「對了，不是還有什麼烏鴉天狗或鳶天狗嗎？那種鼻子就不長了。」

「那不是天狗的家臣嗎？」美彌子回了個更敷衍的答案，搞得美由紀不知道該相信哪些才好。

雖然或許就像美彌子說的那樣。

「是家臣嗎？」

「因為那是鳥呀。」

註：指佛陀菩薩為了解救眾生，假借日本神明的形姿現身的宗教思想。

「唔，的確長得像鳥。」

「鞍馬天狗的名字，原本是指來自鞍馬山的天狗——教導牛若丸劍術的天狗。在我的記憶中，那個天狗也是鼻子最長、地位最高，有許多鳥當手下。我記得看過那樣的圖畫。」

美由紀也有看過的印象。

構圖是一個高高在上的天狗面前，有一群臉長得像烏鴉的人，和穿著古代服裝的孩童在揮舞棒子。

「那也是傲慢的表現嗎？」

「不知道耶。可是，我認為教牛若丸劍術的是人類。世上並沒有天狗吧？」

應該是沒有。

「牛若丸就是源義經，是歷史上的人物。那麼，教他劍術的就是人。另一個傳說是，教他劍術的是叫鬼什麼的陰陽師。若是在深山曠野遇到棲居住在山裡的人，或是在山上修行的僧人，會嚇一跳吧？其中應該有些被誤認為天狗了。」

是……這麼簡單的事嗎？

真想請教敦子的哥哥，或是夏天認識的奇特研究家的意見。雖然就算聽了，能否理解也很難說……

更重要的是，就算深入了解天狗，也不怎麼開心。

「繪本之類的故事書裡的天狗，感覺沒那麼壞。」

「會嗎？天狗會擄走小孩，或是製造怪聲吧？」

「哦，可是就算把人抓走，不會像鬼一樣吃掉，也不會殺掉，過一陣子就會送還回來，不是嗎？還有，只聞笑聲不見人影，或是製造樹木倒下的聲響，這些只是惡作劇吧？」

「擄人是犯罪。」美彌子說。「綁架擄人，在某種意義上，是最惡劣的犯罪。即使沒造成危害，也不能當成惡作劇就算了。不過和妳聊著，我想到一件事，以前真的發生過老鷹或鷲等大型禽鳥抓走孩童的情況，或許是這些事在後來被賴到天狗的頭上。這麼一看……那些惡作劇，搞不好是手下的烏天狗幹的。」

「為什麼要這麼做？」

「為了洩恨吧？天狗內部應該是階級社會，而且坐在頂端的，是個只會耍威風的蠢蛋。最上面的是鼻子高高、自鳴得意的傢伙，底下的天狗被這種權力欲望化身般的傢伙支配，想必積怨極深。那麼，有時應該會想逗逗人類，發洩怨氣吧。」

「聽妳這樣說，天狗彷彿真的存在，但世上沒有天狗。」美由紀說。

「的確沒有，可是在這些傳說故事中，應該有些什麼吧？」

「是什麼？」

「像是做為根據的事實。包括老鳥、大鷲在內，如同我剛才說的，山伏或住在山裡的人，也都是天狗的真面目之一吧？」

「喔……」

或許吧。

那樣的話——

「不管是天狗還是什麼都好，能不能把我們從這個坑洞裡撈上去呢？這座山有天狗棲息吧？那麼，應該也有被誤認為天狗的山民。不過，還是天狗比較好，因為天狗會飛，對吧？」美由紀說。

「畢竟天狗有翅膀。不用救我們也沒關係，真希望為我們點盞燈，四周根本一片漆黑……」

伸手不見五指。

幸好氣溫不算太低。當然並不溫暖，但感覺不至於凍死人。

「要不要試著呼救？」美由紀提議。

「我覺得天亮以前，呼救也沒用。」

「沒有……人呢。」

「就算有，也在寺院那邊吧。兩地相隔很遠。倒是美由紀同學，別睡著喔。」

「咦，會、會凍死嗎？」

「不至於凍死，但體溫會下降，可能引起不適。如果受涼，也會感冒。或許我們應該靠近一點。」

「靠近……一點嗎？」

美由紀不自覺地和美彌子保持著距離。

雖然這是指物理上，而非心理上，但身體的距離似乎呼應著精神的距離。

至於是為什麼，她自己也不清楚。

美由紀還在拖拖拉拉，手突然被一把抓住。

「哎呀，妳的手好冰。」

被拉過去了。

碰到肩膀了。

「這就是相依相偎吧。害妳遇上這種事，我實在良心不安。幾個小時以前，根本料不到會演變成這種狀況……」

不過，這也有一番樂趣——美彌子說。

她絲毫沒有危機感嗎？不過，美由紀也不太有警覺心。

如此一想，兩人或許是最糟糕的組合。

「多少看得到夜空呢。」美彌子說。

聽到這話，美由紀抬頭仰望，但上方一片漆黑。

「我什麼都看不見。」

「是嗎？我看到星星。樹木之間透出些許夜空，妳那裡看不見嗎？」

「星星嗎？」

美由紀轉動一下視線，撞到了美彌子的頭。

「對、對不起！」

美彌子愉快地笑道：

「在深山坑底看著星星，撞到彼此的頭，真是好玩。話說回來……」

「還有什麼嗎？」

「為什麼會叫天狗呢?」美彌子語氣十分認真。

聲音近在耳畔。

「什麼意思?」

「『天』……指的是天空吧。可是『狗』呢?怎麼會是天空的狗?天狗有翅膀,會在天上飛,取用『天』是還好……但為什麼不是『鳥』,或是『長鼻子』之類,偏偏是『狗』?」

「鳥本來就會飛。說到『天』,感覺比一般天空還高,給人飛在相當高的地方的印象。」

「像是雲雀,不也飛在相當高……接近天界的地方嗎?」

「不管怎樣,叫『天鳥』很奇怪。」

「而且鳥沒有長鼻子。」

「長鼻子的動物,只有大象吧。『天象』聽起來更奇怪,首先根本無法想像。唔,『貓』感覺不合,『狗』還說得過去。」

「說得過去……既然在山上,用『猿猴』不是比較好嗎?」

「猿猴是河童。」美由紀說。「我也不太清楚,但前陣子聽到這樣的說明。對了,下次我會問問熟悉這些事的人。」

「麻煩妳了。一旦發現問題,我就會一直記掛在心上。不過,這種感覺好奇妙,一片寂靜,卻並非無聲……是平常在市街上沒有的感覺。」

這麼說來……時時刻刻都有些動靜。

雖然沒有特別的聲音，不過應該存在著什麼吧。

因為這裡是山上。

包括昆蟲、動物、鳥類在內，即使看不見，仍有形形色色的生物散布各處。那些生物會活動。即使不動，至少會呼吸。雖然聽不見呼吸聲，但一、兩隻姑且不論，山上應該有千百種生物，會感覺到什麼動靜也是很自然的。

花草樹木、藤蔓蕈菇、苔蘚黴菌等等，本身應該不會動，卻並非靜止不動。受到細微的震動或空氣的流動影響，一旦搖晃，植物就會發出聲響。不，只要活著，就會成長。雖然肉眼看不出來，但所有事物都在變化。

山是作為一個整體活著的。

或許也可說，山就是一個巨大的生物。美由紀和美彌子等於待在這個生物的體內，感覺不到任何動靜才奇怪。

這麼一想，美由紀和美彌子形同寄生蟲嗎？

「對山來說，我們是異物。」美由紀說。

「不是吧？」

「不是嗎？」

「嗯，對山來說，我們就像是一粒米粟——不，就像一粒灰塵吧，不論是否存在，都沒有影響。」

「但一樣是異物啊。」

「是嗎？那麼，只要把自己當成山的一部分就行了吧。山是共棲的地方。置身於山中，應該將自己視為山的構成要素之一。如此一想，這裡就成了讓人安心的地方。否則……」

沒有比這裡更可怕的地方了——美彌子說。

「這塊地面——不，周圍的空氣，觸碰到自己體表的一切，都是**自己以外的事物**，對吧？當然，不管在哪裡都一樣，但在下界，自己以外的事物是各自獨立的，並不怎麼可怕。唯獨在山中，不同於市街或村落，除了自己以外的一切，皆屬於深不可測、大到無法想像的山，從一開始就無法招架。」

萬一被山討厭就完了——美彌子說。

「所以待在山上的時候，應該與山同化，絕不能忤逆。山不是應該征服或是從屬的對象，而是應該同化的對象。」

「無關輸贏。」美由紀說，得到「那當然了」的回應。

「要對抗如此偉大的山，怎麼想都太自不量力。在山裡，人和螻蟻沒兩樣。即使不是在山裡，無論在任何一處，人和螻蟻也都沒多大區別。」

或許吧。

在海邊成長的美由紀，深知大海的可怕。

大海很可怕。儘管可怕，卻又溫柔。

山也一樣嗎？

「天狗會不會其實也是這樣的存在？就像是山神，或是山本身。」

「這個嘛……」

美彌子抬頭望向美由紀。

「或許就是這樣。可是，如果這是天狗的原型，誤以為自己和天狗同等的人類，才是自以為是、傲慢到不行的『天狗』。」

「因為等於是在與山較量嗎？」

「區區人類，卻妄想和山或世界較量，未免太可笑。得非常用力地虛張聲勢才行。」

「是什麼呢……記得有類似的故事，青蛙和牛較勁，鼓足了氣……」

「是《伊索寓言》。」美彌子答道。「自以為身形巨大的蛙媽媽愛慕虛榮，為了不被牛比下去，拚命脹大身體，最後爆炸的故事。這是在告誡人不應該自不量力，但人實在很難記取教訓。」

世上充滿「天狗」，實在教人頭痛——美彌子嘆息。

「待在山裡，是不是不應該一直說天狗的壞話？小心惹天狗生氣。」

「我罵的是假天狗，不要緊。山一定也看不慣那些以天狗自居的男人。」

美彌子嘆了一口氣，雙手伸向後方，仰起身子。然而，背後是土牆。

「像這樣待著，感覺真的會變成山的一部分。泥土意外地很舒服。」

「呃……」

美由紀可不想就此回歸塵土。

「小汪之前也在這座山上。」

「什麼？」

瞬間，美由紀以為她在說狗，隨即想起「小汪」是是枝美智榮的綽號。

「我開始覺得，她真的被天狗抓走了。」

「妳是認真的嗎？」美由紀問。美彌子回答「有點」。

「可是，那身衣服要怎麼解釋？」美由紀質疑。

「葛城小姐的遺體被發現的地點，也是和天狗有淵源的山，對吧？」美彌子說。

「就算是這樣，難道葛城小姐也被天狗抓走了嗎？然後，天狗逼迫她和是枝小姐交換衣物？也是啦，那是天狗，不曉得會做出什麼事。」

「或許是交換衣物以後，兩人都被抓走。這麼一來，當然不會有人看到她們下山。天狗抓了她們，想必是從天上飛走了。畢竟是天狗嘛。」

「然後，只把葛城小姐一個人丟在迦葉山嗎？」

「就算是胡思亂想，這情節未免太殘忍。」美彌子說。「不可以這樣亂想，因為已有人過世……」

沒錯，有人死了。

雖然不清楚是意外還是自殺，但有一條性命消逝了。

敦子似乎連殺人都納入考量。若是殺人，當然是無法坐視的犯罪，是枝美智榮或許被捲入這場可怕的犯罪。

既然如此，現下似乎不適合在山裡討論天狗。不，更重要的是，美由紀和美彌子也陷入危機。

總之，美由紀並未失去體力。幸好美彌子帶著飯糰登山，美由紀也帶了零嘴——米香和醋魷魚。之前美彌子請她吃水果甜品，她想回個禮。要對抗高級，她認為只能搬出低級，但這也低級到家了。

雖然無法揣測美彌子究竟怎麼想，但千金小姐似乎生平第一次見到庶民零嘴，吃得很開心，直說是珍饈。雖然八成是客套話，而且她沒說好吃。

不管怎樣，在太陽完全西沉以前，食物就全部吃光了，因此並未感到飢餓。肚子裡有食物，就會讓人心情穩定。若是飢腸轆轆，或許會洩氣得不得了。

美由紀再次仰望天空，希望能看到星星。

感覺真的看到了。

在漆黑的喧鬧中，有一片通透的黑暗。那就是夜空，並非徹底的黑。

美由紀盯著疑似夜空的方向，身體倒向美彌子，看見了閃爍的星星。

瞬間，一股說不出是恐懼還是不安、難以形容的小小的沉澱物自心底湧現。美由紀不明白為何只是發現星星，就會湧出這樣的情感。

她一陣不安，抓住指頭碰到的東西，原來是美彌子的手。

「怎麼了？」

美彌子直起身，那有點像貓的嗓音在她耳畔響起。

「呃……」

很快地，美由紀發現不安的源頭。

有聲音。她感覺到空氣的擾動，有什麼逐漸逼近。

——那是……

洞穴的……邊緣？

冒出稜線般的東西。

怎會看到那種東西？

人聲？

「妳有沒有聽到什麼？」美由紀問。

「有，是天狗嗎？」

「小～美～」

「嗄？」

會叫美由紀「小美」的，只有阿姨。同學都叫她「吳同學」或「美由紀同學」，父母則直接叫她「美由紀」。敦子和益田也是親暱地叫她「美由紀」。

不是這種問題。

「誰？」

「小～美～」

對方的嗓音沙啞混濁，不可能是阿姨。

「哎呀。」

美彌子移動了。

「是小金。」

「咦？」

「是小金吧？小金！」

「是妳提過的……」

洞穴的邊緣變得清晰可見。

是光。

光的深處冒出一團像熊的物體。

「熊嗎？」

「不是熊，是小金，我的朋友。我在這裡！」

「哎呀，我的天！找到了，人在這裡！掉進洞裡嘍！」

接著，一陣忙亂的聲響靠近。

是人的腳步聲吧。手電筒的光束和光圈，接連照出原本看不出是什麼模樣的東西。

「美由紀！」

「咦？」

好像……是敦子。

而後，傳來一道驚慌的聲音：「小姐！小姐！您沒事嗎？」

「哎呀，宮田，連你也來了？」

「小姐！」那聲音再次呼喊。

大概是那輛高級車的司機吧。

所以，美彌子果然是千金小姐。

「哎，小美實在太野了，不要害人擔心嘛。真是的，快被妳嚇死了。」

那麼，這團像熊的影子，就是那個叫小金的**人妖**吧。

聽聲音顯然是個大叔，語氣卻是十足的女孩。美彌子說他的內在是女性……

「美由紀，妳沒事吧？」敦子問。

「我沒事，只是出不去而已。美彌子小姐腳扭傷了……」

「只是扭傷而已。」美彌子說。

「咦，扭傷腳了嗎？我下去救妳們出來。」

「不行。小金，妳這麼重，萬一掉下來，恐怕就上不去了，只會跟我一樣扭傷腳。這裡很深。」

「唔，人家可不想扭傷腳。」小金說。「雖然我扛得動小美……」

「力氣大不大，在這個節骨眼上沒有關係。」

啊，「小美」指的是美彌子嗎？美由紀恍然大悟。兩人的名字裡都有個「美」字。

「這裡有繩子……」

一道軟弱的話聲傳來。

「為防萬一，我帶繩子過來了。任何時候都能未雨綢繆，是膽小鬼唯一的長處。啊，這個坑洞……是繼續往下深挖。這根本是陷阱吧？居然在這種地方亂挖洞，實在居心叵測。美由紀，妳還活著嗎？」

是益田。

「啊，只有繩子也沒用。就算放下繩子，我也拉不起來。需要梯子之類的嗎？」

「這孩子在說什麼傻話。深山曠野，要上哪找梯子？喏，快去找棵樹把繩子綁起來，我下去坑洞裡救人。好好綁緊，你這人一看就不可靠。動作快！長度夠嗎？」

「這是繩子，當然夠長，而且應該很堅韌。」

「沒問題是吧？欸，那位小美的朋友，有沒有受傷？」

「我很好！」美由紀回答。「所以，我應該——不，絕對能抓著繩子爬上去。可是，美彌子小姐……她說不要緊，但我覺得恐怕不太行。」

「妳很了解她。」小金說。「小美，聽好，妳動不動就愛逞強，這樣是不行的。應該依靠別人的時候，就得依靠。人這種生物啊，有別人能依靠的時候就要珍惜，對吧？」

「別管那麼多了，快點把我們救出去吧！」美彌子說。

如此這般，美由紀和美彌子從高尾山中的陷阱被救出來了。

聽說，是敦子發現的。

敦子掌握到幾個耐人尋味的事證，想告訴美由紀，先前往兒童屋，接著到學校找她。

美由紀向舍監報備過要和朋友去高尾山健行，當天往返，晚飯後就會回來。

敦子似乎馬上想到，這個朋友應該是美彌子。聽到這件事，敦子立刻心生不祥的預感。約莫是太擔心了，等到美由紀差不多該回來的時間，敦子又去學校找她。

當時，宿舍正因美由紀遲遲未歸，引發一場小騷動。於是，敦子聯絡篠村家，得知美彌子也說要去高尾山，出門後尚未返家。

敦子和美彌子的專屬司機宮田一起，首先找了美彌子可能會去的餐廳。因為兩人可能下山後正在用餐。

接著，去了小金上班的店。

兩人是在那裡和小金會合的。

益田應該是敦子聯絡的。仔細想想，同時認識美由紀和美彌子的人，除了榎木津以外，只有益田。

如此這般，四人搜索隊來到深夜的高尾山。

美由紀回到宿舍後，被舍監老師狠狠地刮了一頓。

雖然遭遇意外事故，但她確實做了出理應挨罵的愚行，所以她甘願承受。

過程中要是走錯一步，她可能會受重傷，若是運氣不好，或許小命會不保。被這麼教訓，確實一點都沒錯。能夠平安歸來，而且只是挨罵就了事，實在是萬幸。

儘管美由紀已充分反省，聽著訓話的時候，卻仍心不在焉。至於她掛念著什麼，當然是亟欲得知敦子掌握到的新事證。

她好奇得要命。

在這之前，敦子從未到學校找過美由紀。

應該說，過去從未遇到需要緊急聯絡的狀況，沒去學校找她是當然的。然而，唯獨這次，敦子找到學校來，美由紀也因此得救。

美由紀判斷，這代表敦子掌握了相當重要的線索。

那麼，應該要立刻告訴她才對，但獲救以後，美由紀不是發問的一方，而是成為被問的一方。她坐上宮田開的車，解釋了一大串，抵達宿舍的時候，已將近凌晨四點。後來，敦子宛如監護人，替美由紀向校方仔細說明狀況，根本無暇談及此事。

美由紀好奇極了。

根本無法入睡。

更重要的是，她莫名亢奮。

像是頭挨過去的時候，掠過臉和脖子的輕柔髮絲。

吹拂耳畔的氣息。

不小心碰到的美彌子的指頭。

只有這些身體感覺的記憶不停復甦。

所以，隔天上課，美由紀根本聽不進去——雖然美由紀平常就沒那麼專注向學——倒不如說，整整一星期，美由紀幾乎神思不屬，和同學之間沒有像樣的對話，主要都在圖書館調查天狗的資料。

雖然查不出什麼名堂。

唯一知曉的，只有「天狗」這個詞，古代似乎讀成「amatsukitsune」（註）。

原來不是狗，而是狐狸嗎？

就算是「天狐」，一樣不明白是什麼。狐狸不會飛吧？既不像鳥，鼻子也不長。

因為狐狸是山裡的動物嗎？確實如此，但山裡不只有狐狸。美由紀覺得，不管是猿猴、熊，還是山豬都行。

為什麼是狐狸？她怎麼也想不透。

好像也有漢字寫成「天狐」，讀成「tenko」，書上說這是非常了不得的狐狸。狐狸活上一千年，就會變成天狐。能活這麼久，確實了不起。

所以，她還能理解，但書上又說在密教的咒法中，天狐以老鷹的形象來呈現。老鷹就是鳥，一點狐狸的特徵也沒有。這種鳥形的天狐，和以野干（美由紀不知道野干是什麼動物）的形象呈現的地狐，加上以人形呈現的人狐，合起來用於名為「三類形」的修法。

看到這裡，美由紀已頭昏眼花，搞不清和天狗有沒有關係。

真想請敦子的哥哥說明。

簡直是一頭霧水。

就在這當中……

星期六到了。

美由紀實在連一刻都等不下去。

上午的課一結束，美由紀便迫不及待……

直衝兒童屋。

她覺得敦子一定已在店裡。

一星期前，敦子特地去學校通知她，不可能擱著不管。

美由紀小跑步穿過大馬路，在熟悉的景色中看見陌生的東西。

——不。

並不陌生。

最近經常看到。

是汽車。

一輛高級黑頭車停在路肩。

——那是……

錯不了。

駕駛座上……坐著宮田。

美由紀無法理解是怎麼回事，經過車子旁邊。

接著，她才想到似乎應該為前些日子的事道謝，但腦袋一片混亂。正當她轉念心想，至少該打聲招

註：此讀音的漢字可寫為「天狐」。

呼時，已走進通往柑仔店的狹窄巷弄。

孩子們越過美由紀往前跑去。

泛黑的木板牆。

燻黑的溝板。

被切割得細細長長、骯髒而沒有出路、順帶連時間也停止的樂園。

沒品味的原色看板和貼紙。拙劣的漫畫圖案。大小瓶子。

幾乎堵住巷弄的長板凳和木桌。

美由紀平常坐的位置，現在坐著敦子。

而敦子的座位，坐著千金小姐。

「嗄？」

美由紀忍不住怪叫。兩人同時轉向美由紀，笑了。

「哎呀，真的來了，就像中禪寺小姐說的。」

「美、美彌子小姐，妳怎會在這種地方？太奇怪了，一點都不適合，好突兀。重、重點是……」

「是我告訴她的。」敦子說。「不行嗎？」

「不是不行，只是很奇怪，怪極了。這種景象，是不是叫『出污泥而不染』？」

「這麼說對兒童屋太失禮了。」

這個地方真的好棒——美彌子說。

「可是，被我們這樣的大人占據，對小朋友有點過意不去。」

「沒關係、沒關係。」店裡的老婆婆說：「這裡的小鬼頭不會乖乖坐著吃東西，喜歡到處弄得髒兮兮。妳們買那麼多糖果，就算給妳們包下啦！」

仔細一看，桌上擺滿零食。

「不小心買太多了。美由紀同學，妳也來吃吧。」

「什麼買太多……」

幾乎堆成山。不過，反正很便宜。

美由紀猶豫片刻，在敦子旁邊坐下。

「這位竟是果心居士大師的妹妹，世界真小。」

美彌子笑道。果心居士到底是誰？是敦子哥哥的別名嗎？

「我從中禪寺小姐那裡聽到許多情報，非常清楚是怎麼回事。」

「咦，講完了嗎？」

「我們正在等妳。」敦子回答。「剛才只是在復習至今為止發生的事。雖然妳應該告訴過美彌子小姐了，但我也想整理一下思緒。」

「喔，比起我顛三倒四的說明，敦子小姐的說明更明瞭易懂……」

「不是的。」美彌子解釋：「我的意思是，之前妳告訴過我的事，我有了更清楚的理解。中禪寺小姐的邏輯非常清晰。」

「喔……」

美由紀覺得是同一回事。

「對了，上次真對不起，害妳遇到那麼可怕的狀況。」

「一點都不可怕啊。老實說，我覺得滿好玩的。」

只是因為挨罵，裝了一下乖。

「可是，美由紀同學是不是挨了一頓罵？我也挨罵了。父親就罷了，連宮田都訓了我。」

「呃……」

這也是沒辦法的事吧。

這不重要。

「敦子小姐，妳查到什麼？妳知道什麼了，對吧？難道都解決了？所以，妳才會找美彌子小姐過來。」

美由紀連珠炮似地問，敦子苦笑：

「解決？怎麼可能？今天我請篠村小姐過來，是有事想請教她。這樣比透過妳聯絡更省事吧？」

「也是啦，我……」

總是亂無頭緒。

「不要吊人胃口嘛。」

「不是吊妳胃口。唔，與其說是解決，應該說狀況變得更複雜了……」

其實，找到奇怪的東西——敦子說。

「奇怪的東西？」

「對。搜索是枝小姐的行動，進行相當久的一段時間……」

「找了將近半個月。」美彌子應道。

「在搜索行動的第五天，發現讓人有些在意的東西。啊，這是賀川先生告訴我的。」

「那位小朋友刑警嗎？」美由紀問，美彌子頓時睜大雙眼說：

「咦，好罕見，小朋友在當警察嗎？」

「不是的，只是個子矮，眼睛很大而已。他是有著一張老臉的普通刑警。」

「就說妳這樣很失禮了。」敦子出聲。「聽說山腳……也不算山腳嗎？高尾山口和纜車乘車處的附近，找到捲成一團的衣物。」

「衣物？」

「對。那叫什麼呢？是遍路者（註一）穿的那種衣服。是叫白衣嗎？除了白衣之外，還有手背套、綁腿、分趾襪、山谷袋（註二）和草鞋，是一整套。」

美由紀不懂這代表什麼意義。

註一：依一定路線參拜佛寺等靈場的巡禮者。多半指參拜四國八十八所靈場的人。有特定穿扮，可一眼看出。

註二：一種斜背包，也稱「頭陀袋」，款式有些類似台灣舊式書包，一般為白色。

「那是……」

「嗯。」

「是男人的衣物嗎？」

美彌子問，敦子否認。

「聽說是女人的衣物。接下來，在稍遠處找到金剛杖，又在其他地方找到菅笠。毫無疑問是一整套，對吧？」

「金剛杖，是什麼厲害的拐杖嗎？」

「討厭啦，是木拐杖。美由紀同學沒看過嗎？喏，就是巡迴靈場的六十六部（註）和巡禮者會拄的那種拐杖。」

好像知道，又好像不知道。美由紀能模糊地想像出那種和風白衣裝扮的人。

「中禪寺小姐，這到底有什麼意義？」美彌子問。

「就是啊，感覺和這次的事沒有關聯。」美由紀附和。

「是啊，不過……」敦子以食指抵住額頭，「有一個人消失，另一個人穿著失蹤者的衣物。正確地說，是穿著失蹤者的衣物過世。這麼一想……衣服少了一套啊。」

「少了一套嗎？」

「對。葛城小姐穿走了是枝小姐的衣服，所以，是枝小姐應該穿著葛城小姐的衣服，對吧？如果這樣想，衣服確實是夠的，但或許不對。」

「意思是，有別種可能性嗎？」美彌子問。

「咦，如果不是交換衣物……我想不到其他的狀況。而且，數目也吻合吧？」美由紀應道。

「我也不覺得有少。」美彌子附和。

「是啊，不過……」敦子說。「換個角度想呢？只找到是枝小姐的衣物，和葛城小姐的遺體，卻沒找到是枝小姐本人，和葛城小姐的衣物。然後，在疑似兩人失蹤的地點附近，找到一整套衣物……怎麼不教人在意？」

「與其說在意……敦子小姐，那叫什麼白衣的，是葛城小姐的衣物嗎？這樣的話，是枝小姐就變成赤身裸體，豈不是太惹眼了嗎？根本無法移動，要不然……」

就是死了嗎？

「不是的，葛城小姐沒有那種巡禮者的服裝。賀川先生說，轄區的警署針對這一點多方確認過。雖然她可能買了一整套新衣，但找到的衣物並非全新，菅笠和金剛杖等裝備也都是舊的……儘管不能否認別人送她全套二手裝備的可能性，但葛城小姐似乎對宗教信仰沒什麼興趣，甚至不是佛教徒。」

「她是基督徒嗎？」

「由於雙親是天主教徒，小時候她似乎曾受洗，但她本身沒有信仰。自從父母在戰爭中逝世，她便沒再上教會。」

註：抄寫六十六份《法華經》，並巡迴六十六處靈場，將每一份經文供奉至各寺院的巡禮者。

「感覺她不可能會去巡禮。當然，她有可能改教，但通常只有原本信仰就很虔誠的人，才會特地改變信仰。沒什麼信仰的人，往往會順其自然。」美彌子說。

「我也這麼認為。」敦子贊同。

「那不就沒有關係了嗎？」美由紀問，美彌子回答：「這樣未免太貿然斷定了。」

「可是，既然不是葛城小姐的衣物，應該就沒關係吧？」

「不盡然如此。之前我們推測葛城小姐和是枝小姐互相交換衣物，但仔細想想，這只不過是其中一種選項吧？」

「這個推測不是相當可信嗎？」

「不是的，美由紀。選項是無限的，我們僅僅是從中挑出最簡單的一個而已，不能說是可信。這樣假設比較自然，或是可能性很高，並無任何確證。我們只是……相信應該是如此。」

只是相信嗎？

「當然，我現在依舊認為那是最有可能的狀況，但其他的選項都被否定了嗎？不管再怎麼離奇、難以想像，只要有一點可能性，選項就存在。所以……我忽然想到，或許**不是那樣**。」

「換句話說，還有一個人嗎？」美彌子問。

「咦，三個人交換衣物嗎？」

說完，美由紀腦中浮現三個人圍成一圈換衣服的滑稽場景。

「唔，不無可能，但等於是三個人同時換衣服，有點招搖。由於容易引起注意，必須格外謹慎挑選地點。不過，我想到的是，是枝小姐也可能和別人交換衣物。」

「那麼，是枝小姐的衣服呢？」

「只要下山，總有辦法處理。」

「或許吧，可是……」

「簡而言之，重要的是，是枝小姐以看不出是她的模樣下山了，對吧？沒人看見她下山，這是一個謎團，還有葛城小姐穿著是枝小姐衣服的謎團。這是兩個不同的謎團，就算兩邊的解決方式互不相關，也無所謂吧？」

「也是啦。」

「只是，如果確定是枝小姐和葛城小姐互相交換衣物，便能一口氣解開兩個謎團，我們才會傾向於採用這個解釋。我就是想到這一點。」

「就是這麼回事吧：小汪——美智榮小姐在山上和某人交換衣物後下山，然後和她交換衣物的某人，把她的衣物借給葛城小姐，也有這種可能。」

「是啊。這樣一想，是枝小姐和天津小姐、葛城小姐的連續自殺案件就沒有直接的關聯，即便有，關聯也非常小……那麼，她可能是被捲入別的麻煩。」

還有一點——敦子豎起食指說。

「其實，也可能並未交換衣物。」

「沒有交換……？」

「找到的巡禮服裝，或許能直接套在原本的衣服上。長褲恐怕會有點緊，但披上白衣，脖子掛上山谷袋，戴上菅笠，手持金剛杖……看起來就像個巡禮者吧？」

「是啊。」美彌子應道。

「如此一來，在山上受人所託，喬裝成巡禮者的可能性，也必須列入考慮。」

「呃……喬裝成巡禮者有何意義？」美由紀問。「是什麼餘興表演嗎？我有點想像不出巡禮者的裝扮，不過穿戴成套會怎樣？」

「不會怎樣，不過，可以想像有個在普通衣物外面套上巡禮服裝，佯裝成巡禮者，偷偷上山的人，請求是枝小姐穿上自己的巡禮服裝，假扮成自己下山。」

「唔……是可以想像，但這樣一來，那個人就是假扮巡禮者上山，然後請求是枝小姐變裝成巡禮者，而自己恢復成一般的穿著下山，對吧？一般會做這種事嗎？」

「這種情況下，那個人仍有可能是葛城小姐。如果是為了變裝，那身服裝就和信仰無關，喬扮成巡禮者或許再合適不過。」

「呃，我還是不太明白。」

「是嗎？當然，這也只是想像，是眾多可能性當中的一個，但我認為葛城小姐可能受到監視。因為天津小姐的家人應該非常擔憂兩人會私奔或殉情。比起女兒的安全，他們更重視家族的聲譽。」

「這一點我懂，可是，那會造成什麼結果？」

「發現天津小姐在凌晨偷偷離家，我想比起報警，天津家的人會先去葛城小姐住的公寓找人。」

「是啊，感覺是冥頑不靈的老不死武士會做的事。」美彌子說。

「如果葛城小姐知道天津小姐離家……她想必知道。倘使天津小姐的家人——八成是父親，在奇怪的時間突然上門，葛城小姐理應會察覺出了什麼事，也可能父親對她說了什麼。那樣一來，她當然會擔心。因為天津小姐留下暗示自殺的字條。」

「即使天津小姐的父親什麼都沒說，葛城小姐也會察覺不對勁吧。畢竟這舉動太不尋常。」

「對，葛城小姐應該會察覺不對勁，如果她知道天津小姐的行動，恐怕會更擔心。可是，即使她想採取行動……」

「也受到監視？」

「這一點不清楚，但天津小姐的家人，應該希望避免她和葛城小姐的關係曝光。萬一女兒真有什麼三長兩短，也要隱瞞女兒是同性戀者的事實……天津家的人似乎抱持這種想法。既然如此，我覺得他們會監視葛城小姐的行動。」

「太荒謬了。」美彌子說：「女兒的性命和家族名聲，哪邊比較重要？比起人命，更看重體面、名譽，世上哪有這種道理？況且，這根本不可恥。」

「我同意。」敦子應道：「但天津家的人不這麼想。」

「真是時代錯亂。」

「的確，錯亂得離譜。我認為整個國家都有時代錯亂的問題，但天津家更是嚴重。找到天津小姐以前，他們想必會竭力避免兩人碰面。」

「這樣啊……要是受到監視，想離開也出不了門。明明情人可能命在旦夕。」美由紀說。

「想像葛城小姐的心情，實在教人難受。」美彌子說。

美由紀覺得這些話不太適合對著零食山抒發。在各種意義上，和眼前的情景都格格不入。

「請別忘了，這純粹是想像。」敦子再次強調。「然後，假設真的是這種狀況，在溜出住處時，變裝很管用吧？」

「啊，原來如此。所以才會扮成巡禮者嗎？」

「先不談葛城小姐怎麼弄到這套衣物，天津家的人一定料不到葛城小姐會扮成巡禮者出門吧。葛城小姐住的是集合住宅，即使監視著她，也不可能堵在她的房門前，而是在建築物外面守著，其他居民會進進出出。」

「況且，還有菅笠遮臉。」

「對。假設有人盯著，要瞞過對方的眼睛，扮成巡禮者應該是個好方法。如果成功溜出去……」

「她應該會去制止天津小姐吧。」

「對。與其說是去制止，或許其實是想共赴黃泉……不管怎樣，葛城小姐想必是去找天津小姐。然後，雖然不曉得她聽到什麼、得知什麼，或只是猜測，總之她前往高尾山……」

「但慢了一步嗎？」美彌子問。

「對。如果趕上，就不會是現下這種狀況。約莫會是葛城小姐阻止天津小姐自殺，或一起殉情。」

「沒有這樣的可能性嗎？」美彌子又問。

「妳是指……？」

「她們會不會其實一起殉情了？然後，有人為了掩蓋這個事實，在警方發現之前，早一步運走葛城小姐的遺體……有沒有這樣的可能性呢？」

面對美彌子的提問，敦子回答：

「從時間上來看，是有可能的，但也只是可能而已。十五日下午天津家的人就報案了，那麼一來，必須在上午就將葛城小姐留下的痕跡清除乾淨。」

「可是，隔天中午過後才發現遺體吧？」

「不過，沒辦法預知遺體會在何時被發現。更重要的是，不清楚她們要在何時動手——不，殉情。所以，如果有人在事後加工，表示加工者早就知道天津小姐要在高尾山自殺……如果是事後知道的，就是有人識破葛城小姐的變裝，尾隨她上山。不過這種情況，等於是那個人默默旁觀兩人殉情，最後只將葛城小姐的遺體運下山。」

「也就是眼睜睜看著親生女兒自殺嗎？」

美由紀說，敦子反駁「那個人不一定是天津小姐的父親」。

「或許吧，可是……」

「為了家族名聲，那個父親有可能這麼做。不過，我對天津家的男人已有偏見，觀點有些被蒙蔽了。」美彌子說。

「對，假設是這種情形，比起完全無關的第三者，天津家的人會更順理成章，只要布置妥當再報案就行。但這麼一來，一樣會遇上必須扛著遺體下山，這項顯眼又困難的工作，而且……」

「也沒有小汪介入的餘地了……對嗎？」

「是的。比方，是枝小姐偶然目擊那個人布置現場，那麼對方應該會設法堵住她的嘴巴，對吧？」

「堵住嘴巴……」

「只是傷害她，沒辦法封住她的嘴。必須抓走她，或是……」

「殺人滅口嗎？」美彌子問。

「唔……確實會是這樣。不過，我覺得這麼做風險太大。」

「也對。」美彌子應道。

確實，在這個階段，犯人只是想移動兩具自殺遺體的其中一具而已。美由紀不知道這種行徑觸犯哪一條法律，但應該比殺人的罪輕多了。

「不管發生什麼事，都沒在山中找到是枝小姐。換句話說，不論生死，她都已下山。犯人是將葛城小姐的遺體，和綁架的是枝小姐，都弄下山了嗎？如果殺害是枝小姐，會變成搬運兩具遺體。」

「光運一具遺體就夠折騰了，而且十分引人注目，對吧？」

「對，而且不論是生是死，我都想不到將葛城小姐的衣物，和是枝小姐的衣物交換的理由。因此殉情之後，有人進行加工的可能性……令人存疑。」

「推測兩人沒殉情比較妥當嗎？」美彌子問。

「對。當然，葛城小姐很可能追隨是枝小姐殉情，但推測她和天津小姐一起上路，我覺得太勉強。

即使葛城小姐那天去了高尾山，當時天津小姐或許已過世。雖然不清楚現場發生什麼事……倒不如說，和一開始一樣，這些全部都只是想像。」

「她去現場的時候，警方找到天津小姐的遺體了嗎？」

「這樣時間對不上。天津小姐的遺體，似乎是警方接獲是枝小姐的家人報案不久後發現的。」

「對喔，是在隔天。」

「所以，不知道那天到底出了什麼事。變裝被識破的情形也是，比方葛城小姐上山以後，發現自己被跟蹤，或許會利用是枝小姐當掩護。只要請她穿上自己的衣物下山，然後在路上丟掉衣物……」

「可是敦子小姐，這樣一來，就變成葛城小姐留在山上了。假設這是為了甩開追兵，尋找天津小姐，但要是她沒找到呢？即使來不及勸阻天津小姐，她一定也不會立刻下山。而且，如果是這種情形，是枝小姐應該會直接回家吧？這樣就沒有交換衣服的機會了。她們根本沒交換衣服吧？」

「沒錯。」敦子說：「只是，由於不知道出了什麼事，無法輕易斷言。如此複雜的狀況，我們可以想像出無數可能性。然而，實際上究竟發生什麼事，我們掌握的資訊太少，不足以斷定。我想說的是，交換衣物這樣一個簡單的假設，無法說明一切，不過是一種可能性而已。」

「喔……」

「當然，愈簡單愈有說服力，而且大部分的事情都是很簡單的。只是，總會發生料想不到的狀況。有時為了應付突發意外，會發生複雜的處理過程，有時瑣碎的小事會左右大局。僅僅是加上『被丟棄的巡禮者服裝』這個要素，選項便會大增。」

「是啊。可是，有必要勉強把巡禮者服裝跟這件事扯上關係嗎？」

「不是勉強。只是考慮到兩者有關，狀況就會截然不同。因為太複雜了，我直接說結論，那套服裝不是葛城小姐的。」

「看吧！不要故意搗亂嘛。」美由紀說，美彌子卻不動聲色，問道：

「中禪寺小姐，還有下文，對吧？」

「對。」

「下文？」

「那套服裝，是秋葉登代小姐的。」

「這又是誰？」美由紀問。

「就是巡禮者服裝的主人。」

「她是無關的人吧？」

「要是無關就好了……秋葉小姐的興趣是巡迴靈場，去參拜過坂東三十三觀音、秩父三十四觀音，每個週末也都會去參拜關東近郊的古寺名剎。這樣描述，感覺頗有年紀，但秋葉小姐比我們年輕，才二十二歲。」

「巡迴靈場算是一種興趣嗎？」美由紀問。

她覺得當成興趣怪怪的。

敦子苦笑：

「是啊，不過是她向身邊的人這麼說的。她不分宗派，四處參拜，或許不是出於信仰，而是對寺院的歷史、建築物本身，或是氛圍之類感興趣吧。她似乎懷著敬意參拜，但應該談不上信仰。所以，與其說是巡迴靈場，更正確地說，是巡迴寺院。」

「她是哪裡人？」美彌子問。

「聽說住在柴又，是小學老師。孩子們都很喜歡她，風評非常好，美中不足的是，比起一日三餐，她更喜歡參拜寺院。」

「啊，真令人欣賞。可是，怎麼知道是她的衣物？上面有寫名字嗎？」

「其實就是這樣。不是有朱印帳嗎？向寺院布施的時候，會領到朱印，她的名字就寫在朱印帳裡……通常只會寫上寺院的名稱和日期，還有梵文之類的，然後蓋上朱印，但不知為何，有一頁寫了她的名字。打聽之後，發現……」

「咦，難道……」

「秋葉小姐從兩個月前就下落不明。」敦子繼續道。

「下落不明啊……」美由紀說。

「秋葉小姐是一個人住，由於她不是會無故缺勤的人，同事很擔心，去她的公寓查看，發現她不在家。她提過週末又要去寺院，但不知道是哪一所……過了一星期左右，同事決定報案。」

「她是什麼時候失蹤的？」

「應該是……八月十五日，和是枝小姐同一天。報案前就找到衣物，表示秋葉小姐是去參拜高尾山藥王院。對於這件事，兩位有何想法？」

「想法……」

「同一天，有另一人失蹤。而且是在同一座山，兩名年紀相仿的女子憑空消失。兩者會毫無關聯嗎？」

「呃，這個嘛……」

很難說無關吧。

「這樣一來，變成秋葉小姐是赤身裸體地消失。她並未變裝，聽說巡迴寺院的時候，她總是那身白衣穿扮。這種情況，等於是她在下山途中脫掉外衣，把金剛杖和菅笠也扔了，只穿著內衣褲，不知道去哪裡了。」

「真是離奇。」美彌子說。「看似小事，但實在蹊蹺。中禪寺小姐也認為……不可能有這麼荒唐的情況，對吧？」

「對。沒人會這麼做，否則會被送交警方。」

「就是啊。可是……中禪寺小姐，就像妳剛才說的，只是加上『丟掉的衣物』這個極瑣碎的因子，想要重新整理案情，狀況就複雜許多。要是再加上新的失蹤者……」

「沒錯，但無法忽略這件事吧？是枝小姐失蹤、秋葉小姐失蹤、天津小姐自殺……三件事只是曝光的時期不同，其實全發生在八月十五日，並且都是在高尾山。唯獨發現葛城小姐的地點和時間不同，不過她很可能在同一天去高尾山，而且從遺體的狀況推算，她幾乎是在同一時間過世。如此一來，當成巧合，才是所謂的方便主義……我是這麼認為。」

「那麼……還是只能推測，交換衣物這個行為，實際上複雜許多嗎？」美彌子說。「即使真的交換衣物，在這種情況下，或許不是單純的交換而已，對嗎？」

「對。衣物多出一套，然後不論生死，身體少了兩具。然而，過世的人身上穿著失蹤者的衣物，非常撲朔迷離。除此之外……還有兩位掉落的陷阱。」

「那個坑洞……也有關係嗎？」

「我認為有關。」

那個坑洞怎會和這件事牽扯在一起？

「後來，當地警方調查了那個坑洞。聽說在第一次搜索行動——搜索天津小姐時，已有那個坑洞。」

「唔，或許吧。」

「可是，幾乎是緊接著進行的搜索是枝小姐的行動中，卻直接忽略那裡。」

「為、為什麼？」

那個坑洞明明那麼大，又十分危險。

「因為那裡被封鎖了。」

「什麼？」

「據說，天津敏子小姐是在那個坑洞旁邊的大樹——把兩位拉上來時，用來綁繩索的那棵樹上吊。」

「哇！」

真的緊鄰坑洞。

「不過，只當成命案現場封鎖一、兩天而已。因為後來斷定是自殺。」

「可是，警方竟沒搜索那個坑洞？」

「畢竟這是在找失蹤者啊，美由紀。去一直有警察駐守的地方找，是浪費力氣吧。」

對喔，又不是在找坑洞。

「然後……由於發生這次的事，我透過賀川先生，聯絡轄區的警署，請他們進行檢驗。那裡原本就是陷沒的危險地形，但不慎跌落並不會爬不上來，因此……」

「有人對天然的窪地加工嗎？」

「對，警方判斷，確實經過人為加工，那是人造陷阱。除了查到挖掘的痕跡，還發現有幾處是將挖出來的泥土勻平，鋪上落葉摭掩。」

美彌子似乎猜中了。

「沒找到梯子或挖掘工具，也不知道是什麼時候挖的。不過，天津小姐上吊的時候，已有那個坑洞。或許應該說……天津小姐是刻意在那個坑洞的旁邊自殺。」

「咦？」

美由紀驀地想起。

想起後，她的心頭一驚。

如果那個時候遺體還在樹上。那麼，在有人來救出她們之前……遺體會一直垂掛在美由紀和美彌子的頭頂上。

在那種狀況下，根本無暇欣賞星空吧。

「這件事不太可能與此案無關。還有一件事，我怎麼也想不透……」

「我全都想不透。」

「將天津小姐和葛城小姐的關係洩漏給八卦雜誌社的……可能是天津家的人。」

「這……未免太莫名其妙。最希望隱瞞兩人關係的，不是天津家的人嗎？」美彌子說。

「對。換句話說，除了當事人以外，知曉這個祕密的只有天津家的人吧？」

是這樣沒錯，但……

「哎，怎會這麼複雜！」美由紀大喊。

「是啊。不過……一定有讓這些複雜的要素迎刃而解的構圖。」

敦子這麼說。

5

「實在是盛氣凌人……」

說完，茶店大嬸把托盤按在胸前，緊緊抱住。

「雖然我覺得警察本來就是這樣的。」

「是為了破案，語氣才嚴厲了一些。」

如此回應後，敦子認識的刑警——青木文藏啜一口茶。聽說他是警視廳搜查一課的刑警，美由紀以為會是可怕的人，沒想到和猜想的南轅北轍。青木的頭很大，卻有一張娃娃臉。只看臉的話，比老臉的賀川更像小朋友刑警。可是，青木的氣質不像小朋友。儘管不清楚他的年紀，但給人的印象，是溫文儒雅的大哥哥。

「真不好意思……」青木行禮陪罪。

「啊，沒有讓你道歉的理啦，而且你一點都不像刑警。我好像在哪裡看過你……何況，沒有刑警會帶著女孩行動。她們應該不是你的女兒，是夫人和妹妹？」

「哪、哪裡的話！」

青木搖頭擺手。

「咦，很可疑喔？」

「才、才不可疑。呃，那個……」

「沒什麼好瞞的啦。你們這些官爺，凡事都打破砂鍋問到底，身為草民偶爾也會想反過來問問。喏，快從實招來！」

「不，就是……」

「我是協助辦案的人。」敦子說。

「咦，這是在查案嗎？」

「是其他的案子。」青木不知為何渾身冒冷汗。

這裡是纜車高尾山站附近的茶店。

青木辯稱是其他案子，有些不正確。

確實，秋葉登代的失蹤案被當成其他案件處理。由於她是失蹤，即使判斷可能涉及犯罪，也應該是轄區員警來辦案。

美由紀不太了解警察組織，但秋葉登代的失蹤案，是柴又的派出所受理的，聽說那裡是隸屬龜有署。另一方面，是枝美智榮的失蹤案是賀川任職的玉川署受理的。然後，高尾山位於八王子警署的轄區，天津敏子和葛城幸的失蹤案是八王子警署受理的。而葛城幸的遺體是在群馬縣找到的，那邊是群馬縣警的地盤吧。

雖然說是地盤感覺有點怪。

美由紀不知道是接到協尋請求的東京都各警署，還是找到遺體的地方警署負責偵辦案子。但分散成這麼多地方，應該也弄不清楚了吧。

然而，如果這些全是同一個案件……

除了群馬縣以外的警署，都屬於警視廳的管轄。

從敦子那裡聽說這件事以後，青木憂心忡忡。

青木最在意的，似乎是美由紀和美彌子掉落的陷阱。

用不著想，那根本不是孩童惡作劇的規模。明顯極費勞力，假如沒有特定目的，不會挖出那種坑洞，極有可能與犯罪相關。

若是這樣，不能置之不理。

雖然不可能為了這種程度的事，成立所謂的搜查總部，青木仍將事態看得相當嚴重——美由紀懷疑，因為是敦子說的，青木才會格外重視——於是青木利用休假，以私人身分到現場勘察。

這並非正式辦案，而且需要有人指引陷阱的位置，因此敦子和青木同行。

這……

太狡猾了。

美由紀無法接受被拋下。

更進一步說，敦子和美彌子撇開美由紀，在兒童屋密會，這件事本身就有點……狡猾。

也不是狡猾，只是這麼一來，就不需要美由紀了。雖然這不是該用需不需要來評斷的事，但她就是難以接受。

對美彌子來說，應該只要有敦子就夠了。對敦子來說，應當也一樣，只要有美彌子，就不需要美由紀。就算不是這樣，美由紀心知肚明，她不怎麼受到需要，所以她才想參一腳，硬擠也要擠進來。

儘管這次的行動，她多少覺得是硬攪和，有點過意不去。

美由紀應該是個電燈泡。她隱約感覺到，青木比較想和敦子獨處。

總之——

美由紀甚至向校方謊稱，警方找她去前些日子掉進陷阱的現場進行勘驗，跑了出來。雖然是謊言，但她認為與事實相去不遠，是所謂的「話要看怎麼說」。

總之——

儘管覺得自己有點像電燈泡，美由紀仍坐在敦子旁邊吃著田樂燒（註一）。天氣變得頗冷，蒟蒻嘗起來格外美味。

「什麼其他案件啊？一下天狗擄人、一下上吊自殺，這陣子實在不平靜，其他還有什麼事嗎？」

大嬸——不，以年齡來看，或許應該叫大姊——人很開朗，活力十足。

「哦，應該是惡作劇吧。山裡有人挖了個大坑洞。」

「那是貛幹的好事吧？山裡很多鼬鼠、貉子之類的動物，其中貛會挖洞啊。」

因為貛也叫穴熊（註二）嘛——大嬸說。

註一：將豆腐、茄子、蒟蒻等串起來後，裹上味噌燒烤的料理。

註二：貛的日文即為「穴熊」。

「牠們到處挖洞，剩下來的洞就被貉子那些動物撿去用。拿煙燻一下就會跑出來了。」

「不是那種洞，是陷阱。」美由紀解釋。

「陷阱？小朋友惡作劇嗎？可是，這裡沒有小朋友啊。」

「我掉進去了。」

「哎呀，以小朋友來說，妳還真高大。最近的孩子們吸收的營養真好。哪像我，在妳這年紀的時候，只有南瓜吃，才會長成這樣一張南瓜臉。」

大嬸左手掩嘴，笑著用右手輕拍美由紀。說像南瓜，看起來確實有幾分像，但跟大嬸客套也沒用，於是美由紀苦笑帶過。

「我是很高大，但還是個小朋友。那個坑洞非常深，連我掉下去都爬不出來。」

「太危險了吧！」大嬸驚呼。「那樣會受傷的。貛不會挖那麼大的洞。畢竟很小隻嘛。會是天狗的窩嗎？可是，天狗窩不是在樹上？」

「應該是人挖的。」青木說。「事實上真的很危險。以惡作劇來說，實在太過火，所以我們來調查一下。怎麼樣呢？您有沒有看到揹著鏟子、十字鎬等工具、像是工人的人上山？」

「這麼誇張，我是沒看到啦。什麼時候的事？」

「不太清楚。那位天津小姐……」

「自殺的人，對吧？」大嬸接口。「我記得她的名字。年紀輕輕的，實在可憐。」

「對，找到她的遺體的時候，坑洞已在那裡。」

「怎麼不填起來？警察真是懶。」

接著，大嬸說「討厭，忘記你也是警察了」，拍打青木的身體。

「所以，小姐掉進坑洞裡了嗎？」

「沒錯。」

「看來真是個大坑洞。那麼大的坑洞，沒工具應該挖不出來。用十字鎬什麼的，也得夠大支吧。」

「應該吧……」

「不可能啦。」大嬸說。「這一帶的山啊，由於某些原因，是受到保護的，所以禁止砍樹挖地之類的工程。而且藥王院的權現堂，前年也被東京都指定成什麼……」

「有形文化財，對吧？」敦子說。

「就是那個文化財。畢竟是很寶貴的建築物，萬一傷到可不得了。要是有那種做工程的工人上山，一下就會注意到。」

「請問，」敦子舉起手，「有時會有四、五個，或是更多打扮相同的人，一起上山來，對吧？」

「四、五人？一堆啊。如果是進香團，就是十幾二十人團體行動，都穿著一樣的衣服。」

「那麼，有沒有全是男人，下山時衣物髒得厲害的……」

「衣服髒掉嗎？這個嘛……不管是進香還是登山，通常都不會穿得太隨便。而且，跌倒也會弄髒衣服。這裡又不是關所，我也不是守衛，不會成天站崗。不過我是招牌女郎，雖然長得像南瓜啦。」

大嬸抱著托盤，仰望上方。

「啊，有的。」

「有嗎？」

「喏，那個……天津小姐嗎？在找她的時候，來了一名盛氣凌人的警察，當我是罪犯似地問東問西。然後，下一個是被天狗抓走的小姐……」

是指是枝美智榮吧。

「當時也來了一名盛氣凌人的警察，沒完沒了地問個不停，一直逼我回想，所以我才想起前後發生的事……」

可是，這件事我也告訴警察了啊——大嬸說。不，應該不到大嬸的年紀。

「是什麼事？」

「不是有國民服嗎？還是叫復員服？這年頭應該沒人會穿那種衣服。雖然戰後滿常見的，但現在沒人穿了。總之，有穿著那種衣服的人……我想想，大概五、六人吧，年紀約三十多歲，邋里邋遢的一群，就在那邊坐著……」

大嬸指向美由紀坐的座位。

「他們渾身都是泥巴，喝著茶問：有沒有酒？拜託，哪來的酒？這裡可是茶店。」大嬸皺起眉說。

「那是什麼時候的事？」

「就是……天津小姐被找到之前……所以是上吊前一天嗎？她被找到的兩天前。應該沒錯。我不知道天津小姐是何時上吊的。警察高高在上地問我有沒有什麼不對勁的事，我就如實稟報了。我拚命想起來，警察卻冷冰冰地說和案子沒有關聯。」

警察真是盛氣凌人呢——大嬸看著青木說。

「呃……我為警方高壓的態度致歉……不過事實上，跟尋人應該是沒有關聯的，但或許跟我們要打聽的事有關。那群男人……」

「不不不，他們只是渾身泥巴而已。雖然全身汗臭，可是他們沒帶十字鎬。要是扛著那種工具，我不用努力回想，也一定記得。不過，他們提著像背袋的東西，但十字鎬裝不進去吧。」

「不，」青木歪頭說：「我以前是海軍，不是很清楚，但或許裝得下陸軍式的小圓匙。那是攜帶用的。」

「小圓匙？」

敦子似乎不知道那是什麼。

「是小型的圓匙。不知為何，聽說陸軍習慣把圓匙讀成enpi（註）。」

敦子好像懂了，但即使聽到青木這段話，美由紀也一頭霧水。別說讀音，她根本想不出會寫成什麼漢字。她覺得連enpi是不是日文都很可疑。她問那是什麼，青木說是鐵鍬。

「呃，可是鐵鍬也很大。還是，那東西長得像花鏟？不過，花鏟挖不出那麼大的洞。」

「圓匙沒那麼小。那是步兵隨身攜帶的挖掘工具……或者說武器，柄的部分可抽出來。只要在前端

註：日文「圓匙」的正式讀音為「enshi」。

的鐵鍬——鐵片那部分插上木柄，就會變成小型鏟子。應該是用來挖壕溝的，但也能當盾牌，在肉搏戰的時候，則是用來毆打對方。如果是小圓匙，拆開來……」

約莫這麼大吧——青木雙手比畫著大小。

「啊，如果是團扇鼓那種大小，裝得進袋子裡吧。這麼說來，他們都提著一樣的背袋，我以為他們是軍人。那麼……坑洞是他們挖的嗎？又不是小朋友或是獾，挖什麼洞啊？」

「有可能。這樣看來，挖好陷阱的隔天，天津小姐就自殺了嗎？總覺得以偶然來說，時機過於湊巧了。」

面對青木的問題，敦子回答「或許不是偶然」。

青木的神情暗了下來：

「不是偶然……意思是，天津小姐是等到陷阱完成才自殺嗎？這實在說不過去啊，敦子小姐。」

「對，如果**那樣想**確實奇怪。」

敦子以食指抵著下巴，尋思片刻，轉向大嬸說：

「您費了好一番辛苦才回想起來呢，連細節都是……」

「什麼辛苦，說得像是我腦子不好。別看我這樣，算起帳來可是一等一，人稱活算盤，所以我挺聰明的，但還是不會記得那種事啊。不過，那個被天狗抓走的姑娘，她叫……」

「是枝美智榮小姐。」

「對，美智榮小姐，她是個開朗的好孩子。她來過三、四次吧，我記不太清楚，只是認得這個人。

她都會朝氣十足地向我打招呼，也來吃過關東煮。但問我她什麼時候來過，我又沒記在帳上，一般不會記得吧。不過，她被抓走那天我倒是記得。因為她曾借用洗手間，就在那邊。」

大嬸指向屋內深處。

「在山上，如廁是件大事，畢竟婦女不好隨地大小解吧？所以，我們茶店的洗手間對登山客很方便。可是……」

我沒看到她回去——大嬸說。

「剛才提過，我不是守衛，不會一直站在門口，大概是錯過了吧。我們茶店還有一個店員，但那天應該只有我一個人，恐怕是錯過了。」

「唔，應該是呢。您也沒看到天津小姐上山。」

「沒有。」大嬸回答。「而且我不認識那個自殺的女孩。給我看照片，我也不認得。」

「您看了照片嗎？」

美由紀連天津敏子的長相都不知道。

「那名盛氣凌人的刑警拿照片叫我看，所以我就看了。可是，看了也不認得。後來的刑警拿出美智榮小姐的照片，我分不出有什麼不同。」

「兩人長得很像嗎？」美由紀問，大嬸當下否認說「不像」。

「每個人都長得不像啊。臉就長得不一樣嘛。又不是雙胞胎，沒人會長得一樣。可是，有時只是驚鴻一瞥，所以照片看起來都一樣。」

「兩人的照片很像嗎？」

「他們的臉長得不像，是完全不同的兩張臉，衣服也完全不同。那個自殺的女孩當天穿的衣服……我是沒看到那女孩啦，但那名盛氣凌人的刑警不厭其煩地說明，害我都記起來了。我想想，開襟衫嗎？是桃紅色的。然後，底下是裙子。這一帶不太有人會穿成這樣上山來。」

應該吧。

「所以我根本沒印象。然後，美智榮小姐嗎？聽說她戴著時髦的登山帽，揹著背包……還有什麼呢？她穿著格子襯衫和鼠灰色外套，搭黑色長褲。喔，她真的就是穿這樣。因為她來借過洗手間，我幫她保管背包。」

「我明白了。可是，照片上不是這種打扮吧。」

「不是，兩張都像是相親照般的照片，那種照片很難區別出不同吧？」

「確實如此。」

敦子再次陷入沉思。

青木探頭看她的側臉。

接著，刑警轉向參道，問：

「這座山有許多人穿得像巡禮者嗎？」

「巡禮者？巡禮的不是都去四國？」

「不，您看那邊。」

青木指示的方向，有幾名穿白色和風服裝的人拄著木拐杖前進。

原來那種打扮，就是之前說的什麼白衣嗎？美由紀恍然大悟。

「喔，那不是巡禮者，是香客。不過，嗯，很多啊。比如進香團，有的全穿著一樣的白衣。」

「事發那一天……」

「事發？啊，有人自殺和天狗擄人那天嗎？」

「就是那天。那天有沒有穿成那種樣子、頭戴菅笠的女子獨自上山？」

「有。」

「有嗎？」

「有。欸……這件事我也告訴警察啦。我想起什麼，都毫不隱瞞，一五一十全說給警察聽了。對方盛氣凌人，認為我一定看到什麼，所以我就說了。剛好是……美智榮小姐嗎？那女孩用借洗手間的時候，有個穿成那樣的小姐經過茶店。那時候我幫忙拿著背包，錯不了。可是，警察說應該無關。」

確實是無關。

在那個時間點是無關，但……

「這表示她很顯眼嗎？」

敦子問，大嬸搖搖頭：

「也不是顯眼……唔，因為有很多那種打扮的人，並不特別引人注意。可是，一身那種打扮，卻一個人上山，就不多見了。而且妳看，幾乎都是老公公、老太婆，沒有年輕女孩。從這個意義來說，是很稀罕啦。加上她戴著斗笠，對吧？」

「好像是。」

「沒什麼人會戴斗笠。妳瞧，沒人戴吧？頂多穿無袖上衣，或是結袈裟。像四國的巡禮者，由於會巡迴各地，應該會戴斗笠吧，但這裡又不是那種地方。藥王院就只是藥王院，通常只會來拜一拜而已。登山客又不一樣了。何況，現在沒人戴斗笠了吧？畢竟都昭和時代了。」

「意思是，因為是在昭和時代，戴菅笠的年輕女子格外顯眼嗎？」

「咦，是呢。」大嬸說。「很顯眼。」

「可是……您沒看到她下山。」

「是漏掉了吧。」

「也不會一直盯著看嘛。」美由紀幫腔，大嬸說「沒錯」。

「就連那個……美智榮小姐嗎？我連她回去都沒看見了。如果看到有人經過，就會記得。可是我也會去洗手間之類的，或許是那時候經過了。」

「是啊。」敦子應著，轉向纜車車站。

「那天……」

敦子接著問。

「那天下山的人，有沒有讓您印象格外深刻的？在您記得的範圍內就行了，即使是盛氣凌人的警察說無關的人也不要緊。」

「我真是被警察瞧扁了。」大嬸不甘心地說。「我啊，活了三十五年，從來不曾作奸犯科。雖然是離婚回老家了，但沒做過任何該被警察吼的事。」

「真是太對不起了。」青木低頭行禮。

大嬸約莫是受到相當糟糕的對待吧。

「算啦。對，有個古怪的老頭子。也不算老頭子嗎？拿手巾包住頭臉。可是，那陣子我看過他好幾次，應該無關吧。」

「看過好幾次？」

「可能是來祈願，或是為了什麼天天來參拜嗎？」大嬸回答。「我覺得應該無關，所以沒說。然後……是啊，其他都跟平常沒兩樣。對了，有人不舒服。」

「是什麼情形？」

「喔，我上前詢問怎麼了，畢竟會擔心嘛。不過，好像只是肚子疼而已。是個女人。頭髮長長的，被老公揹著。」

「被揹著？」

難道是……

「那會不會是是枝小姐……」美由紀說。

「那個女人是長頭髮嗎？」敦子問。

「長頭髮，直垂到男人的胸口。她的臉被頭髮蓋住，看不見。」

這樣啊，原來不是嗎？是枝美智榮是短髮。

「揹著她的是怎樣的人？」

「哦，問得這麼仔細？唔，那是她老公嗎？搞不好是父親，因為看起來很老。背後的女人，那張臉靠在這邊，所以看不清男人的臉，可是不年輕。走路的樣子不年輕，而且撐著拐杖。」

「女人還活著嗎？」美由紀問，大嬸回答：

「這孩子在說什麼傻話？揹著屍體做什麼？要是人死了，應該趕快找警察吧？當然活著，不停嗚嗚呻吟呢。死人不會呻吟吧？頭也搖來晃去的。因為看起來太痛苦了，我問要不要借廁所，但男人說不是瀉肚子，不要緊。不曉得是胃痙攣，還是盲腸炎？」

「這也是……那一天發生的事嗎？」

「就是那一天。」

「您還記得女人的服裝嗎？」

「真的問得好仔細啊。服裝喔，我想想。對了，女人揹著背包，就這樣讓男人揹著，然後外面再披上外套。那是男人的外套，所以看不出是什麼服裝，但不是穿裙子，應該是長褲。不是什麼特別的打扮。」

「是去參拜的人嗎？」

「不像是去拜拜，應該是登山客吧。如果是在寺院突然不舒服，照理會在裡面躺一下，寺方也會稍加照顧。這我也跟警察說過了。雖然沒說得這麼詳細，可是……」

「警察認為無關嗎？」美由紀問，大嬸回答：

「對啊，跟我說無關。唔，應該無關吧。如果是揹著跟失蹤的女孩很像的女人，可是大功一件。這樣一來，警察也不會那麼盛氣凌人，但完全不像。」

「長得不像嗎？」

「沒看到臉。不過，失蹤的女孩穿的是裙子。被男人揹著的女人是穿長褲，頭髮也很長，根本不一樣。」

不，那個……

「那是指……天津小姐吧？」

「對對對，天津小姐，自殺的女孩。」

真是可憐啊——大嬸說。

「呃，難道……」青木說。

「什麼？」大嬸反問。

青木困窘地垂下眉毛：

「您告訴第一個刑警——來找天津小姐的調查員，然後被駁回說無關的事……就沒告訴第二次來找是枝小姐的調查員了嗎？」

「無關的事，何必再說？我才不想又被瞧不起。」大嬸回答。

「那麼，被揹下山的女人的事……」

「你是指第二次嗎？我沒說啊。因為不是同一個人，只會被警察說又沒人問妳，自討沒趣。」

「呃，可是服裝……」

「服裝？是有服裝類似的人。可是，那女孩……是枝小姐嗎？我認得她啊，還借她洗手間。我見過本人，比照片可靠多了。而且，我不是說被揹下山的女人是長頭髮嗎？你們怎會這麼迷糊？」

的確。

是枝美智榮和天津敏子……兩人都是短髮。警方拿出的照片會讓人感覺相似，也是這個原因吧。

「這樣啊。其實，那個穿白衣戴菅笠的女子，也下落……」

「不可能、不可能。」大嬸說。

「不可能？」

「不可能是天狗抓走的。況且，這一帶的天狗不會抓人。天狗擄人這種事，在其他土地或許有，但這裡沒有。高尾山的天狗不是壞東西。」

大嬸伸手一指。

「你們看，藥王院供俸的本尊，是藥師如來和飯繩大權現。雖然是天狗，也不是隨處可見的等閒天狗，而是飯繩大權現，很了不起，才不屑抓什麼人類。如果人不見了，就是下山了。」

是漏看了啦——大嬸說。

「是啊。」敦子同意。「沒錯，如果人不在山裡，不是下山時沒被看到……就是**根本沒上山**。」

敦子說完，站了起來。接著，她行禮道謝，取出錢包。

「咦！」

大嬸瞪向青木。

「你啊，這樣對嗎？這位小姐要付錢耶。」

「咦？」

青木驚慌失措。

「不要緊。」敦子笑著付錢給大嬸，說「只有兩人份」。

「噢，好爽快的女孩，我很欣賞。」

大嬸拍拍敦子的肩膀。

「是啊，其實我十分看不慣什麼都要男人出錢的風潮。大概是學歐美，東施效顰。可是，不知道是愛慕虛榮還是想耍帥，大部分都是男人付錢。」

青木歉疚地縮起肩膀。

「最近有些女人啊，要是男人不付錢就會生氣，硬是叫男人付，否則會很不服氣。如果是撒嬌希望男方請客，多少還能理解，但她們覺得男人請客是天經地義，到底是什麼心態？就是這樣，我才會擔心。雖然與是男是女無關啦。來，各付各的……」

正要向青木收錢的大嬸突然發出「啊」一聲。

「怎麼了？」

「你！我想起來了，你……很像小芥子人偶！」

大嬸說完，拍一下膝蓋。青木露出無比遺憾的神情。

「我那口子的弟弟，在山形縣做小芥子人偶。明明跟他說不要，還一直寄來，家裡都有六個了。你發窘的笑容，跟小芥子人偶真的很像。」

難怪我覺得在哪裡見過你，根本天天都看到——大嬸哈哈大笑。

一行人前往陷阱所在之處。

青木一直一臉遺憾。美由紀問敦子他怎麼了，好像是青木被許多人說過一樣的話。第一個把青木比喻成小芥子人偶的……大概……是榎木津，所以格外感到沮喪吧。

從茶店到坑洞，路程約二十分鐘。

儘管只有短短二十分鐘，但偏離登山路線，是平常根本不會去的地點。景色沒特別好，也沒什麼可觀之處。

三人經過前往琵琶瀑布的分歧點。

這是之前美由紀和美彌子一起走過的路線。

「是枝小姐是從這一帶開始偏離路線嗎？」青木開口。「這段路途上似乎有不少目擊者。雖然可能再往前走，之後又折返……但到此處的路程，似乎不可能迷路……更重要的是，除了這條路以外，沒有別條路了。那麼，從哪裡過去都一樣嗎？」

「可是……」

敦子東張西望。

「天津小姐或許是在森林裡徘徊，尋找自殺的地點，所以不清楚她走過哪些地方……但是枝小姐的情況，如果沒有外力誘導，應該不會偏離路線才對。」

「誘導嗎？」

「而且，秋葉小姐不是來登山，是來參拜的，不太可能離開參道，闖進深山。是枝小姐大概原本就打算繞半山腰一圈，不過秋葉小姐應該是直接前往寺院。」

「要去寺院，是穿過剛才在茶店看到的門，筆直前進嗎？」

「淨心門，對吧？是枝小姐預計要走的路線，應該也是繞過寺院後方，最後抵達淨心門。」

「沒錯。」美由紀說。「有個認得美智榮小姐的人，因為肚子痛還是不舒服，一直待在那裡。」

「唔……」

青木交抱雙臂。

「假設是枝小姐和秋葉小姐失蹤，以及天津小姐自殺，發生在同一天，也不太可能是在同一時間吧。何況，不知道天津小姐是幾點上吊的。」

「不知道嗎？」美由紀問，青木回答「無法知道吧」。

「畢竟沒有解剖。由於是非自然死亡，所以會驗屍，但只能看出大概的情況。即使解剖，也無法查出精確的時間。從屍體的狀態，只能判斷是在中午過後。」

「時間都相去不遠。」敦子說。

「不，秋葉小姐應該是在上午參拜。她離家的時間似乎相當早，如果途中沒去別的地方，十一點前就會抵達。」

「這樣啊。」

「天津小姐是在天亮前出門的吧？」

美由紀問，青木應道：

「但不清楚她是幾點上山。如果搭纜車上山，首班車是八點出發，所以是在這個時間以後。不過，和是枝小姐不一樣，沒人目擊到天津小姐的身影。那天人潮比今天多，她的穿著打扮又沒特別醒目，或許混在人群中……」

「我認為她應該很顯眼。」敦子說。「她那不是登山或參拜的行頭，算是輕裝。」

「登山客以外的人，像是香客，也有人是輕裝打扮吧？」

「說是輕裝，那也是日常衣著。又不是去附近買東西，穿著那種服裝搭纜車，反倒會引起注意，不是嗎？」

確實，今天人算多的，但沒看到任何人是開襟衫配裙子的打扮。

「如果是徒步登山，不太清楚從她家到這裡花了多久的時間。不管再怎麼早離家，唔……就算目不斜視地前來，也只能說是上午。」青木說。

「秋葉小姐呢？剛才茶店大嬸說她幾乎和是枝小姐同時上山，纜車裡沒人目擊到她嗎？」

「這部分恐怕沒進行調查。」青木說。「警方應該曾問人，但找到衣服的地點再更下面，即使她真的去參拜藥王院，也會判斷她下山了，所以沒進行搜山。」

「沒調查嗎？」敦子看向森林。「那麼……天津小姐可能是第一個抵達。天津小姐不是要去寺院，也沒走登山路線，應該是自發性地踏進森林，尋找無人的地點……」

美由紀也望向森林，接過話：

「然後，碰巧她走到設有陷阱的地方，選擇在那裡上路？雖然對死者有點不敬，不過是剛好看到一棵樹，而樹枝正適合懸掛繩子之類的嗎？」

「會是這樣嗎？」敦子說。「如果我是天津小姐，就算要深入森林，至少會挑選還像路的地方進去。來到這裡的途中，沒看到類似的地方。在這個意義上，這裡算是比較平坦……」

青木仔細觀察地面：

「唔，確實如此。可是……已看不出有沒有腳印。即使是平常不會有人經過的地方，應該也被搜索隊的大批人馬踩亂了。」

「我們也是從這裡進去。」

美由紀還記得當時的路徑。

「因為樹與樹的間隔比較寬，還有感覺裡面已是森林，怎麼說呢？就是一片蓊鬱。到達這裡以前不是這種感覺。」

「是那邊，對吧？」青木問。

「對。」美由紀回應。

「妳們被救出坑洞後，也是從這裡出來嗎？」

「應該沒錯。那個時候不知道為什麼是熊澤先生領頭……」

「熊澤先生？」

「金次先生。」敦子說。

「對，那位**人妖**小金。」美由紀說。

「那不是女學生應該掛在嘴上的詞彙。」敦子勸道。

真要這麼說，那也不是千金小姐該掛在嘴上的詞彙吧。

「金次先生非常擔心，說篠村小姐是無可取代的好朋友。有這樣的朋友，我實在羨慕。」

敦子說著，踏進森林。

青木露出難以形容的溫順神情跟上。

美由紀思考了一下自己的感受。

「這條路——雖然不是路，可是感覺比較容易進去。而且，就像美由紀說的，前方是一片濃蔭……」

景色很陌生。

倒不如說，每個地方看起來都一樣。

這種情況，讓人根本不知道是跟來做什麼的。

「是在……」美由紀開口。

「這邊。」

敦子好像記得怎麼走。

稍微前進一段路後，看到奇妙的東西。

「那是什麼？」

「應該是表示禁止進入吧。」

後方的青木回答。

「因為不能保證不會有人掉進去。」

「喔……」

仔細一看，坑洞周圍打了好幾根木樁，拉上繩索，還豎起像立牌的東西，釘了塊寫著「危險」的板子。

感覺就像工程預定地、私有地，或神社之類的禁地。雖然布置得滿粗糙的。

「大概是寺院或警方認為這個地方很危險吧。事實上真的很危險，發生過吳同學她們摔落的事故。敦子小姐報警了，當地警察來查看過，但應該沒把這個坑洞和其他案件聯想在一起……啊，是那棵樹。」

青木指著聳立在坑洞旁的大樹。

這麼一看，確實就在坑洞旁。粗壯的枝椏延伸到洞穴正上方。

「是……山櫻嗎？」

「對。我猜天津小姐是把繩索掛在那根樹枝上……再朝坑洞一跳。」

「咦？」

與其說是在旁邊，那根本等於是在正上方了。

美由紀想起那個夜晚仰望的星空。

如果有屍體懸掛在那裡，或許就看不見星星了。

「真的嗎？」

「對，這是山裡，沒東西能墊腳吧？所以，這個坑洞和樹枝，從某個意義來看，算是恰如其分的……」

青木頓時打住，表示「不，這種說法不恰當」。

「人都過世了，不該這樣說話。可是，站在那一側——陡立的一側邊緣，拋出繩索，掛在那根樹枝上，打好繩結，套到脖子上，縱身一跳……」

「唔……」

美由紀和美彌子剛好並坐在那個位置的正下方。

「啊！」敦子忽然輕呼。「用於自殺的繩索，是從哪裡來的？」

「好像是家裡的東西。」青木回答。「將幾條腰繩牢牢打結拿來使用，都是天津家的東西。」

「這樣啊……」

「不過，這個坑洞真的是人挖出來的。」

青木彎身探看坑洞。

「這處凹陷，或者說斜坡，靠近我們的這一側似乎是原本的狀態，但另一側是挖出來的。妳們是從這一側滑下去嗎？」

「對。美彌子小姐滑下去，我想抓住她的手，便一起滾下去了。」

「居然沒受傷。」青木說。

「美彌子小姐扭傷了腳。我可能是摔到她身上。」

「就像溜滑梯，然後底部突然變深。另一側……我看看，應該超過三公尺吧。幸虧底下的泥土夠柔軟……」

「我只摔痛了而已。」美由紀說。

是很痛。

可是——

「如果天津小姐真的懸在那裡，有人發現跑過來……就會摔下去吧？」

「嗯，會這樣呢。」

「根本不會料到有這種大坑洞，因為從來的方向看不清楚。那麼，美智榮小姐和秋葉小姐……會不會是看到有人上吊，慌忙趕來，然後掉進坑洞裡？」

「唔……」

青木蹲著，交抱雙臂，歪起頭。

「對了，會不會葛城小姐也順便——這算順便嗎……一起掉下來了？姑且不談秋葉小姐，葛城小姐正在找天津小姐，所以一定會跑過來。如果摔下去，就沒辦法報警，也沒辦法把遺體從樹上放下，對吧？」

「這……確實如此。」

「然後，美智榮小姐和葛城小姐在坑洞裡交換衣服……不對，葛城小姐穿上美智榮小姐的衣服，接著秋葉小姐……」

「脫掉衣服嗎？為什麼？」

「呃……」

不知道。

「況且，是誰將三個掉進坑洞裡的人救出來？不，更重要的問題是，這個坑洞是挖來做什麼的？」

「呃……就是用來抓女生……不太可能。」

美由紀偷瞄一眼敦子。敦子在思考。

「首先……」

「什麼？」

「有人看到天津小姐的遺體，於是跑過來，這並非不可能的事。但除非有誰將那個人誘導到看得見遺體的地方，否則還是不可能。因為從正常的登山路線，絕對看不到這裡。」

「啊，對喔。」

「不過，葛城小姐不在此限。如果她在找天津小姐，或許可能看到。至於另外兩人……」

「不可能嗎?」

「不是不可能,如果將她們帶往看得到的地方,就有可能。畢竟兩人都沒有深入山中的理由。當然,就算沒有理由,也可能不小心誤闖,偶然發現,掉進坑洞裡。只是,並非結伴而行,卻有這麼多人連續掉進坑洞裡,實在有點難以想像。不過,為了擄走某人而挖坑洞的假設……我覺得應該沒錯。」

「是嗎?」青木稍稍提高聲調,站了起來。「做這種事又能如何?」

「不知道。可是,青木先生,你想得到其他用途嗎?我完全想不到。」

「呃……這不是針對特定某人的陷阱吧?是枝小姐、秋葉小姐會在那天登上高尾山,說起來不都是偶然?」

「也不是偶然,只是第三者不太可能掌握兩人的行程。」

「如果沒有特定的目標對象,用不著刻意挑在山上。倘使目的是抓人,有更適合的地點,不用這麼大費周章……」

「不,應該……非得是此處不可。」敦子說。

「什麼意思?」青木問。

「茶店的大嬸說,這個坑洞是在天津小姐過世的前一天挖好的,對吧?」

「會是這樣呢。雖然不知道是什麼時候開始挖的,起碼在天津小姐過世的那一天,坑洞已挖好……要是茶店大嬸的記憶正確,直到前一天,都有疑似挖坑洞的人在山上忙碌作業。」

「是啊。」

敦子盯著坑洞。

「怎麼了？敦子小姐，妳有什麼靈感嗎？」美由紀問。

「我不可能有什麼靈感。」

「咦？」

「我只是組合知道的事實，累積起來罷了，並沒有優越的想像力，或敏銳的直覺。」

「是嗎？我知道的事實數量也差不多，但我不會組合，也不會累積。是因為我的腦袋太粗製濫造嗎？」

「沒這回事。」敦子淡淡地笑。「美由紀感情豐富，妳會開心或悲傷，又有正義感，而且聰明伶俐。即使會悲傷難過……我仍比較喜歡正確的一邊。然後，不管再怎麼喜歡，都無法忍受錯誤。不論善惡、好壞害、優劣，我生來就無法原諒不合道理的事。雖然我不覺得這是壞處，也不打算改變……」

我是個無趣的人——敦子說。

「不不不，一點都不無趣。正確才是好的，這還用說嗎？」

「未必如此。」敦子應道。

「難道……妳有什麼不好的預想嗎？」

「不好的預想，再多都想得到。之前提過，我哥的教誨是，隨時都必須預測最糟糕的狀況。所以，大可盡情預想、預測。只是，一旦找到能補足那不好的預想的事實，有時候我會不可自拔地……」

厭惡起自己——敦子說。

「我就是這麼麻煩的女人。」

美由紀不這麼認為。

美由紀偷瞄了一眼，發現青木露出苦惱的眼神，望著敦子。不知道這反映出的是何種感情。

敦子繞到坑洞另一側，仰望高大的山櫻。

「那根樹枝……從這裡看不清楚，但是不是磨損得滿嚴重？」

青木慌忙站到敦子旁邊，伸長脖子看樹枝。

「會嗎？唔，畢竟支撐了一個人的體重。」

「不，與其說是重量壓出來的，更像是繩索摩擦造成。」

「是掛上去之後，像這樣拉扯吧？為了確定夠不夠牢靠。」

青木做出開車的動作。

看起來是扯動、摩擦的動作。

「是嗎？那樣樹皮會剝落嗎？」

「磨損得那麼厲害嗎？」

「要不要我爬上去看一下？」美由紀提議，眾人異口同聲駁回「最好不要」。

「會掉下去。」

「我身手很矯捷的。」

「呃，或許吧，但萬一吳同學掉進坑洞裡怎麼辦？這次不是滑落，一定會受傷。」

「啊，對喔，底下是坑洞。」

青木一下打斜身體，一下踮起腳尖，觀察樹枝後說「唔，確實磨損得滿嚴重」。

「這……代表什麼意義？」

「警方沒有……現場的照片嗎？」

「大概是從一開始就當成自殺案件。如果是離奇死亡，就會拍照存證。不曉得究竟有沒有拍？我想應該是沒有。」

「就是說呢。」敦子望向腳下。「這裡的地面被踩得很堅固。」

「把遺體放下來的時候，動員好幾個人。搜索的人，還有調查現場的警官都來了。對了，挖出的泥土堆在那邊……好像被踩平了。上面撒有枯葉掩飾，但仔細觀察就能看出來，質地很軟，留下許多腳印。不過，這裡是原本的地面，沒那麼柔軟，如同妳看到的，鋪滿枯葉和枯草，所以不會有腳印……」

咦？青木忽然傾身向前。

「這個腳印滿深的，是放下遺體的時候留下的嗎？」

「是調查員的鞋印嗎？」

「不……不確定，但鞋印滿特別的，會是軍靴嗎？」

美由紀繞過去，從敦子的身後觀察。

鞋印就像從地面挖出來的那麼深。

「警方應該會找來當地的消防團之類的幫忙搜索……不，那些人多半是穿長靴。而且，這腳印只有一個，有點奇怪。就算要放下遺體，也會是許多人一起合作。這裡的地面不平坦，為了避免損傷遺體，會小心翼翼地行動。而且，放下遺體的時間點，仍有他殺的可能性……啊，不，腳印有很多。」

敦子也蹲下來：

「這邊大概是益田先生的鞋印，那邊是熊澤先生的鞋印。我們在那棵山櫻——不過當時是晚上，看不出是什麼樹——在那棵樹上綁繩子，將篠村小姐和美由紀拉上來。」

「我是被大家拉上去。」

「當時……是啊，熊澤先生踩得滿用力的，可是……熊澤先生的腳印也沒這個腳印深。」

這麼說來，確實如此。

「和活人不一樣，遺體不會動，所以很重。」

「重量不一樣嗎？」美由紀問，敦子解釋：

「美由紀是自己爬上去的吧？會抓住泥土，或是踩住壁面往上爬。遺體不會有這類動作，即使重量一樣……」

說到這裡，敦子一頓，低喃「這樣啊」。

「怎麼了嗎？」

「即使活著，如果不會動，一樣很重嗎？比起美由紀，腳扭傷的篠村小姐更難拉上來，就是這個緣故嗎？」

確實，美由紀覺得兩人體重應該差不多。

美由紀個子比較高，或許更重。不，美彌子身材嬌小，美由紀一定比較重。

「嗯，仔細檢查，留下了不少腳印。」青木說。

「沒錯，可是都很淺，而且看起來都在這個很深的鞋印上面。如果我的觀察正確，是先有這個鞋印，其餘是後來才留下。」

「應該沒錯，敦子小姐，這有什麼意義嗎？」

「是的，或許……意義相當重大。青木先生，你覺得仔細調查這個坑洞，還能發現什麼嗎？」

「發現什麼……？」

「比方，查出挖掘的工具。」

「若是請鑑識人員過來，或許能查到什麼，但如妳所見，現場被調查員和相關人士踩得亂七八糟，坑洞裡也……」

「我也有一份。」

美由紀舉手。

「我們在坑洞裡吃一堆零食，碎屑掉了滿地。」

「嗯，當時我們也兵荒馬亂了一陣。天津小姐過世時的狀況，實在不可能保留下來。那麼……在這裡繼續觀察也沒用嗎？」

「意思是，全部看完了嗎？」美由紀問，敦子回答「感覺遺落一大堆線索」。

「如果鉅細靡遺地觀察，應該會有更多發現，但不清楚那些發現能不能填補缺少的案情。儘管任何線索理應都能補強事實。」

敦子說「我覺得必須先釐清整體樣貌」，站了起來。

接著……一行人走到疑似秋葉登代的衣物掉落的地點，但沒有太大的發現。

美由紀以為會直接下山，但其他兩人表示搭纜車比較快，於是又爬了一點山。她覺得走了很久，其實應該沒離多遠。

抵達山腳時，已是下午。

美由紀飢腸轆轆，但敦子和青木說和人約好在新宿見面，要她忍耐一下。

移動期間，敦子似乎一直在沉思。美由紀主要和青木聊著無傷大雅的內容，但感覺青木比她更擔心敦子。

會合的地點，是一家名為「再會」的咖啡廳。

美由紀從未去過所謂的咖啡廳，坦白說她興奮極了，比美彌子帶她去茶館更緊張。銀座的高級店鋪距離現實太遙遠，毫不真實，但這裡就很踏實。

良心總有一點不安，是因為校規禁止學生進咖啡廳吧。雖然有監護人陪同，所以沒問題，但美由紀感覺自己頓時變成熟了。

不過，不管是桌子還是椅子，都和普通食堂差不多。稍微幽暗的光線，或許就是醞釀出這成熟氛圍的原因。

約定碰面的對象，坐在最裡面的座位。

「嗚嘿……」

那個已在店裡等候的人，開口就冒出怪聲。他似乎等了整整一個小時，餐桌上擺著杯盤。

「哎呀，這不是左擁右抱嗎？真羨慕青木先生。」

青木苦笑：

「遲到這麼久，真抱歉。」

「沒關係，我狼吞虎嚥吃了義大利麵，還狼吞虎嚥喝了咖啡。簡而言之，只是蹺班而已，沒問題。」

「狼吞虎嚥喝咖啡……」

「喔，只要放進我的嘴巴裡，都會變成狼吞虎嚥。啊，這就是傳聞中的吳美由紀同學嗎？」

「嗯……」

鳥口是個很像大狗的人。

「我是女學生絕對不能接觸的從事可疑職業的大叔。其實是大哥哥，不過對吳同學來說，毫無疑問是大叔了吧。」

「這位是鳥口先生。」敦子介紹道。

「妳好，我是《月刊實錄犯罪》的編輯鳥口守彥，偶爾會出版一些健全的少年少女絕對不能讀的雜誌，雖然感覺快廢刊了。」

「我……有什麼傳聞嗎？」美由紀問，鳥口回答「主要是益田傳來的」。想想益田那個人，不知道都說了些什麼。美由紀問是什麼傳聞，鳥口表示大部分是稱讚，要她不用擔心。

「大部分嗎？」

「嗯，大部分。啊，請點餐吧。我剛狼吞虎嚥結束，飽了。」

美由紀點了鳥口提到的義大利麵。她對可以狼吞虎嚥的食物十分感興趣。

上菜之前，鳥口趣味橫生地描述美彌子告吹的婚禮事件。

當時鳥口似乎在現場。

據說，榎木津和小金大鬧婚禮。但最後把爛人打飛的，不是別人，就是美彌子本人。

「那位小姐真了不起，生了一張媲美京雛娃娃的可愛臉蛋，行動卻跌破眾人眼鏡。然後……」

我調查了一番——鳥口說。

「我和這位青木先生不一樣，長年在見不得光的業界打滾，品行也稱不上端正，所以不用完全相信我的話。線民也是違反公共善良風俗的人，只會說些有的沒的內容，請不要照單全收。嗯，你們要問天津家的事，對吧？」

「沒錯。」敦子應道。

「雖然不是什麼值得稱讚的事，但這個業界意外地有不少愛湊熱鬧的爛人，同性之間的戀愛關係，是他們上好的獵物。」

很讓人頭大——鳥口說。

「那夥人從四面八方，追根究柢地打聽出一些有的沒的八卦。喔，我對那種事非常寬容，不覺得有什麼，但那夥人……要怎麼說才好……」

「怎麼說？」

「他們是以下流的目光看待那種事，還是無法忍受那種事嗎？何必管那麼多？又不是給社會添了什麼麻煩，為何那麼想一探究竟？然後，為什麼要過度反應？」

「或許是無法忍受異類吧。」敦子回答。「可能是覺得肯定那種人，自己就遭到否定。雖然根本錯得離譜。」

「這樣啊。」

「然後，就是不願認同，又硬要以自己的價值觀去解釋，才會變成下流的好奇心。」

「男人真是沒用。」鳥口說。

「這跟性別無關啊。」敦子說。「我自以為有充分的理解，但說到是否完全沒有疙瘩，卻無法直接斷定……我沒辦法篤定地這麼說。因為如果窮究去想，多少還是會感到不安。」

「敦子小姐認真過頭啦。」鳥口受不了地說，接著瞄了一眼坐在一旁的青木，接著說「青木先生也很認真嘛」。

「兩位是認真雙璧。跟你們在一起，我看起來好像很不認真，不過這是錯覺喔，吳同學。我是非常平凡、標準的人。這些無關緊要。然後，關於天津小姐……天津家的上上上代是薩摩藩士。」

「請等一下，不是上代，也不是上上代嗎？」

「沒錯，是過世的天津敏子小姐的祖父的祖父，也就是曾曾祖父。」

是從那裡開始的啊——美由紀暗想。

「不過，說是武士，並不是多了不起，但也沒到下級那麼低等，是不上不下的身分。如果地位再高一些，應該已成為政治家，卻不到那種程度。上上上代在明治維新之際，剛好是二十多歲，是個毛頭小子，也就是不管地位或年紀都很半吊子。」

「姑且不論地位，二十多歲已是不折不扣的武士了吧？」

「是嗎？不上不下吧。比如西鄉（註一），明治維新的時候是四十歲左右吧？成為知名的勤王志士的時候，則是三十多歲吧。雖然天津家的上上上代算是隸屬政府的軍隊，但在明治維新的時候，也沒怎麼活躍。」

「是就是，不是就不是，沒有『算是』的吧？」

「喔，頂多是在隊伍的最後面推大炮的小兵。是幕藩體制瓦解後，沒有任何功勞，只有自尊心高得要命的類型……不是有這種老頭子嗎？」

「是啊。」青木應道。

「然後，被這種麻煩老爹養大的，就是文久元年（一八六一）出生的上上代。這位是在日清日俄戰爭時期（一八九四－一九〇五年）活躍的軍人。說活躍，其實只是個小兵、雜兵，跟乃木將軍（註二）是

註一：指西鄉隆盛（一八二八－一八七七），幕末至明治初期的武士及政治家，薩摩鹿兒島藩士，明治維新的指導者。

註二：指乃木希典（一八四九－一九一二），明治時期的軍人，陸軍大將。曾在日俄戰爭攻下旅順。於明治天皇駕崩時一同殉死。

天差地遠。我想這位也是在二〇三高地負責推大炮的吧。」

根本沒什麼了不起——鳥口說。

「可是，這種人偏偏架子大得很。被前武士養大的軍人的兒子，就是過世的敏子小姐的祖父——天津家上代當家。這位老先生目前高齡七十，出生於明治十七年。」

「這樣啊，原來祖父並不是武士嗎？」

說完，美由紀才發現這是愚蠢的發言，根本不可能。大概是聽到美彌子之前那席話，有了武士仍活在現代的錯覺。

因為美彌子不停強調武士沒用、武士是廢物。

「哦，我想武士……幾乎都死光了吧。不過，被武士養大的軍人的兒子，說起來算是類武士嗎？總之天津小姐的祖父就是這樣的人，名叫天津宗右衛門。」

「類武士啊……」

青木露出厭惡的表情。

「那個人也是軍人嗎？」

「不是。」鳥口立即否定。「說起來，算是有點政治關係的商人吧，靠軍需賺了一筆的那種。不是寄生中央，而是利用藩閥，到處鑽營小利。唔，父子兩代都是這種模式。戰後則是靠營造業賺錢，搭上復興的浪潮。至於兒子——敏子小姐的父親，名叫藤藏，是個營造商。」

這是家族的背景——鳥口說。

「然後，敏子小姐是天津家連續幾代的第一個女孩。藤藏非常寵愛這個女兒。」

「但我聽說父女關係不睦？」

敦子問，鳥口搖手否定：

「不不不不，那應該是最近的事。老爸原本真的是把女兒捧在手心裡疼愛。不過，最近處得很糟糕。」

「呃，那祖父呢？」

「祖父的態度從一開始就十分微妙。」

「微妙？什麼意思？」青木問。

「畢竟是孫女，應該也不是不疼，但簡而言之，女人不是嫡子。」

「唉，」青木嘆了口氣，「是繼承問題嗎？」

「那到底是什麼思維呢？不管要繼承什麼，我覺得是男是女都無所謂。因為我是土生土長的町人（註）嗎？這是町人的本性嗎？還是，我從事的是沒辦法讓孩子繼承的低賤職業？」

「真希望你那樣的想法是普及大眾的。」青木說。「很少有人深思，但這是個根深蒂固的問題。」

明明早就沒有町人，也沒有武士了——青木遺憾地接著道。

「與其說是變成四民平等，我覺得更像是所有人都想成為類武士。最近就連應該是土生土長的町人

註：指江戶時代都市地區的工商族群。

家裡，都說起什麼繼承、嫡子的。」

「商家另當別論吧？」敦子說。「因為希望有人繼承家產……」

「女人也能繼承財產啊。」

「不光是財產，而是一切。不僅僅是財產，想讓親生骨肉繼承權利和地位，這種感情也不是無法理解，而且應該是自古皆然……但自從明治時期的制度改革以後，變得更為顯著、扭曲。以前有女當家，也有員工被拔擢成為老闆的情況。拘泥於有血緣關係的男性子孫，或許就像青木先生說的，這種風潮是武家規矩的殘骸。」

青木表情凝重地說：

「除了部分職業以外，我對世襲這種形式頗有疑問。刑警的孩子，不一定適合當刑警，而不管父母是誰，即使是女人，有些也很適合當刑警。」

「是啊。人們都說『龍生龍，鳳生鳳，老鼠的兒子會打洞』，但老鼠也是形形色色，而不管是公老鼠還是母老鼠，一樣都是老鼠，我實在不懂『公的就是好的』這種思維。但宗右衛門這個人，只承認公的吧。」

是個麻煩透頂的老頭子——鳥口說。

「所以，宗右衛門一天到晚逼著藤藏的老婆——敏子小姐的母親，生兒子、生繼承人。可是，這檔事是老天爺決定的，沒辦法說要就要。後來，好不容易懷了第二胎，卻不幸死產，母親也一命嗚呼。」

「天哪……」

「媳婦的葬禮都還沒辦，宗右衛門就催兒子續弦。該怎麼形容，腦袋冒煙嗎？」

「你的意思是，脫離常軌嗎？」

「敦子小姐實在是冰雪聰明。我覺得他的腦袋真的在冒煙吧。總之，關於這個老頭子的風評，盡是食古不化、冥頑不靈、嚴格、死腦筋、傲慢、盛氣凌人之類。雖然不想歸咎於世代差異，但……哎，怎會這樣呢？」

「然後，兒子就續弦了嗎？」

「不，藤藏拒絕了嚴格老頭的命令。這是非常稀罕的情況。他從小就對父親百依百順，應該是有相當重大的理由吧。」

「他……忤逆父親嗎？」

「好像是呢。雖然不知道藤藏在想什麼，但後來他一直維持單身。中間父子曾發生嚴重的衝突，不過事已至此，只能找個適合入贅的孫女婿。老頭子真的是腦門滾滾冒煙地挑起孫女婿，從敏子小姐六歲左右，就整天提婚事……」

「六歲……」

「對方也才八歲左右吧。該怎麼說，不管談得再順利，根本都無視當事人的意願。家裡挑好的未婚夫……我覺得實在太老派了，不是嗎？」

「現在似乎依然有這種事。」青木回答。「這年頭，連相親都有人說是落伍。但相親的決定權在當事人身上，算是民主吧。如果不合心意，還是能拒絕。」

「青木先生就是拒絕過好幾次的那個人吧。總之，這就是敏子小姐的家庭背景。」

然後——鳥口說著，忽然問：「吳同學還要吃嗎？」

「咦？」

「其實這家店有奶油蛋糕。」

「是鳥口先生自己想吃吧？」敦子說。

「露餡啦？」鳥口應道，又對美由紀說：「我們來吃吧！」

「但不知道是怎樣的蛋糕……」

「哎，叔叔請客，就陪我一下吧。還有，吳同學，妳的嘴巴旁邊沾到番茄醬了。」

美由紀急忙想伸手抹，突然驚覺這動作不雅，換找手帕。敦子見狀，搶先遞紙巾給她。

「接下來，是最近發生的事。敏子小姐希望升學，但家裡是那種環境，當然遭到駁回。她被逼著去學茶道、花道，進行所謂的『新娘修業』。要先修業才能當新娘嗎？什麼修業，又不是要成為印度高僧或劍豪。」

根本沒聽過「新郎修業」，從這一點就很不公平——鳥口說。

「由於職業的關係，我有些流裡流氣，但我認為這種不公平的社會遲早會崩壞。這是理所當然的。女性參與社會的情況一定會愈來愈多，那麼男人也應該負擔家務才對。青木先生，你不這麼覺得嗎？」

「我嗎？呃，你說的沒錯……只是我有預感，社會不會變成那樣，畢竟類武士很頑強。」

「沒錯，很頑強。」鳥口贊同。「敏子小姐和葛城小姐，是在插花教室認識的。你們應該也知道，葛城小姐在信用金庫上班，是所謂的BG——Business Girl（註）。敏子小姐對職業婦女似乎有著強烈的憧憬，於是兩人親近起來……」

說到這裡，烏口看了一下美由紀。

「呃，就是變得過度親密了。唔……」

「怎麼了？」

「我在斟酌措詞。這是無關性別的苦惱，因為有未成年人在場，同行的形容又相當露骨……」

美由紀說「請不用在意我」，但烏口表示「不能這樣」。

「啊，對了……就是兩人的身心都強烈地受到彼此吸引。」

「她們的關係，我大致上了解，不用詳細說明。」

「太好了。」烏口抹了抹狹窄的額頭。

美由紀發現，烏口似乎是鼻子很尖，才會看起來像狗。

然後，美由紀想起是枝美智榮。

她的綽號叫「小汪」。

「兩人成為這樣的關係，剛好……差不多兩年。第一年就像是感情融洽的朋友。然後，老頭子又登場了。他嘮叨了十五年，招贅卻怎麼也不順利。敏子小姐已二十多歲，沒有後路了。雖然我覺得二十多

註：一九六三年雜誌《女性自身》讀者投票產生的名詞，為日式英文。

歲一點都不用急，但在以前的人眼中，算是徐娘半老了。」

「那我就是徐娘全老了。」敦子應道。

「呃，不是這樣啦。喏，像江戶時代，武家的女兒十二、三歲就嫁人了嘛。就是那種感覺。這叫時代錯亂嗎？」

「這確實是很類武士的作風。」青木說。「警界也有這樣的人，其實我相當排斥。因為會讓我想起從軍生涯。」

「青木先生是海軍吧？我是步兵，只記得走路和挖洞。總之，老頭子強迫敏子小姐結婚，但敏子小姐不可能同意。一方強迫招贅，一方強烈抗拒，最後敏子小姐實在是精疲力竭，便向父親藤藏坦白有心上人。」

「向藤藏先生坦白？」

「好像是。唔，這是別人打聽來的第三手資訊，不能完全相信。然後，父親覺得就算是自由戀愛，視對方的來歷，可能不會是什麼問題，搞不好是個乘龍快婿。所以，父親表示看情況，可以幫忙向爺爺說情，想知道對方是誰……到這裡的發展都還算平靜，可是……」

「對方是同性……？」

「就是啊。」鳥口的眉毛垂成八字形，「唉，肯定會大吃一驚吧。」

「事實上，很少有人能立刻接受吧。」

「無法接受的情況，通常會吃驚、困惑、試著說服，也可能鬧僵，大吵一架。無論如何都無法接受，或許會斷絕關係。但即使如此，頂多逐出家門，斷絕往來。在天津家，父親大概就是這種程度，老頭子卻不一樣。」

「不一樣？」

「說是……這個逆倫孽種，非處斬不可。」

「處斬？」

「就是字面上的意思。」

「是要加害敏子小姐？」

「那叫加害嗎……好幾個人目擊敏子小姐被祖父拿著日本刀追殺。那些目擊者不知道理由，但每個人都說老頭子是認真的。」

「那是在恐嚇她，叫她乖乖結婚嗎？」

「不，約莫已過那個階段。不是在恫嚇或發怒，而是不把敏子小姐當人了，所以要殺掉她。」

「殺？殺掉親孫女嗎？」

「沒錯，好像是真心要殺。」

「是認真的嗎？」

敦子似乎難以置信。

真的……有這種事嗎？

因為和自己的想法相左，無法認同。因為無法認同，便要殺了對方……簡直荒謬絕倫。這根本就是美彌子說的冒牌「天狗」。

完全不想理解，也不希望對方理解，絲毫不願回心轉意。

不。

不是思考方式，而是人生觀的問題嗎？事關……存在本身嗎？

「不管再怎麼壓抑，對老頭子的憤怒仍會滾滾湧上心頭。雖然不曉得他有什麼道理、有什麼道德觀，但他就那麼恨親孫女嗎？不，有辦法去恨嗎？或者該說，被祖父恨成這樣……會很受傷。」

「這……是啊。」

敦子的食指抵著下巴。

「天津小姐是因此……選擇自殺嗎？」

「我是這麼認為。」鳥口說。「雖然有報導寫成什麼悲戀的結局、昭和雙姝殉情，但並非如此。遭到親人這般對待，當然會想不開。」

美由紀不禁陷入沉思。

美由紀也有祖父。她最愛爺爺了。

萬一最敬愛的爺爺恨起美由紀，她會怎樣？

不，不光是恨，如果想殺了她……

絕對……無法承受。

光想心就快碎了。

可是，面臨這種狀況，美由紀會想尋死嗎？她拿捏不定。當然，應該有讓人痛苦到活不下去的狀況。她也能想像到，陷入這種狀況的人，若膚淺地說什麼「用不著尋死」，對方恐怕聽不進去。

但美由紀仍難以理解主動尋死的人的心情。

或許因為美由紀還是個孩子，未曾經歷那般慘烈的境遇。

不，以美由紀這個年齡來說，她有過相當殘酷的經驗。簡而言之，或許純粹是她天生樂觀。

「這樣的情況，」鳥口接著說：「不僅僅是遭到親人否定，難以承受而已。唔，如果當時被殺，爺爺就會變成殺人犯，這才是玷汙家名吧。既然如此，應該在那之前自我了斷——不，爺爺那麼了不起的人會如此生氣，我果然不正常吧，我最好消失……大概是這種感覺吧。喔，其中多少摻雜我的推測啦。

失去戀人、以淚洗面的，反倒是葛城小姐吧……」

「鳥口先生認為，天津宗右衛門先生真的有殺意嗎？」

敦子這麼問。

「我認為有。」

「他是真的想殺死敏子小姐啊。」

「我覺得是事實。坦白講，根本是瘋了——這是附近鄰居的說法。他一點都沒有手下留情的意思，也不像在懲罰或訓話，而是喊著『去死！給我去死！看我宰了妳！』邊揮舞著刀，顯然不是在開玩笑。實際上，有兩、三個插手制止的年輕人都受了傷。」

「年輕人……屋子裡有年輕人嗎？」

「畢竟天津家是從事營造業。」鳥口回答。

敦子的神情比在山上的時候更緊繃了。

難得蛋糕上桌，美由紀卻完全嘗不出味道。

6

「這話真是傲慢……」

美彌子毫不退縮。

美由紀覺得所謂的毅然，形容的應該就是這種態度。

另一方面，敦子沉默地站在稍遠的地方。大概是想靜觀其變吧，看起來極為沉著。

只有美由紀一個人的位置不上不下。

這裡……是天津家的大廳嗎？壁龕裝飾著鎧甲、甲冑之類，前方坐著一名禿頭鷹鉤鼻的老人。他一身和服，抬頭挺胸，但也只是這樣而已。不是魔鬼也不是蛇蠍，僅僅是普通的老人，一點都不像會想殺害親孫女的人。

「妳那是什麼口氣？」

老人以非常普通的語調說。

「我平素便十分留意自己說話的口氣，不曉得我有什麼失禮之處？」

「狂妄的丫頭。」

老人的語調依然相當壓抑。

「不知天高地厚。一個女人，居然妄想站在對等的立場，跟男人說話，光是這樣，就是無知、無恥。」

「您說我們不是對等的？我想聽聽理由。」

「理由？可笑，哪有什麼理由？根本不需要理由。妳連這種天經地義的事都不懂嗎？」

「世上沒有任何規則的制定是毫無理由的。」

「愚蠢！」老人不屑地說。「狗就是狗，哪需要什麼理由？一生出來就是狗，沒有任何理由。這是一樣的道理。」

「您的意思是，女人天生就卑賤嗎？」

「少在那裡問些無聊的問題！」

老人終於加重語調。

「女人就是女人。想想女人是為了什麼而存在。想想女人能做什麼。」

「女人什麼事都可以做啊。」美彌子說。

「少自以為是了，女人能做的事就只有一件：生孩子。除了生孩子以外，妳們活著有什麼意義？還是，要炫耀妳們會帶孩子、會煮飯嗎？那種事有傭人就夠了。」

「什麼……」

美彌子啞口無言。老人居高臨下地看著她，繼續道：

「不生孩子，甚至沒辦法侍奉男人、顧好一個家，根本沒有活著的價值，不對嗎？」

「我敬重您是老人家，所以不想頂撞，但我再也忍無可忍。你才是……」

「閉嘴、閉嘴，給我閉嘴！不要玷污我的耳朵。滾回去，滾！說是議員介紹，我才抽空接見……但我沒空奉陪女人和小孩胡言亂語。什麼議員，八成是町人出身的暴發戶。真是的，浪費我的時間。」

說著，老人就要搖晃手中的鈴鐺。

「請等一下。」

敦子制止還想說什麼的美彌子，開口發言：

「我們不是來談這些的。如您所說，我們是女人和小孩，不過事關天津家的名聲。或許您不樂意，但能否借用一點時間呢？」

「名聲？」

老人嗤之以鼻。

「天津家的名聲，早就一敗塗地。」

老人的眉頭擠出皺紋。

「天津家的名聲，老早就掃地了。光是家裡出了個跟女人苟合的無恥東西，名聲就敗壞光了。早早死去，還算是不幸中的大幸……」

「你這個……」

「篠村小姐。」

敦子微微搖頭制止。

美彌子硬生生嚥下滿肚子怒氣。

「敏子小姐過世，您有何感想？」敦子問。老人瞇起眼睛，不屑地說：

「那種畜生死了是理所當然。這才是辱沒門楣……」

「怎會……辱沒門楣呢？」

「什麼？妳沒長腦袋嗎？不要讓我說那麼多次，當然是……」

「不是的。」敦子說。「我們都很清楚，您排斥同性之間的戀愛。」

「我排斥？蠢貨，說什麼蠢話！跟我怎麼想無關，這是乾坤之理，是人世間的常識。什麼女人和女人苟合？骯髒！如此劣行，絕不能放過。這種背離人倫和天理常識的傢伙，就叫亡國妖孽，難道不是嗎？」

老人直視著正前方。

敦子像要牽制美彌子，從她的斜後方開口：

「您的想法我明白了。我的地位低微，加上沒什麼學識，當下無法判斷您的意見在自然科學或社會學上是否正確，又是否符合人倫天理、社會常識。」

「連這麼天經地義的事都不懂嗎？那我跟妳沒什麼好說的。反正妳要說些不堪入耳的瘋言瘋語吧？聽了只是浪費時間，弄髒我的耳朵。滾回去！」

「我很清楚接下來要說的話並不中聽，」敦子應道：「也有會惹您不悅的心理準備，但我並不打算在此對您的想法提出異論。這不是我們的目的。如果就像您說的，敏子小姐是背離倫常、違反常識的亡國妖孽……那麼……」

不是應該加以隱瞞嗎？敦子說。

「至少站在您的立場，考慮到光榮的天津家名聲，依我的愚見，這不是應該向第三者張揚的事。然而……這件事卻弄得人盡皆知，為什麼呢？我們是想請教這一點。」

「什麼？」

「先不論是非對錯，這是家中的祕密，不是外人能夠知曉的吧？當事人敏子小姐已過世，除非有人刻意大肆宣揚，否則不會傳開。為了避免一些嗜血之徒對故人誹謗中傷，這也是應該保密的事。」

「用不著妳說，我也知道。」老人咬牙切齒。「全怪八卦雜誌那群低劣下賤、貧嘴薄舌的傢伙四處張揚，隨便亂寫。」

「那群低劣下賤、貧嘴薄舌的傢伙，怎會知道這件事？」

「那是……」

「有人洩漏出去嗎？」敦子問。

「沒有什麼洩不洩漏的，那群人就是靠別人的不幸混飯吃的吧？成天張大眼睛尋尋覓覓，聞風而來。那種低賤的傢伙，就算沒有火也能搞出一堆煙。」

「如果沒有火，也就沒必要滅火，但確實有火種，應該有辦法在擴散之前撲滅。因為對方是下流……又低賤的傢伙，對吧？」

「或許吧……妳到底想說什麼？」

「為什麼不設法阻止消息洩漏？府上的當家甚至警告過警方，還派人監視敏子小姐的對象——葛城小姐。既然都做到這種地步了，應該沒有下賤的八卦記者乘虛而入的機會。然而……內情全都走漏了。

即使有人上門打聽，不管是威脅還是利誘，有太多法子足以讓對方閉嘴。」

「妳不會自己去問那些記者？」老人說。

「我問過了。」

「什麼？」

「我問過了，所以……才來向您報告。」

「啊？」

在美由紀看來，老人似乎稍微失去鎮定了。敦子目不轉睛地盯著老人的反應。

她是在評估什麼嗎？

「若您不感興趣，我們馬上告辭……但我擔心可能會留下不必要的禍根，才勞煩篠村議員牽線，前來打擾……不顧自己女人的身分，僭越冒犯了，很抱歉。」

敦子深深行禮。美由紀猶豫著是否該一起行禮，但美彌子文風不動，於是美由紀只是上半身搖晃一下，意思意思。老人望著毫不相干的方向。

「我們告辭了。」

「妳說的禍根是指什麼？」

敦子正要起身，老人總算主動提問。

敦子停下動作。

「是。不過……此事有點難以啟齒，可能會惹您不高興。」

「沒關係，說吧。」

敦子停頓一下，才又開口：

「向雜誌記者密告令孫女——敏子小姐的事的……是您的家人。」

「什麼？少胡說八道，那種蠢話鬼才相信。如果妳是來譏諷天津家……我可不會忍氣吞聲！」

老人擺出架勢來。

「我沒有譏諷的意思。不過，我從多名相關人士那裡聽到一樣的說法，實在無法置之不理……若惹您不快，我道歉。」

「我、我沒有生氣，到、到底是誰？」

「知道這個祕密的人應該不多。」

「不……敦子小姐，應該有不少人吧？」美彌子開口。「聽說這位趾高氣昂的老先生，挺著一身老骨頭，手持凶器，追殺親孫女。太不尋常了，這才是在向世人宣揚家醜吧？既然如此，鄰里鄉親全都知道了吧？」

「不是的。」敦子說。「或許附近住戶知道老先生曾有這樣的舉動，但恐怕沒人知道他為何要加害敏子小姐。是雜誌報導揭露之後……背後緣由才傳遍大街小巷，對吧？」

「妳剛才不是說了嗎？不管是誰，都不會做出宣揚家醜這種愚蠢的行徑。不過，如果我們一族裡出了那、那種恬不知恥的東西，實在愧對祖先，絕不能讓她苟活在世上。所以，身為一家之長，我才要負起責任收拾她。我打算在她丟人現眼之前，早早結束一切，可惜功敗垂成。但就算是這樣，誰會到處宣揚內情！」

「你……是真心想殺害孫女嗎？」美彌子問。

「什麼？混帳，哪有什麼真心不真心的？女人居然跟女人搞起邪戀，骯髒也要有個限度！簡直荒唐！我絕不允許天津家的血統出現那種髒東西。這是天經地義的事吧？那種東西，除了殺掉以外，還能怎麼處置！」

髒死了、髒死了、骯髒透頂！老人不停地說。

「連、連個兒子都生不出來，不知羞恥的沒用東西！」

老人捶打榻榻米。

手邊的鈴鐺倒了。

瞬間，老人望著鈴鐺滾開的方向。

敦子攔住滾動的鈴鐺。不知為何，老人顯得有些狼狽，目光在半空中游移。

「幹、幹麼？難道……妳們也是嗎？」老人怒吼。

美彌子開口之前，敦子靜靜地說「請冷靜下來」。

「當務之急……應該是查出危害天津家的人吧？因為敏子小姐……早已過世。」

「對，她死了。死了是理所當然。」

「那麼，有沒有人對天津家……不，對您懷有私怨？」

「私怨？太多了。」

「您心裡有數，是嗎？」

「跟妳們這些女人不一樣，男人是有敵人的。只要踏出去一步，全是敵人。輸給我的人，每一個都恨我吧。」

「不是外人……而是親人。」

「親人？」

「也有無端懷恨的情形。」

「哼，那種人……」

「在您想收拾敏子小姐的時候，應該有人制止。否則您應該……已親手收拾掉敏子小姐。」

「敦子小姐？」

美彌子訝異地看向敦子。

「沒錯。唔，有年輕人攔住我。那夥人平日就血氣方剛，但他們不知道內情，這也是沒辦法的事。」

「我明白了。意思是，若他們知道您生氣的理由……就不會制止？」

「廢話。」老人回答。「有什麼理由制止？他們不可能讓那種丟人現眼的東西活下去。只要是正常人，就不能制止。」

「這樣啊，制止的人都不知道內情。那麼……果然錯不了。」

「什麼錯不了？」

「如此一來，密告者**只剩下一個人**，不是嗎？」

「咦？」

老人的右手撥弄著榻榻米。

「那就是當家……藤藏先生。」

「哈！」

老人笑了出來。

「開什麼蠢玩笑。」

「這不是玩笑話。府上的內情洩漏，我感到十分可疑，向好幾名雜誌編輯求證過。首先，前些日子，有幾家雜誌社接到電話，**對方預告將會出事**。記者半信半疑地去到現場，發現如同預告，發生了騷動。有證人說，現場有個用手巾包覆頭臉的四十多歲男子，附耳告訴他們自殺者的身分。」

「用手巾包覆頭臉？」

美由紀覺得似乎在哪裡聽過。

「妳是說，那個人就是藤藏嗎？」

「雖然沒有確切的證據，但後來記者進行採訪時，發現冷冰冰地拒絕談話的藤藏先生，和那名提供情報的人外形非常像，懷疑是同一個人。」

「不可能。」老人說。

「對，有可能是別人假冒成藤藏先生，但……似乎並非如此。」

「不、不可能是藤藏，真是胡說八道。況且，藤藏幹這種事有什麼好處？妳們這幾個傢伙，不是故意找碴，想勒索錢財吧？」

「不是的。」敦子大聲澄清。「因為這不光是天津家的問題而已。視情況，天津家的名聲……很可能遭到更進一步的詆毀，所以我才會求見您，而非當家的藤藏先生，希望親自確認。您能否理解呢？」

「這種話如何教人立刻相信？蠢貨！」老人的話聲含糊。

「我們也是一時無法置信，才會前來確認。畢竟這是有可能的事，倘若屬實，問題就嚴重了。那麼，您知道敏子小姐過世前後，藤藏先生的行蹤嗎？」

「什麼？這未免太無禮……」

「我清楚自己很無禮，但還是得請教。」

「憑什麼我要告訴妳們這種事……」

「如果您知情，卻無法告訴我們，只能交由司法處理。我們告辭後，會立刻報警。」

「報警？」

老人轉動腦袋，像在東張西望。

「幹、幹麼報警？……誰、誰犯了什麼罪嗎？如果有罪，一定是敏子。那個不知廉恥的東西是天津家的恥辱，但敏子早就死了。」

「敏子小姐沒有罪，我們要告發的是藤藏先生。」

「藤、藤藏做了什麼？就算把家醜告訴下賤的八卦記者的是藤藏，根本也稱不上什麼罪啊。雖然要是真的……他就是瘋了。可是，沒有限制這種事的法律！」

「無論如何您都無法配合嗎？」

「廢話！憑什麼要我配合妳們這群不曉得哪裡來的黃毛丫頭？不知天高地厚的蠢貨，女人少在那裡大放厥詞。我、我沒空陪妳們這幾個蠢笨的女人和丫頭胡亂妄想。荒唐，簡直荒唐！」

「這樣啊。」

敦子再次深深行禮後，站了起來。

「既然如此，也無可奈何。接下來我要前往警視廳，告發天津藤藏先生涉嫌殺人。」

「什麼？」

「敦子小姐！」

「敦子小姐，殺人……」

美彌子仰望敦子，美由紀頓時說不出話。

「殺人就是殺人，篠村小姐。原本我期待從這位老先生口中得知更詳細的內情，或許能扭轉這樣的推測，但看來行不通。因為他似乎認為，這只是女人膚淺的想法。不管在任何文化、社會當中，殺人都是重罪，這是乾坤之理、社會常識，警方一定會替我們問清楚。」

「胡、胡扯什麼！妳這個大混帳！敏、敏子是自殺。我不知道她是對自己的愚蠢感到羞恥，還是想貫徹畜生的天性，總之，她是自己上吊死的。難道妳要說那場上吊……不是自殺嗎？妳要說是藤藏殺了她嗎？」

「是的。」

「妳、妳有什麼證據……」

「只要有心，絕對不愁找不到證據。只是，目前……什麼都沒有。」

「嗄？」

「目前警方並不認為這是一起犯罪案件，因此完全沒進行調查。不過，只要調查……必定能陸續找出罪證。」

「哪、哪有這麼剛好的事……」

「一點都不剛好，反而很不巧。」

「不巧？」

「對，所以我才認為事態緊急。時間一久，原本能找到的物理證據會逐漸消失，視情況，也有滅證之虞……」

「不、不不不，我可不會上當。即使……即使真是如此，假設真的是藤藏殺了敏子，倒是不打緊。」

「什麼不打緊……」

美彌子皺起眉頭。

「你知道自己在說什麼嗎？什麼不打緊，這可是殺人！而且是殺害直系親屬！中禪寺小姐是在說，你的兒子殺害你的孫女、他的親生女兒！」

「所以，我不是說過好幾次了？那種丟人現眼的東西，殺了最好。她就是該死。不管是犯法還是殺害親人，該做的事本來就非做不可。原本是我要動手，如果真的是藤藏下的手，他就是擔心我這個老父，為女兒的愚蠢感到羞恥，代替我宰了她。他殺了本來就該殺的東西，我還想稱讚他呢！」

「你、你這個……」

美彌子想站起來，敦子按住她的肩膀。

「不管殺掉的是怎樣的人渣，殺人就是犯法，所以藤藏想必周全地考慮過了吧。他幹得很好。可是，天津家的男人動這種小手腳，我可不苟同。如果要動手，應該堂堂正正了結她。我一點都不怕遭到問罪。即使會被打進大牢，該貫徹的大義就該堅持到底。如此一來，根本沒有妳們這些……」

「不是的。」

「哪裡不是？」

「老爺子，您搞錯了。」敦子說。

「搞錯什麼？一點都沒錯。女人和女人之間……」

「不是的，藤藏先生殺害的**不是**敏子小姐。」

「咦，他殺的是那個誘騙敏子的狐狸精嗎？聽說她在某座深山腐爛死掉了……」

「這、這說法太過分了！」美彌子十分憤慨。

「怎麼回事？藤藏殺了那個女人嗎？確實，如果敏子沒認識那個女人，便不會墮入那種畜生道。那個女人等於是他女兒的仇人。原來是復仇嗎？我懂了。既然如此，一樣合情合理。藤藏是殺了她，把她扔到某座山裡了吧。這樣的話，也……」

「所以我說，不是的。」

敦子走到老人前方。

「老爺子……不，宗右衛門先生，您有嚴重的誤會。」

「什麼？我……」

「聽好，藤藏先生殺害的，不是敏子小姐，也不是葛城幸小姐。他殺害的……」

敦子說到這裡，頓了一下，看向美彌子。

那眼神極為哀傷。

「藤藏先生殺害的，是和天津家毫無關係的兩名女子。」

「毫無關係？」

「沒錯。您的兒子，天津家的當家天津藤藏先生，疑似……殺害兩名與府上非親非故的女子。」

老人的神色沉了下來：

「什麼意思？妳在說什麼？妳說藤、藤藏殺了誰？少胡扯，藤藏沒道理殺害無關的人。果……果真如此，她們一定是活該被殺的人渣……」

「不對。」

「不對？」

「世上沒有活該被殺的人。藤藏先生下手殺害的，是原本不會死、也不應該死的善良女孩。其中一位是……是枝美智榮小姐。」

敦子宣告。

「敦子小姐！」美彌子睜大了眼睛。「敦子小姐，妳……」

「篠村小姐，很遺憾，這似乎就是真相……」

「這樣嗎……」

這是早已預料到的情況，而且一次又一次被提出。但從來沒明確斷定。

美彌子閉上眼睛，低下頭。

老人的眉間擠出深深的皺紋，問道：

「妳、妳說誰？」

「是枝美智榮小姐。然後，另一位是……秋葉登代小姐。」

「這又是誰？」

「是枝小姐是這位篠村小姐的朋友，興趣是登山。秋葉小姐是小學老師，很受學生愛戴。」

「我、我不認識這些人。」

「因為她們都是和府上毫無瓜葛……完全無關的他人。」

「殺這種人做什麼？反正一定是些低賤的女人吧。」

砰！忽然傳來一聲巨響。

是美彌子拍打榻榻米。

「我不允許你再繼續侮辱人！」美彌子大聲說。「是枝美智榮才不是什麼低賤的女人！她是個前途無量、陽光開朗的女孩……是我重要的好朋友！」

「朋友？反、反一定又是女人跟女人亂搞……」

這時，響起一道異質的聲響。

老人收住了話。是敦子搖晃手上的鈴鐺。老人的視線游移起來。與他攻擊性十足的話語相反，那雙混濁的眼睛蒙上不安的陰影。

「老爺子，您最好適可而止。」敦子沉靜地提醒。「人的忍耐是有限度的。」

「囉、囉唆！藤藏幹麼殺素昧平生的女人？我不知道妳是在胡亂臆測或是妄想，這根本是無憑無據的誹謗中傷！小、小心我宰了妳！還是，妳有什麼說法？有的話妳說說看啊！」

「當然是為了掉包，取代敏子小姐和幸小姐。」

「掉包？」

美彌子再次仰頭看著敦子。

「對。除此之外，沒有其他解答了。請教一下，您是否**並未親眼看到**敏子小姐的遺體？」

「看那種髒東西做什麼！」老人不屑地說。「跟女人苟合的畜生，我才不當她是親人。那種辱沒天津家名聲的孽障，死在外面是理所當然的。沒舉行葬禮，也沒讓她進天津家的墓地。我叫藤藏把她的屍體扔到山上，不過藤藏說什麼就算是孽障畜生，死了就成佛了，應該是埋在哪裡了吧。想必她早就成為孤魂野鬼。」

「咦？」

那麼——

美由紀總算理解敦子的意思。

那具遺體……

上吊的人。

「您說的那個孤魂野鬼，其實是是枝美智榮小姐。」

「這太荒唐了。」

「真的很荒唐，但您沒親眼看到吧。明明是親孫女的遺體。」

「所以說我沒看！」

老人就像鬧脾氣的孩童，用拳頭捶打榻榻米。敦子哀傷地看著那副模樣，輕聲低喃「太遺憾了」，接著說下去：

「如果您仔細看……應該會發現異狀。不過，藤藏先生早就料到您不會看。但即使不看，還是有可能起疑。藤藏先生向雜誌記者和報社透露同性戀者殉情的消息，想必是希望他們大肆報導。為了讓您……相信那就是敏子小姐。」

「怎、怎麼……不，那就是敏子。」

「但您沒親眼看見吧？」

「不用看我也知道。這太離譜了。」

「如果沒親眼看見，就無法確定。雖然您看了……或許也看不出來。」

您的視力相當糟糕——聽到敦子的話，老人別過臉。

「依我觀察，您的視力已相當衰弱。從您剛才的反應來判斷……恐怕幾乎已失明。」

「跟妳無關！關妳什麼事！」

「是嗎？聽說您早年修習示現流。眾人皆表示，您**以前**是劍術高手，然而，您為何無法成功砍殺敏子小姐？原本以為您不是真心動手，或是親情阻止您下手，但看來您是認真想殺掉她。」

「沒錯，我是認真的！」

「那麼，您應該不可能失手。可是，您卻傷了四個在場或是前來制止的年輕人。簡而言之……您沒砍到目標。」

「閉嘴！」老人再次捶打榻榻米。

「如果是砍到進來制止的人也就罷了，但您連只是待在現場的人也砍傷了，不是嗎？而且，傷口都很淺。」

我稍微打聽過——敦子說。

「不是為了阻止，突然衝進去而被砍傷，也不是礙事而挨刀，但感覺並不是您手下留情。」

「所、所以呢？」

「其實是您看不清楚，胡亂揮刀，才不小心砍錯人，是不是？」

「別、別說得一副妳很懂的樣子！那……」

「您看不見，對吧？」

「看不見又怎樣！」

「因此……」

敏子小姐應該還活著——敦子說。

「敏子？還活著？」

「對。」

「胡說！」

這時，背後的紙門被人粗魯地打開。

回頭一看，門口站著一名穿開襟襯衫的男子。

他略為稀薄的頭髮蓬亂，雙眼充血。

「少在那裡胡扯！敏子死了。她早就死了啊，父親大人。您千萬不能聽信這些不曉得打哪來的下賤女人造謠。敏子在山裡上吊死了，遺體已送去火葬場火化，才不是什麼非親非故的女人。這種女人說的話……」

男子——應該是藤藏——想靠近敦子，美彌子擋在前面，打量藤藏的臉，接著揚起下巴。

「做什麼？讓開，女人！」

「我不讓。你是藤藏先生，對吧？就是你……殺了美智榮小姐嗎？」

「什麼？」

「請等一下，篠村小姐。」

敦子勸阻美彌子。

美由紀只是坐在原地看著。

因為她還搞不清楚狀況。

「藤藏先生，您……非常懼怕令尊吧？」

「什麼？」

「令尊無論如何都要您殺死敏子小姐……為了避免造成人倫悲劇，您才繼續演出這場鬧劇，對吧？」

「敏子早就死了。」

「她沒死吧？她應該還活著。如果這件事曝光，毫無疑問，這位老先生絕對會殺害敏子小姐。不管她在哪裡，都會把她找出來，一刀砍死……您是這樣想嗎？不，您覺得保護敏子小姐，自己也會被殺嗎？」

「妳、妳在說什麼……」

藤藏後退了幾步。

「您不忍心眼睜睜看著父親淪為殺人犯嗎？還是捨不得女兒？不，您是痛恨祖父殺害孫女這種無可救藥的醜聞嗎？萬一演變成這種局面，別說名聲受損，天津家等於是完了。但最關鍵的是……」

您害怕令尊吧？敦子說。

「依街坊鄰居的描述，揮舞日本刀的老先生，簡直就像魔鬼。可是……」

敦子望向老人。

「這位老先生……再也不可能找出敏子小姐，砍死她了。雖然是第一次見到他，不過我馬上就看出來了。您和令尊一直住在一起，卻沒有發現嗎？」

「妳、妳知道什麼？父親大人……」

「他只是個老頭子。」美彌子說。「不，不只是個老頭子，還是爛透的老頭子。時代錯亂的化石、不求知、不思考，爛到不能再爛的女性歧視者。」

「妳竟敢口無遮攔！」

藤藏怒不可遏，但沒有行動。

老人氣得雙肩上下起伏。

美彌子將目光轉向老人，繼續道：

「我說的是實話。怎樣？你生氣啊？現下我真的是在譏諷你。」

美彌子站到老人正前方。

老人默默地抬起頭。

緊握的手在顫抖。

「你可以生氣。如同字面形容，我正居高臨下，鄙視著你。我瞧不起你。」

「妳、妳……這個暴發戶的……」

「什麼？你才是暴發戶，老東西。不，你甚至不曾發跡。你根本沒什麼了不起。靠著同鄉、藩閥之類可憐巴巴的人脈，汲汲營營地賺點小錢……只是個小人物。」

「混、混帳，妳敢侮辱武、武士……」

「沒有什麼武士。」美彌子反駁。「你不緊抓著家名、血統、資產那些微不足道的玩意，連站都站不起來。而且還倚恃性別，拿性別欺壓人，簡直難看透頂。這種沒膽量、沒器量的人，我打心底瞧不起。不管是男是女，或非男非女，都毫無關係。就算沒有任何地位、名聲，人還是能獨立生存。因為……」

人就是人——美彌子說。

「活著本身，就值得驕傲。然而，你們卻揮舞著一堆空泛無用的東西，想騎到別人的頭上。你們不這樣做就站不起來。這根本是猴子的行徑，只會製造麻煩。」

老人抬著頭，僵在原地。

「被女人嘲笑，很不甘心嗎？要用你自豪的那個什麼流砍死我嗎？好啊，但我應該不會輸給你這種沒腦袋又弱不禁風的老人。」

「妳、妳這個臭女人……」

老人彷彿絞盡全力，勉強擠出這幾個字。

「還是不肯改口嗎？好，既然你無論如何都想爭男女，我就告訴你。你是男人裡的敗類！如此謾罵年長者，實在有違我的本意，不過……」

敗類就是敗類！美彌子說。

「害怕這種敗類的你，更是敗類！值得唾棄！」

美彌子指著藤藏說。

「美智榮小姐居然死在討好這種敗類的敗類手中嗎？這教人情何以堪？好朋友慘遭毒手，我實在很想哭，卻流不出半滴眼淚。因為我的胸口充滿憤怒……根本哭不出來！」

藤藏說不出話。

「怎麼了？那是什麼態度？奇怪，怎麼不像平常那樣擺臭架子逞威風？我是你們平素最瞧不起的女人。被這樣的女人說得那麼難聽，怎麼連句反駁的話也沒有？這副老骨頭甚至連站都站不起來，可真威風啊。」

「我……」

「什麼？除了生孩子，女人別無用處，是吧？所以，不生孩子的女人沒有用，沒有用的人殺了也無所謂，是這種道理吧？同性互相吸引是罪惡？沒錯，畢竟同性沒辦法留下子孫嘛。你說什麼？不知恥？孽障？畜生？你們……」

真是夠了！美彌子怒吼。

「那麼，說說你們到底有什麼貢獻？無恥的孽障畜生是你們才對！這個……殺人凶手！」

「殺人凶手……」

「不就是嗎？」

彷彿被美彌子的那句「殺人凶手」重擊，藤藏跪了下去，頹然坐倒。

「不是的……」

「哪裡不是？任你怎麼辯解，凶手就是凶手。」

「不是的、不是的……」藤藏不停說著，上身前傾，抱住頭。「我是……想救人……」

「救誰？」

「我……」

「你什麼人都沒救到。你只是殺人而已。」

「我……我只是想幫忙……」

「幫忙？」

「幫敏子小姐和幸小姐，對嗎？」

敦子蹲下身，對藤藏說道。

藤藏低垂著腦袋，點了點頭。

「藤、藤藏！你這小子……」

「人渣可以閉嘴嗎？」美彌子制止老人。

老人陷入沉默。

「怎麼回事？」

美由紀總算出聲。

「在本人面前解釋也很怪……但藤藏先生應該是為了救敏子小姐和幸小姐，才想出這個糟糕透頂的計畫，對吧？」

聽到敦子的話，藤藏再次點頭。

「所以，是怎樣的計畫？」美彌子問。

敦子的目光轉向藤藏。

藤藏只是僵在原地。

「首先……他挖出一個大坑洞。」敦子說。

「坑洞？是那個陷阱嗎？我們在高尾山跌落的坑洞？」

「對。茶店大嬸說的用手巾包住頭臉的四十多歲男子，應該就是藤藏先生。向雜誌記者通風報信的，也是同一名男子……對吧？」

藤藏身體縮得小小的，並未應話。

美由紀還記得茶店大嬸說，蒙著頭臉的男子上山過好幾回。

「他曾去勘察很多次吧。然後，他找到再適合不過的地點——那棵大山櫻，還有窪地。不過，也可能是發現那個地點，才想出這項計畫。這不重要。接著，幾天後他在公司年輕人的協助下挖好那個坑洞，正確地說，是指揮他們……對嗎？幫忙的應該是被宗右衛門先生砍傷的那些人吧？」

「他們與這件事無關。」藤藏抱著頭，幾不可聞地說。

「嗯，挖坑的那些人，恐怕不清楚詳細的計畫，也不知道挖坑的目的吧。從這個意義來看，他們或許是無關的。」

藤藏依然不回應。

「咦，他們什麼都不知道就幫忙嗎？唯命是從？一般情況下，會糊里糊塗就去挖坑洞嗎？該不會騙他們是什麼工程？」美由紀問。

「這是我的猜測，藤藏先生是以制止老爺子的粗暴行徑為名目，要他們幫忙吧。那些人很受不了拿著凶器發飆的老人，況且還被他砍傷。幸好只是輕傷，但萬一有個差錯，可能會賠上性命，所以無論如何都希望藤藏先生阻止他吧。」

「不不不，挖坑洞和阻止老人有什麼關係？」美由紀說。「是什麼咒術嗎？在山上挖坑洞，就能阻止老人發飆，這麼沒道理的事，連我這個小孩子都不會相信。」

「不是的。」敦子解釋。「藤藏先生大概……是暗示他們，這是為敏子小姐自殺做準備。只要敏子小姐不在了，宗右衛門先生便不會再動粗。」

呃，這……

「一般人聽到這種理由，會答應嗎？人命關天耶？想到可能是在協助自殺，不會罷手嗎？」

「是啊，一般人應該會罷手，但這位老爺子會拿著日本刀發飆，幾乎天天上演砍人戲碼。他們蒙受池魚之殃，和自己的性命放在天秤上一衡量……會怎麼做？而且，我猜只是暗示，並未明說……對嗎？還是，您給了他們一筆優渥的報酬？」

藤藏不發一語。

「茶店大嬸提到像國民服或軍服的服裝，約莫是相同款式的工作服。畢竟他們的本行是營造業。」

這麼說來，上門造訪時，屋前聚集好幾個穿著那種服裝的人，看上去也有點像軍人。

「至於挖掘的工具，就像青木先生推測的，是舊陸軍使用的攜帶型鐵鍬吧。如果其中有五、六個在軍隊挖過戰壕的人……工程本身應該不用幾天。不，或許是趁著天色未明的時候上山，一天解決。不管怎樣，擬定計畫、下達指示的，都是藤藏先生，對吧？您沒有參與挖坑的工作，只是在完工後驗收嗎？」

然後……

「陷阱完成了，所以……隔天早上，您要敏子小姐出門，對吧？」敦子說。

「不，我還是有點不懂。」美由紀開口。

「是安排她離家去別處。正確地說，是催促、引導她這麼做嗎？」

「引導？」

「這個人已打點好一切。藤藏先生，對吧？」

「離家……接下來呢？」

「這我就不知道了。」敦子說。

「那遺書呢？」

「原本是當成遺書寫下的嗎？我認為相當可疑。我要去山上──這樣的文字，像是遺書，也不像遺書。大概是他要敏子小姐本人寫的吧。」

「他要敏子小姐寫的？女兒也對他唯命是從，什麼話都照做嗎？因為是父親的命令？」

「不是的。我想是因為……他保證敏子小姐的安全。他應該是以敏子小姐往後的安全為條件，吩咐她離家，也就是……」

放她逃走了——敦子說。

「和葛城小姐一起。」

「一起？這……」

「您讓女兒和她的情人活著逃走了，對吧？」

「沒……沒錯。」藤藏回答。

「敏、敏子還活著嗎？」

老人擠出聲音說完，身體一歪，右手停在半空中。

「我不知道您是如何讓兩人逃走的。但敏子小姐和幸小姐，都**沒有**上去高尾山，對嗎？」

「那……」

「那天，登上高尾山的不是天津敏子小姐，也不是葛城小姐，而是這位藤藏先生。您趁著黑夜讓敏子小姐離開家裡，接著前往葛城小姐的住處，也讓她逃走了。您應該事先交代過葛城小姐，要她準備隨時動身逃走。然後，您搭乘第一班纜車上山，對吧？」

「這、這是為什麼？」

「因為這個人……在高尾山尋找兩人的替身。」

「替身？相似的人哪有那麼容易找到？雖然之前去的時候，人確實滿多的……」

「沒必要長得一模一樣。雖然老婦人不太合適，但我想無關年紀，完全是外表的問題。而且，只要身材相當，髮形相仿就夠了。畢竟不管別人說什麼，只要親生父親說是……」

那就是本人嗎……？

「沒錯。然後，這時……」

是枝美智榮上山了嗎？

美由紀沒見過天津敏子或是枝美智榮，但聽說兩人的身高和年齡差不多，髮型也相近。茶店的大嬸說，兩人長得完全不像，但相親照中的氣質十分接近，幾乎讓人混淆。

所以——

「藤藏先生立刻盯上是枝小姐，將她引誘到那個陷阱，對嗎？」

藤藏的神情緊繃。

「先出現的是美智榮小姐嗎？」美彌子問。「秋葉小姐好像也在同一時間上山。」

「是啊，」敦子回答：「大家都知道，包括香客在內，上山的人形形色色，年輕女子並不算多。這種情況下，是枝小姐和秋葉小姐搭乘同一班纜車上山，對藤藏先生來說，實在是千載難逢的好機會……不，對遇害的人來說，只是不幸的巧合，時機壞到不行。」

真的壞到不能再壞。

「所以是同時盯上兩人……」

敦子看著藤藏。

「在藏藤先生的計畫中，最重要的是找到敏子小姐的替身。由於一大清早就放走敏子小姐，並要她留下類似遺書的字條，已沒有退路，所以必須在這天迅速找到替代的女子，對吧？」

需要女子……

代替敏子小姐去死。

不，是殺害她，代替敏子小姐嗎？

「我想，不管是枝小姐或秋葉小姐都可以吧。只是……是枝小姐和敏子小姐一樣，是一頭短髮，所以您挑選了是枝小姐，對嗎？」

藤藏沒有回答。

「關於髮型，您應該是覺得總有辦法吧。短髮沒辦法留長，但如果是長頭髮，剪短就行。即使剪得有點糟，也不是什麼大問題。因為需要的只是類似的屍體。不過，是枝小姐剛好可以省去剪頭髮的麻煩，十分方便，於是鎖定她，對嗎？」

藤藏依然保持沉默。

「秋葉小姐的穿著打扮，一看就是個香客，想必會去寺院。是枝小姐則一身登山客裝備，無法預料會往哪一條路前進。她真的會經過前往琵琶瀑布的分歧點，再走到森林的入口嗎？即使會，也不知道是什麼時候。視情況，或許她根本不會行經森林入口。如果不是在那裡，就沒辦法巧妙地將她引誘到陷阱了，對吧？」

原來是那個地點嗎？

「是枝小姐向茶店借用洗手間，您鎖定她，沿途埋伏，尾隨在後。是枝小姐雖然往琵琶瀑布的方向前進，但如果她去了瀑布，就不會經過那個地點。幸好是枝小姐沒去瀑布，行經通往瀑布的路。所以，您在坑洞所在的森林入口趕上她，並叫住她，對嗎？」

美由紀想起那個地點的景色。

「我不知道您是如何從那裡將她引誘到陷阱的，但……應該是藉口同伴掉進坑洞裡，希望她幫忙，是嗎？」

藤藏一聲不吭。

美彌子目不轉睛地注視著藤藏。

「她……」美彌子開口：「美智榮小姐發現有人遇到困難，一定會伸出援手。她認為這是理所當然的事。所以，只要裝出困擾的表情，她一定不會多問，熱心地跟去幫忙。」

美彌子壓抑著情緒說，從藤藏身上移開視線。

「因為小汪雖然文靜，卻古道熱腸，樂觀開朗，有點愛湊熱鬧。」

敦子悲傷地看了美彌子一眼，接著說：

「不管怎樣，只要把人帶到坑洞的斜坡處，一把推落，或是丟進去……如果她探頭查看坑洞，從背後一推就夠了。一旦她滑落，便無法自行脫困。」

沒錯，會出不去。和美由紀一樣。

「藤藏先生，接下來怎麼做？」敦子問。「那個坑洞遠離遊客路線，就算大喊大叫也不會被聽見。即使有人聽到聲音，前去查看森林，也看不到人。因為不僅有樹木遮擋，也不會想到那種地方居然有個大坑洞。」

根本無從想像。

美由紀滑落時，也完全搞不清楚狀況。

「可是，如果是枝小姐持續吵鬧……或許會有人聞聲而來。那樣就麻煩了，所以……」

藤藏先生，您怎麼做？敦子再次問道。

藤藏只是沉默地縮著身子。

「您準備了方便上下坑洞的繩梯吧？想必您立刻就下去坑洞裡了。然後，您對是枝小姐做了什麼？」

藤藏瞪著敦子。

「您……讓她昏迷了吧？不過，應該不是使用藥物。您精通武藝，所以不是重擊她的咽喉，就是毆打她的心窩，或壓迫胸膛……」

「我……」

藤藏只這麼說。

不，他只說了這個字。

瞬間，敦子流露凌厲的目光，望向藤藏。

「用某些方法致使是枝小姐昏迷後，您脫下她的衣物，讓她穿上從敏子小姐的房間隨手挑選的衣服。」

這就是……交換衣物嗎？

敦子看了美由紀一眼，補上一句「正確地說，並非交換」。

雖然沒說出口，但美由紀一臉疑惑。確實，不是交換，只是被穿上衣服。

「我到處詢問搬運遺體的警方人員和當地消防團成員，可是不管怎麼想，過世的女子穿的衣物都很奇怪。不管是自殺，還是私奔，都不可能穿成那樣離家。如果一時衝動奔出家門，身上或許會是平常的衣物，但感覺也不像。當然，那不是登山裝，所以在山上會格外引人注目，卻沒有任何人目擊生前的她。不，更重要的是……」

搭配的品味太古怪了——敦子說。

「大紅色的夏季短袖線衫，外罩桃紅色的厚羊毛開襟衫，下半身是薄料子的鼠灰色裙子，赤腳直接穿著外出皮革短靴，而且是深綠色……該說完全不搭嗎？我覺得是很難想像的選擇。此外，別說皮包了，沒有任何隨身物品，連錢包都沒帶……」

「是那麼古怪的穿搭嗎？」美彌子的臉頰一陣抽搐。對服裝毫不講究的美由紀沒什麼感覺，卻也知道季節感完全不對。

而且……一點都不美嗎？

「換掉衣服後，您……」

殺害是枝小姐。

您殺了她，對吧？——敦子說。

「您將從家裡帶出來的敏子小姐的和服腰繩綁在一起，做成繩結，套上是枝小姐的脖子……」

把一個無辜的……

「您爬出坑洞後，」

毫無關係的人……

「將繩索掛上樹枝，」

偽裝成上吊……

「使盡渾身的力量……拉上來。」

「她那時候還活著嗎？」

美彌子不禁大叫。

「美智榮小姐是活生生被吊死的嗎？被這個人吊死？」

「她應該昏迷了，但應該還活著。因為如果有外傷，警方不會立刻斷定是自殺，不論身分都會驗屍。」

「太殘忍了……」

太殘忍了！美彌子說。

「你……你把我的朋友當成什麼？不，你把人命當成什麼？還是，你覺得女人殺了也無所謂？祖先是武士，殺人就能免責嗎？」

「真的很殘忍。」敦子深有同感。太殘忍了。根本不是剛好樹枝底下有坑洞，所以上吊。而是為了把人從坑洞裡吊上來，才刻意挑選樹枝正下方挖洞。」

是名符其實的陷阱嗎？

「坑洞邊緣那枚極深的腳印，是藤藏先生的吧？恐怕是把是枝小姐吊上來的時候踩出來的。若非承受兩人的重量，腳印不會陷得那麼深。」

原來如此。

那枚腳印，比感覺頗有分量的小金，把美由紀和美彌子拉上去時造成的腳印還深。

美由紀和美彌子是拉著繩索，爬上斜坡，小金和敦子只是輔助而已。連扭傷腳的美彌子，都能自力往上爬。可是……

失去意識的美智榮，垂直地被往上吊。當時引起敦子注意的樹枝上方的摩擦痕跡，就是把美智榮吊上去時造成的吧。如果是一般的上吊方式，不管再怎麼摩擦，也不會造成那樣的痕跡。

話說回來——

是枝美智榮真的毫無意識嗎？

即使沒有意識，也夠殘忍了。想到萬一她在被吊上去的途中轉醒……美由紀感到難以承受。

聽說，絞刑是讓受刑人往下掉，繩索會瞬間勒斷脖子。但如果是一點一點地被吊上去……

實在不敢想像。

「您拉扯繩索，將繩索繞過樹幹，緊緊綁住，就這樣……完成一具上吊屍體。我猜，這個過程比想像中更快結束，對吧？」

藤藏以一種奇妙的眼神看著敦子，彷彿無法理解。

「您本來預估最短也得花一小時，實際上連三十分鐘都不到……對吧？」

「妳、妳怎麼……」

看來，真的就是如此。

「因為秋葉小姐啊。」敦子說。「您貪心起來，想著如果來得及，就把剛才盯上的另一個女人……也抓走。」

「什麼意思？」美彌子問。「是要……當葛城小姐的替身，對吧？那麼，這個人一開始是打算布置成殉情嗎？」

「不是的。」敦子說。「將是枝小姐偽裝成敏子小姐，是辦得到的，只要藤藏先生在認屍的時候宣稱是女兒就行。但葛城小姐就不適用了。葛城小姐沒有近親，雖然住得遠，還是有親戚，而且是上班族，有公司同事，一定會進行認屍的程序。如果是不同人，絕對會曝光。」

「這是當然的。」美彌子說。「如果……是一般的遺體的話。」

「對，所以有必要動些手腳，讓遺體變得不一般。」

「動手腳……」

「就是拖延被發現的時間。」敦子解釋。「為了避免查出身分，必須讓遺體的外表變得無法辨認。但要偽裝成自殺，不能燒毀或肢解，也不能埋起來。因為最主要的目的不是殺害，而是取代，若遺體沒被發現，就失去意義了。但馬上被發現，就無法達成目的。所以，要盡量拖延發現的時間，最好是在化成白骨之後……就是這樣，對吧？」

「所、所以才棄置在遠方的山中？」

是迦葉山嗎？

「對。然而，如果永遠都沒被找到也不行，那就跟埋起來沒兩樣了。因此，必須是有人會去，但不會馬上被發現的地點。除此之外，即使遺體被發現，查不出身分也沒意義。於是，在現場留下應該是事先保管的、裝有證明葛城小姐身分物品的皮包……對嗎？」

藤藏沒有回答。

「原本計畫在其他地點尋找替身，再動這些手腳。」

「本來是其他地點嗎？」

「對。至少在高尾山上綁架女人，並無意義。為了動手腳，必須讓人下山。在山上抓人，意味著必須帶著那個人下山，風險極大。」

這是反覆驗證過的事實。

「可是……」敦子望向藤藏，「計畫順利成功，您便膽大起來了嗎？還是，得意忘形？」

藤藏抬起頭，瞪著敦子。

「參拜寺院神社和登山不一樣，不用多少時間。原本應該根本來不及，但事情總有個萬一。您急忙前往淨心門或是茶店一帶，秋葉小姐可能會經過的地方，抓住剛好結束參拜準備下山的她，藉由某些手段，引她到陷阱，推進坑洞裡，對吧？還是，把她丟進去？」

「不對！不是的，不是那樣的！」

藤藏總算出聲。

「那個女人……她自己跑過來，然後……」

說到這裡，藤藏看了一眼沉默的父親，再次噤聲。

「是這樣嗎？秋葉小姐與其說是信仰虔誠，倒不如說是把參觀神社佛閣當成興趣，所以可能打算在山上走走。那麼，這真正是不幸的偶然嗎？」

「敦子小姐，」美彌子喚道：「或許是偶然，但讓偶然變成不幸的，是這個人。」

美彌子惡狠狠地睨向藤藏。

「沒錯。」敦子遺憾地說。「是藤藏先生剝奪了秋葉小姐的人生。然後呢？您又殺人了嗎？因為得把她揹下山，萬一她大聲呼救或掙扎就麻煩了吧？但扛著屍體下山更困難。您沒當場殺了她，是讓她昏迷了嗎？不管怎樣……您都奪去了她的自由。」

您對她做了什麼？敦子以有些嚴厲的語氣逼問。

「秋葉小姐不是進香團成員，卻戴著菅笠、穿著白衣，相當特別，容易引起注意。事實上，茶店的大嬸也記得一個人上山的秋葉小姐。無論如何，不能讓她穿著一樣的服裝。即使她原本的服裝不那麼醒目，為了把她運下山，得盡量避免引人注意……。」

「啊，所以才……」

原來是這麼回事嗎？

「所以才替她換衣服嗎？」

「想必是如此。因為應該多了一套衣物。」

「啊，是美智榮小姐脫下的衣服嗎？所以才……」

這就是另一次的交換衣物嗎？

不……這次也不是交換嗎？

「藤藏先生，沒錯吧？不管問什麼，您似乎都不願回答……但如果不是這樣，**數目就不對**了。失蹤的女子共有四名，屍體有兩具，找到的衣服有三套。秋葉小姐的衣物被丟棄。那麼，在這個階段，多出來的就只有美智榮小姐的衣物……對吧？」

「夠了。」

真的夠了——藤藏說。

「如同妳說的，我把繩索綁在樹幹上的時候，從樹木間發現那個女人的身影，不知道她是來幹麼的。我連忙躲起來，但上吊屍體想藏也沒辦法藏。我祈禱她快點離開，她卻一直往這邊來。然後，她看到上吊屍體，靠過來，自己掉進坑裡了。」

藤藏別過臉。

「可是……如果她沒注意到你，你直接離開不就好了嗎？」

美由紀這麼想。

因為現場已布置完成。

「不，你可以假裝不知情，把她救起來啊。這樣比較不會引起懷疑吧？」

「恐怕是沒辦法。」敦子說。「說是在綁繩子……表示上下坑洞的繩梯，或許還掛在那裡，而且坑底可能留有帶來的工具、脫下來的是枝小姐的衣物等等。不，一定都在原處。所以，您爬下坑洞，將秋葉小姐也……」

「沒錯。」藤藏應道。「那個女人不知道是扭傷腳還是跌斷骨頭，沒辦法自行走動。所以……我認為機不可失，反正……」

「不能留她活口嗎？」敦子面無表情地問。「您覺得她是……飛蛾撲火嗎？」

「對啦，對啦！」藤藏突然大聲起來。「年紀和頭髮的長度都恰好一樣，我覺得十分剛好。而且人就在洞裡，也不能走動，所以……」

「所以您怎麼做？」

「就像妳說的啊，我打昏她，替她換掉衣服，解開綁起來的頭髮。然後，揹著她徒步下山。她似乎在途中醒來，不知道是以為有人救了她，還是神智不清，不停嗚嗚呻吟，什麼也沒說。」

就是以這樣的狀態經過茶店吧。

「之前您應該經過茶店好幾次……但這行動真的非常大膽。即使先前都一直以手巾包住頭臉，難道不擔心會有人從體格和服裝認出您嗎？」

敦子冷冷問道。

藤藏懶散地說「認不出來啦」，笑了一下：

「是啦，我是擔心或許有點危險，但除了這麼做以外，我有別的出路嗎？總不能當場殺了她，就算殺了她，也不能把她丟在那裡，非得把她弄下山不可吧？既然如此，沒有不利用的道理。」

「可是，我記得大嬸不是出聲關心了嗎？」美由紀說。

他不擔心會曝光嗎？

「妳說那個多管閒事的女店員嗎？她是叫住我了，但被我隨便糊弄過去。反正事不關己，不會有人發現。應該沒人記得我的長相，但女人的服裝和背包，或許會留下印象，所以我用外套蓋住背包。不出所料，根本沒人發現。」

事實上，大嬸就沒有發現。

「女人本來穿的衣服，我揉成一團丟在路上，金剛杖、斗笠也丟了。揹到山腳下後，我綁住她的手腳，堵住她的嘴，塞進停在那裡的車子後車廂。那個時候，女人……還活著。」

「難道……您接著就去報警？」

「是啊，怎樣？」藤藏說。「那個女人都跑來看了，屍體隨時可能被發現，所以我馬上去報案，申請失蹤協尋。」

「然後……您提供消息給雜誌社，對吧？」

「什麼都被妳看透了。警方的搜索行動，感覺從一開始就鎖定高尾山，而且我估計屍體很快會被發現，才覺得沒時間了。」

「這個人……對雜誌社的人說了什麼？」美彌子憤憤地問。

「就我打聽到的……是告訴雜誌社的人，有一對女子墮入邪戀，一起上了高尾山，要去殉情。」

「邪戀？」

美彌子握緊拳頭。

「不管怎樣，在世人眼中就是邪戀。」藤藏誇大其詞。「我也在隔天上午上山了。弄個不好，或許屍體已被發現，所以我很著急，幸好趕在搜山之前抵達，也看到疑似媒體記者的人。我只聯絡四家雜誌社，但來了一大堆人，應該是消息又洩漏出去吧。山腳下有許多警察和消防團人員，他們應該認為線報是真的。」

「於是，您主動接觸疑似記者的人，告訴他們敏子小姐和葛城小姐的身分，是嗎？」

「對。」

「那是因為……」

「不是的。」藤藏說。「我找到現場負責人，和他交談，他說警方接到報案，有另一個女人失蹤。那應該就是我吊死的女人，所以我明知危險，還是說出敏子的身分。」

「為什麼？」

「雖然不知道那個女人是誰，但萬一被搞錯，豈不是太可憐了嗎？」

「搞錯？」

「被誤以為是卜一一卜（註）啊。」藤藏回答。

「卜一一卜？」

「是花街柳巷的隱語，指的是女人之間的性關係。」敦子解釋。

「要是被誤會，就太可憐了。」

「什麼？」美彌子憤慨不已。「人明明就是你殺的，說那是什麼話！」

「就因為是我殺的啊！」藤藏說。「那個女人作為敏子的替身死掉了，我才覺得她死後還要受辱，豈不是太可憐？」

「受辱？那根本不是什麼恥辱！」美彌子沉通地怒斥：「可恥的是你們！」

「對啦，沒錯。妳們說的都對，我完全同意。可是，不管妳們怎麼想，在現今的社會裡，那就是一種恥辱，不對嗎？跟正不正確無關，就是受到蔑視，難道不是嗎？妳們沒看那些雜誌報導嗎？他們寫得多不堪啊。那就是這個國家大眾的意見，所以……」

「所以怎樣？」美彌子質問。

「不管怎麼做，都不會改變，也沒辦法改變啊！」

藤藏捶打榻榻米說。

「就算錯了，如果能用說的，我當然會說，要是做什麼可以改變，我也早就做了。可是根本束手無策，也只好接受，繼續過日子吧？況且，死掉的非得是敏子和葛城幸不可。所以，我一方面告訴雜誌記者敏子的身分，另一方面卻要警方封口，這樣記者才會窮追不捨。幸好警方負責的署長是如假包換的守舊派，是絕對會跟父親大人一拍即合的死腦筋男人。」

藤藏抬眼看父親。

「上吊屍體在下午找到了。我接到消息趕過去，宣稱那就是敏子，沒人懷疑。因為不管衣著搭配再奇怪，人就穿著如同通報時描述的服裝吊在那裡。最重要的是，我這個父親都確認是女兒了。警方表示要先送去警署調查，我說隨便他們。屍體在第三天送回這個家，父親大人不願辦葬禮，我便立刻送去火化。」

「那……那麼，當初尋找是枝小姐的時候，是枝小姐的遺體其實在警署那邊嗎？」

美由紀問，敦子回答「會是這樣呢」。

「不可能找得到。」美彌子說。

「想必絕對找不到，可是……等、等一下，那秋葉小姐怎麼了？」美由紀又問。

「沒怎麼了。」藤藏說。「那段期間就一直放著。即使不辦葬禮，還是有一堆手續要處理。我得去警署、寺院、公所、火葬場等地方，加上雜誌記者糾纏不休，不能輕舉妄動。最主要的是，太多事情要忙，我幾乎忘掉了。」

「放著？意思是，你把她綁起來以後，一直丟在後車廂？可是好幾天都……」

註：原文為「ト—ハ—」，一說為「上下」的拆字，代稱性事時的體位。

「放了整整三天。」

「這……」

美由紀想說「不會死掉嗎」，又把話吞了回去。藤藏本來就打算殺了她。只要順利下山，根本沒必要留她活口。

美由紀覺得噁心極了。

藤藏的臉頰抽動，接著說：

「我把她丟著，直到敏子的死亡手續全部處理完。我以為她死了，沒想到命硬得很，還活著，但也只剩一口氣。我打算把她丟到山上，於是裝在袋子裡，搬到懸崖。然後，從袋子裡倒出來，讓她揹上逃走的葛城留給我的皮包，丟下山崖。」

「太殘忍了……」

「沒錯，很殘忍。」

殘忍錯了嗎？藤藏大聲說。

「反正她沒救了。丟下去之前，我拍了好幾下她的臉，但她只是翻白眼，毫無反應。」

「是嗎……」

敦子眉頭緊鎖。看起來像是嫌惡的表情。

「在迦葉山找到的遺體，僅有墜落時受的傷，似乎沒有明顯的外傷。因為她只是摔進那個陷阱，除了讓她昏迷，沒有對她施加其他的傷害，一直將她監禁起來。腳扭傷的秋葉小姐被塞進後車廂裡，沒得吃喝，等於被丟著不管，最後甚至被拋下山崖，是嗎？她明明是無辜的，您是個不折不扣的……」

殺人魔——敦子說。

「是啊，所以怎樣？」

藤藏挺直背脊，站了起來。

「沒錯，我全招認，我就是殺人魔。父親大人，您要怎麼處置我？」

老人只是粗重地喘著氣。

「您說點什麼啊？您根本不把女人當人看，應該不打緊吧？我殺的全是女人。是下賤無能的女人。如何？我以為能順利隱瞞過去，但想得太膚淺，一切都敗露了。好了，父親大人，要我把這幾個女人也殺了嗎？」

你倒是說話啊！藤藏怒吼。

「殺……」

「殺了她們，是嗎？既然殺了兩個，再殺三個也沒差。不，只要把這幾個也殺了，或許就能瞞天過海。那我殺了她們好了。可以吧？反正是女人嘛。」

「藤、藤藏，你……」

「你就是這樣，才會害我變成劊子手！」藤藏跺腳大吼。

「什麼？」

「聽好，父親大人，我覺得你的想法和人生全是錯的。不，我甚至覺得你瘋了。你就是瘋了。」

藤藏狠狠瞪著父親。

「即使如此，因為你是我的父親，我尊敬你，一直默默地服從你。我被教育成這樣才是天經地義的。關於這一點，我並無怨言。你藉此打造出一個可以擺架子、逞威風的場所，而社會大眾跟你其實也沒有多大的不同。那些騎在別人頭上、狗眼看人低的傢伙，才能吃香喝辣。可是，父親大人，我……」

我捨不得女兒啊！藤藏說。

「不管是怎樣的女兒，不都是自己的骨肉嗎？教我怎麼捨得？然而，你卻真的想殺了她，而且是一次又一次。對你來說，她不也是你的親孫女嗎？無論是怎樣的孫女，不都是流著你的血脈的至親嗎？然而，你卻動刀要砍死她。」

「廢、廢話！別說什麼女人了，那種東西，根本就是畜生，是亡國妖孽！」

「她是你的孫女！」藤藏大叫。「她第一次告訴我的時候，我不知所措，無法坦然接受。我不斷勸她清醒過來，但敏子是認真的，所以……我漸漸覺得，就算都是女人又有何妨，想要成全她們。」

這才是父母心吧！藤藏大聲說。

「少說蠢話！」老人聲嘶力竭地反駁。「既然要扯這個，我是你老子，你敢不聽老子的教誨？你不聽話，還說出貶低我、貶低天津家的話。藤藏，難道你墮落成連忠孝都拋到腦後的廢物了嗎？」

「那些根本不重要。」

「混、混帳，你這樣還算是天津家的……」

「天津家？天津家怎麼了嗎？祖先只不過是鄉下地方的下級武士吧？連個小諸侯都不是。不，就算是諸侯，也沒什麼了不起。比起門第，我更珍惜自己的女兒。我想實現她的願望。這才是為人父母該做的事，難道不是嗎？父親大人！」

「混、混帳，這個不忠不孝的傢伙！那是什麼態度，藤藏！」

「要叫我跪下嗎？好啊。要一刀砍死我嗎？那樣一來，天津家就要絕後嘍？如果動得了手，就殺了我吧。沒關係，反正落到警察手裡，我還是死路一條。就算逃過死刑，這個家也完了。」

「你、你這個……」

「夠了沒！」

美由紀放聲大吼，順勢猛然站起。

「你們到底是怎樣？從剛才你們就只會大放厥詞……我是個女人，又還是個孩子，沒有地位，也沒有錢，可是我知道……」

你們兩個都爛透了！美由紀說。

她實在無法不說點什麼。

「太奇怪了。家族名聲之類的，那才是根本不重要。藤藏先生，你一直說什麼為人父母，卻完全無視當事人敏子小姐和葛城小姐的意願，根本是在做你想做的事而已吧？你說啊？她們……」

「她們什麼都不知道。」藤藏說。「我只是塞錢給敏子，要她們離開。我也對那個女的這麼說，叫她們走得遠遠的，兩個人一起過日子。我告訴她，時候到了我會通知，要她在那之前準備妥當，隨身動身離開……」

「太白痴了吧？」

「什麼？」

「根本就錯了啊！」美由紀說。

「為什麼？哪裡錯了？我為了女兒、為了女兒想要廝守的人，為了她們，實現她們的心願……」

「就是這一點錯了。」

美由紀打斷藤藏的話。

「想跟喜歡的人在一起，這是任何人都會有的想法，不管對方是男是女都一樣。可是，為了實現這個心願，要她們逃走，簡直荒謬。為什麼非逃不可？既然她們沒做壞事，根本沒必要逃走吧？」

「那是社會……」

「跟社會無關，首先是家裡的問題吧？要煩惱社會觀感，是之後的事吧？」

「這……」

「如果家中有人沒做錯任何事，卻遭到責怪，一般不會有逼人遠走高飛的念頭吧？不，根本是你覺得她們做錯事吧？藤藏先生，你真的理解敏子小姐的心情嗎？」

「我、我當然理解。她是認真的，所以我才不惜殺人……」

「就是這一點離譜。」美由紀說。「如果你明白她們是認真的，就應該接納她們才對吧？私奔的人裡，或許也有人得到幸福，但那是把家人和情人放在天秤上衡量的結果吧？由於家人無論如何都不肯接納，才別無選擇，只剩下私奔一途。即使是你們這種爛到不行的父親和爺爺，對敏子小姐來說，依然是不可取代的家人吧？能否受到家人祝福，可是天差地遠啊！」

「怎麼可能祝福？荒唐！」老人吼道。

「你不要插嘴！」美由紀吼回去。

她不想聽老人的囈語。

「不光是這樣而已。為了讓她們逃走，殺了兩個人，對吧？誰會為了讓女兒逃走而殺人？」

「她、她們跟這件事無關！」

「即使隱瞞，她們也很快就會知道。因為她們現在變成死人了。雜誌和報紙都報導了。全怪你把消息洩漏給記者。再怎麼遲鈍的人，都會想到是怎麼回事。那會怎樣？等於是她們害無關的人死掉了，對吧？而且，殺人的肯定就是自己的父親。父親為自己殺了人，就算離開家，還有可能幸福嗎？」

你根本完全沒考慮到敏子小姐她們吧！美由紀說完，用力蹬了一下榻榻米。

「藤藏先生，你的眼裡只有這個老爺爺吧？把消息透露給雜誌記者，也是為了防範這個老爺爺。要是你真的那麼在乎社會輿論，根本不會這麼做。你將她們丟進所謂的冰冷社會裡，甚至將她們的名字昭告天下，不是嗎？你說啊！」

「所以，她們等於死了……」

「也就是你剝奪了她們至今為止的人生和名字，對吧？等於是強迫她們以後用另一個人的身分活下去。藤藏先生，你真的理解女兒的心情嗎？被趕出家裡、被當成死人……而且為了自己，甚至有人不幸喪命，這樣兩人還有辦法幸福嗎？你不光是奪走是枝小姐和秋葉小姐的性命，也奪走敏子小姐和葛城小姐身為人的尊嚴！」

「我沒有其他選擇！」藤藏厲聲說。「妳也聽到了吧？我的父親就是這樣一個人。連身為兒子的我都覺得他瘋了。就算天地翻轉過來，他也不會放過敏子。不，他會殺了敏子。他就想殺了敏子，是真心要殺了她。他、他可是拿刀要砍自己的孫女啊！」

「你要阻止啊！」美由紀說。「既然有體力把女人吊上樹、從懸崖扔下去，這種像肉乾一樣的老頭子，你應該能輕易制伏吧？聽好，我是小丫頭，是你們輕蔑的女人，而且是沒幾歲、腦袋不好也沒錢的普通庶民，但我還是明白這點道理。你應該做的，不是殺人，而是阻止殺人吧？首要任務，是無論如何都要說服這個糊塗的老爺爺吧？如果你有理解她們、支持她們的意願，這麼做才是理所當然的，不是嗎？」

「不是滿口冠冕堂皇就能怎樣的！」

「滿口冠冕堂皇的是你。說穿了，你只是想在這個老爺爺面前當乖兒子，對吧？」

「當乖兒子？」

「難道不是嗎？想在家裡討好老爺爺，像以前那樣過日子，然後實現女兒的心願，世上哪有這麼完美的事？所以，你才非想出殺死兩個無關的人這種離譜的計畫不可。你會殺掉這麼多人，全是為了消除這個老爺爺的不滿，不是嗎？被殺掉的人簡直倒了八輩子楣。這根本就是瘋了！」

聽見了嗎？美由紀說。

「一個才十五歲的小丫頭說你瘋了，聽見了嗎？」

藤藏使勁握緊拳頭。

「這個老爺爺不正常，連我也看得出來。幾百年以前的古時候也就罷了，往後的時代，不需要這種人。但現今這個時代，依然有這種人昂首闊步、恣意橫行。只是闊步也就罷了，還亂逞威風。逞威風、威脅恐嚇，甚至施加暴力，這根本不正常。你不是跟敏子小姐談過，明白她是認真的了嗎？既然如此，接下來應該面對的，就是這個老爺爺吧？難道不是嗎？不管世人怎麼說、社會大眾怎麼想，都沒有關係！對於弱者，最應該保護他們的就是家人啊。讓信奉這種不正常觀念的人理解，就是改變社會的第一步，不是嗎？這個人是你的父親啊！那麼，你應該努力想辦法吧？還是，這個人痴呆到連話都聽不懂？」

「混帳！」

先有反應的是老人。

「這個口無遮攔的東西！」

老人只是想起身，卻踉蹌跌倒。藤藏神色一慌，隨即洩了氣，垂下頭。

「老爺爺，我實在不想對老人家說這種話，但能請你適可而止嗎？人有千百種，或許有人的想法和你一樣，這無所謂，但也有人不是像你那樣想的。世上有不一樣的人。」

「胡說什麼！」

「請聽我說。」美由紀繼續道。「你是真的痴呆了嗎？我覺得不是，所以才想跟你溝通。老爺爺活了這麼久，我真的很想尊敬你，你就表現出能讓我尊敬的樣子好嗎？我並不想輕蔑老人家啊。還是，你有重聽？」

「囉唆！閉嘴！」老人說。

但幾乎沒有說出聲來。

「確實，現在這個社會，想法和老爺爺一樣的人比較多，但也有很多人抱持不同的想法。不，說是有很多，從整體來看，數量或許很少，可是絕對不只一、兩個人而已。不，如果仔細分辨，每個人的想法都不一樣。我和敦子小姐，還有美彌子小姐，想法不盡相同，卻也有相同的部分、應該相同的部分。相同的是，都會努力聆聽跟自己不同的意見，以及學習尊重對方。」

而你們呢？美由紀指著老人。

「否定跟自己不同的人、完全不願聆聽不同的想法，不僅如此，甚至加以恫嚇，逼對方服從。看到和自己不一樣的人就趕盡殺絕，動不動就要騎到別人頭上，說騎在上面的人比較大，又不是猴子山的山大王！老爺爺，你聽得懂人話吧？所以呢？最後要把我們殺了嗎？」

到底有多野蠻！美由紀往前逼近。

「如果老爺爺真的殺了敏子小姐，早就在牢房裡了。我不懂什麼家族名聲，但那樣的話，這個家會被後世認為是砍死親孫女的瘋狂殺人魔的家。現在你兒子殺了完全無關的人，所以也是一樣。不，更糟糕。藤藏先生——你的兒子，等於是你的替身啊！」

什麼天經地義的父母心！美由紀瞪著藤藏說。

「開什麼玩笑。是枝小姐有心上人，她本來想和喜歡的人一起登山。秋葉小姐對孩子們來說，是值得尊敬愛戴的好老師。雖然我沒見過她們，但她們原本都有美好的人生。你們有權利剝奪這些嗎？就因為你們是男人、是武士的後代嗎？」

別笑死人了！

「我再強調一次。你們父子，剝奪兩名無辜女子的性命，同時也剝奪敏子小姐和葛城小姐的人生。演變成這種狀況，她們還有辦法幸福嗎？她們往後到底要怎麼活下去！」

「敏子……」

藤藏無力地呼喊女兒的名字。

「就算這是你的專斷獨行，敏子小姐和葛城小姐也不可能用一句『不知道』帶過。即使真相沒曝光，兩人在法律上也都死了。變成死人了耶！她們馬上就會發現，其實是有人代替她們死掉。這種膚淺的計畫，當事人很快就會猜出是怎麼回事。到時候她們有可能假裝不知情，幸福度日嗎？你以為她們不會受到良心的呵責嗎？她們沒有戶籍，什麼都沒有了吧？她們要怎麼活下去？」

愚蠢的是叔叔和老爺爺！美由紀用力跺了一下榻榻米。不知不覺間，她淚如泉湧。

「或許現今仍有許多人的想法和老爺爺一樣，所以你才能高高在上地否定那些想法和自己不同的人。可是，這個社會一定會改變。我不知道要花十年還是百年，但非改變不可。用性別、國籍、人種來區別人的社會，總有一天會消滅。或許需要時間，即使不行，我也要消滅這種社會。如果社會改變，你們依舊這副德行，那就只是害蟲了！」

會毀掉國家的是你們！美由紀更加逼近老人。儘管不太清楚理由，她總覺得莫名氣憤。

「是女人，所以怎樣？是年輕人，所以怎樣？如果活得久就了不起，那山上的大樹比你偉大千萬倍。同性就不能彼此相愛嗎？哪裡礙到你了嗎？輕易就殺死別人，才是更大的禍害！」

大害蟲！美由紀怒吼。

「什麼都要打仗解決，硬是安上優劣，什麼騎在上面的比較大、什麼輸贏，根本愚蠢到家！就是因為這樣，才會鬧出戰爭來。那種思維，才會讓國家滅亡得更快。明明不久前才差點滅國，你們忘光了嗎？一堆人在那裡殺得你死我活，到底有什麼好玩的？明知道會輸，卻不肯罷手，害死一堆人，這樣很值得高興嗎？世上有形形色色的人，每個人都想得到幸福。只因為是少數就切割拋棄，因為對立就擊垮對方，真的蠢斃了。你們的信念到底是什麼？你們的未來有什麼？告訴我啊！」

美由紀舉起右手，卻被美彌子抓住。

「可以了，美由紀同學。」

美彌子靜靜地說。

「直到剛才，我都想狠狠揍這對父子一頓，可是……」

我懶得這麼做了——美彌子說。

「聽到美由紀同學這番話，總覺得這兩個人實在很愚昧、很可悲。這麼可悲的人，不值得我浪費時間去理會。」

美彌子放下美由紀的手。

接著，她說「真的太可憐了」。

「不過，我認為勉強去啟蒙、教化這些人，沒什麼意義。強迫他們聽從，更是絕對行不通。因為那就和他們沒有兩樣了。不能連我們都變得愚蠢卑劣，使用暴力是絕不能容許的。」

他們總有一天會明白吧——美彌子說。

「溝通是非常重要的，可是……那和犯罪是兩回事。」

你是殺人凶手——美彌子指著藤藏說。

「你殺了我的好朋友，殺了兩個無辜而且無關的人。然後……」

接著，她指向宗右衛門，說：

「你犯了殺人未遂罪。你意圖殺害敏子小姐，請徹底贖罪。和性別沒有關係，因為你們是這個法治國家的一分子。」

「我……」老人說。

「事已至此，你還想抵賴嗎？用你們的話來說，那種態度一點都不像男子漢，不是嗎？」

「就是啊。」

敦子說著，看了後方一眼。

「接下來交給司法人員吧。審判他們的不是人，而是法律。這兩位就像篠村小姐說的，似乎是了不起的日本男兒，一定會敢做敢當，坦承不諱……」

彷彿算準了時機，傳來一陣喧鬧聲。

很快地，藤藏先前開了一半的紙門整個打開來。不等門完全打開，包括制服警官在內的幾名男子便鬧哄哄地闖進大廳。

灰撲撲的空氣入侵，美由紀反射性地退讓到一旁。

敦子和美彌子也後退，只剩天津父子留在正中央。率領警官的兩名男子當中，其中之一是青木文藏。

「幹什麼！」

幹什麼、幹什麼！老人以頹倒的姿勢，發出沙啞的叫聲。

藤藏轉過頭來。青木掏出黑色記事本，出示警徽。

「我是警視廳搜查一課一係的青木。這位是同單位的木下。」

「警察？」

壁龕前的老人驚慌失措地扒抓著榻榻米，擠出話聲。

「警察來、來做什麼？這裡沒警察的事。太荒唐了，難不成你們相信這幾個女人的胡言亂語？愚蠢透頂！」

「不是的。」

青木交互看了看父子倆。

「剛才，天津敏子小姐和葛城幸小姐向警視廳投案了。」

「什、什麼？」

藤藏的臉上血色盡失。

「用不著調查，也知道兩人在法律上已死。警方不可能對這種狀況坐視不管。」

「關我什麼事！」老人虛張聲勢。「是騙子，這還用說嗎？一定是騙子。是拿敏子的名字招搖撞騙的詐欺犯。可笑，堂堂警視廳，居然被女人的胡言亂語矇騙！」

「我不懂有什麼理由需要假冒自殺的人。」

「當、當然是想醜化天津家的名聲。愚蠢的女人，反正一定是看到低俗的雜誌報導，想到這種點子……」

「醜化名聲的是你們。」青木應道。「天津宗右衛門先生，你被告發殺人未遂。當然是天津敏子小姐告發的。還有，遭你砍傷的四名年輕人，也要告你暴行傷害。」

老人的雙手撐在身後。

「剛才我在前面問案，要告你的年輕人，作證曾幫忙上山挖坑洞。他們似乎已察覺是怎麼回事，非常害怕被當成共犯，毫不隱瞞地全招了。天津藤藏先生，我們要依殺人罪嫌將你逮捕。」

把他帶走！青木下令。

警官一靠近，藤藏便乖乖束手就擒。

老人則是難看地抵抗。

「放、放肆！放開我！」

老人甩開警官的手，卻站不起來。

「你們以為我是誰？我可是天津家的、天津宗右衛門！住手，別將我跟一般的雜碎混為一談！我在警界高層很吃得開，你們這些小官吏，放開我！我什麼都沒做！放開我，放肆的東西！我、我一定會讓你們丟飯碗，給我記著！」

「夠了吧，太難看了。再繼續丟人現眼，同為男性——不，同為人類，實在看不下去。拜託你，表現出一點年長者的品格威嚴行嗎？」

「少囂張！」老人嘶啞地大叫，手腳掙扎著。「我、我什麼都沒做！」

「真頭痛，這已構成妨礙公務罪。我不知道你在警界有多了不起的朋友，不過天津先生，警察機關受到法律管束，基本上對萬民都是公平公正的。這是我身為警察的驕傲。當然，本地八王子的警員也都清楚，警視廳……可沒那麼腐敗。」青木說。

老人簡直像誤中陷阱的小動物，不停掙扎，被一眾警察拖出大廳。胖墩墩的刑警木下向青木微微舉起一手，追上被帶走的兩人離開了。

喧囂聲逐漸遠離。

只留下美由紀、敦子、美彌子和青木。

瞬間，美由紀淚流不止，抱住美彌子，哇哇大哭。湧出的究竟是怎樣的情感，連她自己都不清楚。

「妳是在為她們哭泣呢，美由紀同學。」

美彌子撫摸著美由紀的肩膀說。

「謝謝妳。我替小汪向妳道謝。」

聽到美彌子的話，美由紀的眼淚更是止不住。

「天狗的鼻子被折斷了。」

青木望著天津父子離去的方向，喃喃自語。

「天津敏子小姐和葛城幸小姐……」

敦子問，青木回答：

「她們今天一早就來投案，說自己沒死。唉，如此粗糙的計畫，不可能不敗露。雜誌就算了，報紙也有報導嘛。如果事前套好說詞就另當別論，但兩人似乎真的只是被吩咐逃亡。」

「她們並沒有逃到遠方。」

「對，不是私奔，感覺只是躲起來。她們躲在東京都內的商旅……這也是當然的，天津藤藏只說『我原諒妳們，但妳們要離開此地』，完全沒有透露他的計畫，而且如果她們察覺任何一點天津藤藏的計畫內容，必定會反對。不，看到自己的死亡報導，還是會有所察覺，就像吳同學說的。」

「我說的？原來你都聽到了？」

美由紀帶著哭腔問。青木搔了搔頭，回道：

「喔，我們正想進來抓人，但裡面傳出好像在哪裡聽過的聲音，變得不能擅闖了。雖然覺得不好意思，但忍不住站在門外聽起來。沒想到敦子小姐妳們會在這裡，我真是大吃一驚。」

「對不起，」敦子低頭行禮，「看來我太多事了。」

「還好啦。其實八王子警署內部也有人質疑死者的身分。不過親人都一口咬定是本人了，除非有確實的證據，否則無法更進一步調查，何況遺體已火化。在迦葉山找到的遺體，還有秋葉小姐的失蹤，警方都沒有和這件事連結在一起。那個陷阱也是。雖然天津藤藏的計畫漏洞百出，但如果沒有各位，搞不好真相會被葬送在黑暗裡。」

在這個意義上，各位建了大功一件——青木說。

「可是，」敦子開口：「我忍不住想，若是這樣的結局，被天狗抓走或許比較好。因為天狗就算抓了人，遲早會把人放回來，對吧？」

但是枝小姐、秋葉小姐都再也不會回來了——敦子感嘆道。

「更何況，想到投案的敏子小姐和葛城小姐的心情……實在教人難受。她們未來的道路，無比坎坷。」

「那倒未必。」美彌子說。「世上也有像美由紀同學這樣的人，所以不必絕望。當然，現今的社會太糟糕了，有太多必須思考的問題。敦子小姐或許不樂觀也不悲觀……但我是這種個性，所以現在……」

想稍微樂觀一下——美彌子如此作結。

「是啊。」敦子說，輕輕拍了拍美由紀的肩膀，「嗯，美由紀痛快淋漓的犀利言詞，這是我第三次聽到，感覺已爐火純青。那個老爺爺想必受到了重創。」

「我、我只是隨便嚷嚷而已。」

回頭一看，敦子淡淡微笑著，遞出手帕。

「可是，敦子小姐，請不要再做出直接找凶手對質這種危險的事了。」

青木苦笑著勸道。

「兩位小姐也一樣。由於我們及時趕到，所以有驚無險，但這次只是僥倖。萬一我們沒出現，他們不知道會做出什麼事，而且還把未成年人牽扯進來。」

「這一點我會反省。」敦子行一禮。

「是啊。就算是出於義憤，你說的沒錯，這不是值得稱讚的行為。況且，讓美由紀同學一起來，確實太輕率，我反省。不過，在可能遇到危險的這一點上……」

我想這次是不要緊的——美彌子說。

「雖然我不想論輸贏，但我不認為自己會輸給那個老人。我精通長刀這門武藝……」

「不，就算平安無事，還是會挨敦子小姐的哥哥罵。」

青木這麼說，美彌子拱起肩膀低喃「那太可怕了」。

「哎，就算什麼事都不做，我哥一樣會生氣。這次我八成又要挨罵……不過，就請他看在高尾山天狗大人的面子上，放我一馬吧！」

敦子這麼說，美彌子接口道：

「因為妳洗刷了天狗大人的擄人嫌疑嘛。」

接著她笑了。

美由紀也輕笑起來。

（全書完）

主要參考文獻

《鳥山石燕　畫圖百鬼夜行》　高田衛監修／國書刊行會

※

〈天狗名義考〉（未刊・稀覯書叢刊第一輯）　諦忍／壬生書院
《武州高尾山的歷史與信仰》　外山徹／同成社
《高尾山藥王院的歷史》　外山徹／ふこく出版

解說　路那

《今昔百鬼拾遺——天狗》解說——女人的各種模樣

（本文涉及小說情節，請自行斟酌閱讀）

「今昔百鬼拾遺」系列作品的誕生，乃是出於偶然的巧合。這在《鬼》與《河童》兩冊的導讀與解說中已有詳盡的說明，有興趣的讀者請自行參照。

儘管系列本為無心栽柳而成，卻不代表京極夏彥對故事的構成漫不經心——不，或許該說正是因為費盡思量，這系列才無心插柳地出現了吧。儘管本系列係以《百鬼夜行》系列的番外篇而成立，卻構築了一個與本篇既呼應又對立的映像。最明顯的，即是系列偵探中禪寺敦子與系列助手（或者說總是會被捲進來的人）吳美由紀兩人的性別設定。說來也奇怪，雖然在偵探犯罪的虛構寫作領域中，存在著眾多耀眼的女作家，可是女性偵探（甚至女性助手）的比例並不高，更別提偵探與助手的角色都是女性的作品，總是令人得費盡一番心思才能想起。

何以致此？簡而言之，這與女性長久以來在公領域缺乏權威性，進而缺乏楷模人物有關。即便有，其功勳也在男性主導的史觀下被忽視或排除——不要說不可能。想想在本土化運動前，台灣人對台灣歷史何其無知？那麼，長期在男性研究者主導下的各類（歷史）研究，在偏見下系統性地忽略女性成就，又為何不可能呢？有興趣的人不妨查查英國化學家羅莎琳・富蘭克林（Rosalind Elsie Franklin）與諾貝爾獎得主詹姆斯・華生（James Dewey Watson）之間的事蹟吧。性別兼種族歧視的華生，直到二〇〇七年，才因其言論被冷泉港實驗室解職。如同本作中，敦子與美由紀兩人赫然發現距離他們的時代，明治維新不過是八十多年前的事情一樣，許多「感覺像是歷史」的存在，其實還好端端地在我們社會中存活著。

此外，長久以來對女性與男性以陰柔／陽剛劃分，再由此疊加上女性陰柔，以感性為重／男性陽剛，理性為重的感覺結構，也是導致此一現象誕生的主因。即使作者並無此意，然而破案方大抵由男性構成的「百鬼夜行」系列，無疑在早已傾斜的天秤上，又追加了一顆沉重的砝碼。因而，在我看來，「今昔百鬼拾遺」系列正是京極夏彥一個平衡天秤的嘗試。這個嘗試不僅在於將主要角色都設定為女性，更在於寫出擁有各種不同「個性」——而非不同「萌屬性」——的女性。

在《天狗》中，這個嘗試無疑達到了系列高峰。小說一開始，便在篠村美彌子咄咄逼人的聲勢下，提出「我對於自己被分類為千金小姐沒有異議，但如果說我是千金小姐，所以是這種個性，我無法同意」的論點。美由紀則指出她「常被身邊的人教訓要像個女孩、要像個學生、幾歲就該有幾歲的樣子」，然而「雖然想過是不是應該扮演得更像女學生一點，可是做不到的事就是做不到嘛……反正世上也是有我這種女學生的」。無獨有偶，在《鬼》中，敦子也講過「我認為男人或女人這樣的區別沒有意義。一個人的主張，和是男是女無關吧？我也厭惡這樣的區別——不，這不是好惡的問題，而是互不相關」。

在京極夏彥層層堆疊與推進之下，這一切指向「普通」的不存、對「正常」的質疑，最終導向（如何）尊重「個體」的差異。彷彿怕這個主題不夠明顯，京極不但將故事的起點設置為同性戀的備受排斥，導致「天狗」的現身，更在故事中安插「人妖」小金作為旁證。小金的出現，讓我想起比敦子等人落後約一個世代的雷斯利．費雷思（Leslie Feinberg），與他筆下揉雜自身艱辛的性別認同之路的小說《藍調石牆T》。

生於一九四九年美國水牛城的費雷思，論起歲數，比失蹤的天津敏子要小十七歲。與直到思春期才「露出馬腳」的敏子不同，他筆下出身於藍領猶太裔家庭的潔斯．戈柏，從小便因性別認同飽受欺凌：他想要看起來像個男孩，卻因此經歷性羞辱（把他的褲子脫下來！看他怎麼尿尿！）、精神「治療」，長大後更因女身男相，而遭男警強暴。之後，決定藉由荷爾蒙療法變身成男人的潔斯，儘管保住工作，卻也失去摯愛的女友、以自己女同身分為傲的泰瑞莎。在他成功以男性外表現身數年後，卻又在重重思慮下決定停止施打荷爾蒙，變成既非「她」也非「他」的跨性別者。在小說的末尾，歷經艱辛的潔斯，終於站上講台，講出自己的經驗與希望。

潔斯的朋友、男跨女的羅絲，告訴他「一旦妳打破沉默，這才只是開始」。在現實世界中，費雷思於一九九二年寫下本作，他的作品不僅讓許多有同樣經驗的人終於得以理解自己「出了什麼事」，也令歷經多次性／別運動的主流社會更能同理此前被汙名化的LGBT社群。然而，在打破沉默之前，潔斯必須找到「自己的語言」。在小說中，他不只一次提及此事。最詳盡的一次，是和舊日朋友法蘭基之間的對話：「我需要語言，法蘭基。有時候我覺得快被自己的感覺噎死，我需要說出來，但是我完全不知道該怎麼說。婆們總是會教我怎麼說出感覺，但是婆形容感覺用的是婆的語言。我需要我自己的形容詞——能說出T情感的T的語言。我覺得自己被這些情感的有毒淤泥困得動彈不得，法蘭基。但是我聽不見自己大聲說出那些話。我沒有語言。法蘭基，我找不到文字可以表達這些正在撕裂我的感覺。」

無獨有偶，吳美由紀自潰眼魔事件後，也不斷為「說明」這件事苦惱。在系列首作的《鬼》中，美由紀自責在事件發生時無法好好向人說明她的看法，因而「我深刻感受到條理分明、邏輯清晰地說明有多重要」，羨慕起能說善道的中禪寺秋彥。敦子卻敏銳地指出「這話沒錯，但我勸妳不要效法我哥。就算想學，也是學不來的」。與美由紀不同，以文字維生的敦子，體悟到的是語言的雙面性：「我認為不能盲信話語。我也有過和妳一樣的想法，結果陷進話語的迷宮，困在裡面。條理分明地說明是很好，但使用適合自己的詞彙就夠了。」從《鬼》中對條理分明的嚮往，到《河童》中對雅俗字語的討論，再到《天狗》中美彌子的大鳴大放，「今昔百鬼拾遺」此一系列，亦可視為美由紀不斷「尋找適合自己詞彙」的過程。相對地，從《鬼》到《天狗》，透過層層辯證，解明案件真相的敦子，在偵探一職外，也扮演「找到適合自己的詞彙」的典範——儘管這個典範本身，仍籠罩在兄長的陰影下。而正如同「百鬼夜行」系列中，除了能說善道的京極堂，還有獨具魅力的榎木津等人存在，《天狗》裡也出現直率的篠村美彌子。然而，她們是否呈顯「各種模樣」？抑或共同展現「一種抗拒被定型的模樣」？這就見仁見智了。

故事的最後，失蹤的天津敏子偕女友葛城幸一同出面，戳破父親用心良苦，卻令無辜的兩人喪命，敏子與幸更遭「社會性死亡」的計謀。只是，直到如今，日本同性伴侶的權益，仍有待更進一步的保障

——作為領先亞洲的同婚國度，台灣人或許可以這樣說吧？然而，別忘了，僅僅不過三年前的二〇一八年，本地仍有許多認為同婚將毀家滅地、倫理不存的意見。社會或許緩慢而持續地進步著，但「天狗」們頑固的力量，也絕對不容小覷。

作者簡介——

路那，台灣推理作家協會成員、台大台文所博士候選人、台灣文學基地文學小組成員。熱愛謎團，最大的幸福是閱讀與推廣推理小說與台灣文學。合著有《圖解台灣史》、《現代日本的形成：空間與時間穿越的旅程》、《電影裡的人權關鍵字》系列套書。

京極夏彥作品集 25——今昔百鬼拾遺——天狗

原著書名：今昔百鬼拾遺　天狗
作者：京極夏彥
翻譯：王華懋
責任編輯：陳盈竹
行銷業務：徐慧芬、陳紫晴
編輯總監：劉麗真
總經理：陳逸瑛
榮譽社長：詹宏志
發行人：凃玉雲

出版社：獨步文化
　城邦文化事業股份有限公司
　104 台北市中山區民生東路二段 141 號 5 樓
　電話：(02) 2500-7696　傳真：(02) 2500-1967

發行：英屬蓋曼群島商家庭傳媒股份有限公司城邦分公司
　104 台北市中山區民生東路二段 141 號 2 樓

網址：www.cite.com.tw
讀者服務專線：(02) 2500-7718；2500-7719
服務時間：週一至週五：09:30～12:00　13:30～17:00
24 小時傳真服務：(02) 2500-1900；2500-1991
讀者服務信箱 E-mail：service@readingclub.com.tw
劃撥帳號：19863813
戶名：書虫股份有限公司

香港發行所：城邦（香港）出版集團有限公司
香港灣仔駱克灣道 193 號東超商業中心一樓
電話：(852) 2508-6231　傳真：(852) 2578-9337
城邦（馬新）出版集團 Cite (M) Sdn Bhd
41, Jalan Radin Anum, Bandar Baru Sri Petaling,
57000 Kuala Lumpur, Malaysia.
Tel: (603) 90578822　Fax:(603) 90576622　email:cite@cite.com.my

封面設計：高偉哲
排版：游淑萍
印刷：中原造像股份有限公司
2021 年（民 110）6 月初版
售價 399 元

國家圖書館出版品預行編目資料

今昔百鬼拾遺——天狗／京極夏彥著；王華懋譯. -- 初版. - 臺北市：獨步文化, 城邦文化出版：家庭傳媒城邦分公司發行，民110, 6
面；　公分. --（京極夏彥作品集；25）
譯自：今昔百鬼拾遺　天狗
ISBN 978-986-5580-29-2（平裝）

861.57　　110005311

廣　告　回　函
北區郵政管理登記證
台北廣字第000791號
郵資已付，免貼郵票

104台北市民生東路二段 141 號 2 樓

英屬蓋曼群島商家庭傳媒股份有限公司

城邦分公司

請沿虛線對摺，謝謝！

書號：1UH025　**書名**：今昔百鬼拾遺──天狗　**編碼**：

請於此處用膠水黏貼

讀者回函卡

謝謝您購買我們出版的書籍！

請費心填寫此回函卡，我們將不定期寄上城邦集團最新的出版訊息。

姓名：＿＿＿＿＿＿＿＿＿＿　性別：□男　□女

生日：西元＿＿＿＿年＿＿＿＿月＿＿＿＿日

地址：＿＿＿＿＿＿＿＿＿＿＿＿＿＿＿＿

聯絡電話：＿＿＿＿＿＿＿＿＿＿　傳真：＿＿＿＿＿＿＿＿

E-mail：＿＿＿＿＿＿＿＿＿＿＿＿＿＿＿＿

學歷：□1.小學　□2.國中　□3.高中　□4.大專　□5.研究所以上

職業：□1.學生　□2.軍公教　□3.服務　□4.金融　□5.製造　□6.資訊

□7.傳播　□8.自由業　□9.農漁牧　□10.家管　□11.退休

□12.其他＿＿＿＿＿＿＿＿＿＿＿＿＿＿＿＿

您從何種方式得知本書消息？

□1.書店　□2.網路　□3.報紙　□4.雜誌　□5.廣播　□6.電視

□7.親友推薦　□8.其他＿＿＿＿＿＿＿＿＿＿

您通常以何種方式購書？

□1.書店　□2.網路　□3.傳真訂購　□4.郵局劃撥　□5.其他

您喜歡閱讀哪些類別的書籍？

□1.財經商業　□2.自然科學　□3.歷史　□4.法律　□5.文學

□6.休閒旅遊　□7.小說　□8.人物傳記　□9.生活、勵志　□10.其他

對我們的建議：＿＿＿＿＿＿＿＿＿＿＿＿＿＿＿＿

＿＿＿＿＿＿＿＿＿＿＿＿＿＿＿＿

＿＿＿＿＿＿＿＿＿＿＿＿＿＿＿＿

為提供訂購、行銷、客戶管理或其他合於營業登記項目或章程所定業務需要之目的，家庭傳媒集團（即英屬蓋曼群島商家庭傳媒股份有限公司城邦分公司、城邦文化事業股份有限公司、書虫股份有限公司、墨刻出版股份有限公司、城邦原創股份有限公司），於本集團之營運期間及地區內，將以mail、傳真、電話、簡訊、郵寄或其他公告方式利用您提供之資料（資料類別：C001、C002、C003、C011等）。利用對象除本集團外，亦可能包括相關服務的協力機構。如您有依個資法第三條或其他需服務之處，得洽詢本公司服務信箱cite_apexpress@cite.com.tw請求協助。相關資料不提供亦不影響您的權益。

□我已詳讀權利義務之相關條款，並同意遵守。

請於此處用膠水黏貼